이스트를 넣은 빵

국립중앙도서관 출판예정도서목록(CIP)

이스트를 넣은 빵
『장정일의 독서일기 1-7』에서 가려 뽑다

장정일 저; 김영훈 편.
서울: 마티, 2016
400p.; 140×225cm

"장정일 작품 출간 목록"과 색인수록
ISBN 979-11-86000-33-5 03800: ₩12,000

독서[讀書]
독서 기록[讀書記錄]

029.85-KDC6
028.5-DDC23
CIP2016010181

이스트를 넣은 빵

『장정일의 독서일기 1-7』에서 가려 뽑다

장정일 저 | 김영훈 편

마티

일러두기
1. 외국어는 기존에 출간된 『장정일의 독서일기 1-7』의 표기법을 따랐다.
2. 대괄호[]는 편집자 주이다.

차례

『이스트를 넣은 빵』을 엮으며

장정일 키드임을 공공연히 말하고 다닌 탓으로 출판사로부터 이
책의 구성을 부탁받았다. 장정일을 읽으면서 문학을 어렴풋이
배웠다. 재주가 박하고 둔하여 문학의 길에 발을 내딛지
못했지만, 미련이 남아 책을 만드는 일을 하며 산다. 작가를 처음
알게 된 때는 그의 첫 시집이 나와 「햄버거에 대한 명상」이 상찬
받을 즈음이었다. 장정일은 이 시집을 통해 '한 권의 시집을,
햄버거 한 개'로 동일시해 물질문명의 발전 속에서 문학의 의미에
의문을 제기했다. 문학이 능사며, '펜은 총보다 강하다' 믿었으며,
'문학병'을 그저 아름답게 생각했던 나의 세대에게 장정일은
그렇게 충격이었다. 그는 글을 써 문학권력에 다가가지 않고
생계에 충실했다.
　　기존 질서에 반항이 가득한 그의 작품들은 진부한 훈육에
길들여져 있던 시절에는 낯선 것이었다. 그리고 익숙한 것에
대한 거부가 먼 나라 일 같았던 우리 세대에게 장정일은 고독한
개척자였다.
　　장정일은 이후 시인에서 희곡작가로 또 소설가로
변신하면서 90년대 수많은 유행을 양산했다. 그의 문필가
이력에서 독특하고 생략하기 어려운 작업이 바로 '독서일기'다.

장정일의 문학작품에 열광했던 많은 사람들은 그의 독서일기를 통해 학교에서 배우지 못한 책읽기를 배웠다. 나는 장정일의 독서와 사유에 편승했다. 착각이어서 부끄럽지만 내가 읽지도 않았던 많은 책을 읽었다고 생각했다. 『독서일기』에 수록된 책을 읽으며 작가의 감상이 내 것이라 믿었다. 미숙했지만 뜨거운 가슴으로 책을 읽던 시대의 추억이다.

1993년 입대한 나는 첫 행군 때 친구가 타이핑해준 장정일의 시 「삼중당 문고」를 외우며 걸었다. 「삼중당 문고」는 1988년 발간된 그의 시집 『길안에서의 택시잡기』의 대표작이다. 당시에도, 지나서 생각해도, 그때 읽은 문장은 커다란 위로였다. 장정일의 문장들은 '이스트를 넣은 빵'처럼 의지와 무관하게 내 속에서 신선한 사유의 공간을 확보해나갔다. 이 책의 제목을 '이스트를 넣은 빵'이라고 정한 이유다. ('이스트를 넣은 빵'은 「삼중당 문고」의 한 구절이기도 하다. 장정일 선생의 허락을 받아 이 글 뒤에 전재한다.) 장정일은 작았지만 — 실제로도 작다 — 그는 정말로 거대했다.

이 책은 절판된 『장정일의 독서일기 1-7』을 재가공해 만들었다. 지난 몇 달 이 책들을 천천히 여러 번 읽으며 새겨둘 문장에 줄을 쳤고 모아 문서로 정리했다. 애매한 표현이지만 이 작업은 온전히 『독서일기』를 읽은 나 개인의 판단만으로 이루어졌다. 중립적인 원칙과는 거리가 있다. 소설을 팠던 작가는 역사에 빠져들다가도, 현실사회나 인문·철학에서 서성이기도 한다. 그 세월 속에서 작가와 세상 사이 생긴 불화의 대목도 있다. 1996년 장정일은 소설 『내게 거짓말을 해봐』를 출간하여 음란물 간행이라는

필화를 겪는데 이 어처구니 논란에 대해서도 『독서일기』를 통해
제법 긴 견해를 기록했다. 진정 자유롭게 쓰인 이 책에는 작가의
편린이 빼곡하다. 번뜩이고, 유머가 넘치며, 따라잡기 힘든
직관과 그물망 논리가 드러난다. 『독서일기』를 보는 즐거움은
끝이 없다.

이 책들을 다시 읽으면서 장정일이 얼마나 멋진 작가인지 새삼
깨닫는다. 이런 기회를 마련해준 도서출판 마티와 사석에서
흔쾌히 동의해주셨던 장정일 선생께 적잖은 빚을 진 기분이다.
반색하며 일했지만 출판사가 엮었다면 더 훌륭한 책이 됐을
것이라는 우려는 아마도 사실일 것이다. 엮은이의 부족함을
감안하여 읽히길 바랄 뿐이다.

2016년 4월
김영훈

삼중당 문고[*]

열다섯 살,
하면 금세 떠오르는 삼중당 문고
150원 했던 삼중당 문고
수업시간에 선생님 몰래, 두터운 교과서 사이에 끼워 읽었던
삼중당 문고
특히 수학시간마다 꺼내 읽은 아슬한 삼중당 문고
위장병에 걸려 1년간 휴학할 때 암포젤 엠을 먹으며 읽은
삼중당 문고
개미가 사과껍질에 들러붙듯 천천히 핥아 먹은 삼중당 문고
간행목록표에 붉은 연필로 읽은 것과 읽지 않은 것을
표시했던 삼중당 문고
경제개발 몇 개년 식으로 읽어간 삼중당 문고
급우들이 신기해하는 것을 으쓱거리며 읽었던 삼중당 문고
표지에 현대미술 작품을 많이 사용한 삼중당 문고
깨알같이 작은 활자의 삼중당 문고
검은 중학교 교복 호주머니에 꼭 들어맞던 삼중당 문고
쉬는 시간 10분마다 속독으로 읽어내려 간 삼중당 문고
방학 중에 쌓아놓고 읽었던 삼중당 문고
일주일에 세 번 여호와의 증인 집회에 다니며 읽은
삼중당 문고
국기에 대한 경례를 하지 않는다고 교장실에 불리어가,
퇴학시키겠다던 엄포를 듣고 와서 펼친 삼중당 문고

교련문제로 고등학교 진학을 포기했을 때 곁에 있던
삼중당 문고
건달이 되어 밤늦게 술에 취해 들어와 쓰다듬던 삼중당 문고
용돈을 가지고 대구에 갈 때마다 무더기로 사 온 삼중당 문고
책장에 빼곡히 꽂힌 삼중당 문고
싸움질을 하고 피에 묻은 칼을 씻고 나서 뛰는 가슴으로 읽은
삼중당 문고
처음 파출소에 갔다 왔을 때, 모두 불태우겠다고 어머니가
마당에 팽개친 삼중당 문고
흙 묻은 채로 등산배낭에 처넣어 친구집에 숨겨둔
삼중당 문고
소년원에 수감되어 다 읽지 못한 채 두고 온 때문에
안타까웠던 삼중당 문고
어머니께 차입해 달래서 읽은 삼중당 문고
고참들의 눈치 보며 읽은 삼중당 문고
빳다 맞은 엉덩이를 어루만지며 읽은 삼중당 문고
소년원 문을 나서며 옆구리에 수북이 끼고 나온 삼중당 문고
머리칼이 길어질 때까지 골방에 틀어박혀 읽은 삼중당 문고
삼성전자에 일하며 읽은 삼중당 문고
문흥서림에 일하며 읽은 삼중당 문고
레코드점 차려놓고 사장이 되어 읽은 삼중당 문고
고등학교 검정고시 학원에 다니며 읽은 삼중당 문고
고시공부 때려치우고 읽은 삼중당 문고
시공부를 하면서 읽은 삼중당 문고
데뷔하고 읽은 삼중당 문고

시영물물교환센터에 일하며 읽은 삼중당 문고
박기영 형과 2인 시집을 내고 읽은 삼중당 문고
계대 불문과 용숙이와 연애하며 잊지 않은 삼중당 문고
쫄랑쫄랑 그녀의 강의실로 쫓아다니며 읽은 삼중당 문고
여관 가서 읽은 삼중당 문고
아침에 여관에서 나와 짜장면집 식탁 위에 올라 앉던
삼중당 문고
앞산 공원 무궁화 휴게실에 일하며 읽은 삼중당 문고
파란만장한 삼중당 문고
너무 오래되어 곰팡내를 풍기는 삼중당 문고
어느덧 이 작은 책은 이스트를 넣은 빵같이 커다랗게 부풀어
알 수 없는 것이 되었네
집채만 해진 삼중당 문고
공룡같이 기괴한 삼중당 문고
우주같이 신비로운 삼중당 문고
그러나 나 죽으면
시커먼 뱃대기 속에 든 바람 모두 빠져나가고
졸아드는 풍선같이 작아져
삼중당 문고만한 관 속에 들어가
붉은 흙 뒤집어쓰고 평안한 무덤이 되겠지

『길안에서의 택시잡기』(민음사, 1988), 11-14쪽.

이스트를 넣은 빵

1993. 1. 9.

안정효의 『헐리우드 키드의 생애』(민족과문학사, 1992)를 읽다.

임병석[이 소설의 주인공]이 영화적 방식의 삶과 유년의
상태를 벗어났느냐 하는 물음에 대한 대답은 자명해진다.
패스티시(pastiche)란 헐리우드 특유의 문법이며, 패스티시
자체가 아직은 예술가로 독립하지 못한 상태, 즉 '키드의
예술'이겠기 때문이다.

1993. 1. 10.

하창수의 『젊은 날은 없다』(세계사, 1992)를 읽다.

여호와의 증인인 주인공이 입대해서 받을 고초를 생각하고 그 공포를 이기기 위해 같은 신자인 여주인공과 여관에 들어가 성교를 하는 장면은, 이 소설의 구성을 치명적으로 손상시킨 대목이다. 여호와의 증인들에게는 혼전성교와 살인이 똑같은 무게의 금지 조항이기 때문에 살인을 하지 않기 위하여 군에 입대해서 총기를 수령하지 않으려는 신자의 신념은, 혼전성교로 인해 이미 훼손되었다고 보아야 한다.

　여호와의 증인에 대해 궁금해하는 일반 독자가 이 책을 읽고 나서, 이 책에 묘사된 여호와의 증인의 상(像)을 그대로 받아들인다면 누가 여기에 대해 책임져야 할까?

1993. 1. 18.
복거일의 『파란 달 아래』(문학과지성사, 1992)를 읽다.

이제는 통일도 '기술-과학'의 문제가 된 것일까? 통일에 대한
논의가 왜 SF의 형식을 빌려 달에 가서 이루어져야 하는지
모르겠다.

1993. 2. 25.
무라카미 하루키의 『국경의 남쪽, 태양의 서쪽』(모음사, 1993)을
읽다.

그는 힘이 쪽 빠졌다.

1993. 3. 15.

『책과 인생』에 있는 함명춘 씨로부터 청탁받은 「내 작품을
말한다」난의 원고를 쓰다. 대상이 되는 작품은 『너에게 나를
보낸다』(미학사, 1992). 제목을 붙이지 못하여 『책과 인생』
편집부에 맡길 생각이다. 수필집 따위를 묶을 생각이 없으니
대신 여기 초록해둔다.

이 작품의 후기에도 토로해놓았듯이 나는, 이 작품을 쓰기 전의
약 2년간을 '작가가 아닌 다른 삶을 살고 싶다는 변신 욕망'에
시달렸다. 대구에서 서울로 거처를 옮긴 90년 11월부터 이
작품을 쓰기 시작한 92년 4월까지 나는 방바닥에 등을 깔고
누워 작가생활을 끝낼 생각을 했다.

　　스물한 살 때, 나는 일기장에 이렇게 적었다. "문학이 직업이
아니라면, 구역질이 난다!" 그러나 시로 등단을 했던 스물세 살
때(84년)부터 나는 줄곧 돈 때문에 고생을 했고, 스물일곱 살
때 결혼(88년)을 해서도 계속 그랬다. 아내의 목걸이를 들고
전당포를 들락거리기를 몇 수십 번이나 했던가. 직업이 되지
못하는 문학…. 서울에 와서도 내 직업에 대한 자괴는 그치질
않았다.

　　그래서 방바닥에 등을 깔고 누워 하게 된 공상은,

　　 i) 한 5년쯤 태권도장을 다녀서 가급적 빨리 고단자가 된
다음 태권도장을 차린다.

　　 ii) 한 1년 반이나 반년 동안 요리사 학원이나 카테일
학원에 다닌 다음 자격증을 취득해 레스토랑 주방장이 된다.

　　 iii) 다시 대구로 내려가 어린 시절 꿈꿔 왔던 대로

여자고등학교 앞이나 여자중학교 앞에 분식점을 차린다 등등.

작가가 아닌 다른 삶을 살고 싶다는 내 '변신 욕망'은 그러나 문학이 내게 직업이 되고 있지 못하며 생계를 보장해주지 않는다는 단순한 경제적 궁핍에 자극된 것만은 아니었기에 나의 갈등은 더욱 깊어졌다. 아주 어린 시절부터, 지금의 나에서 또 다른 나로 이전해가고 싶다는 욕구는 나를 독재자처럼 지배해왔으며, 실제로 나의 삶이 그러했다.

나는 치치올리나가 국회의원이 되고, (그녀가 테러리스트든 어쨌든) 마유미가 베스트셀러 작가가 되고, 또 서울대를 나온 치과의사가 국숫집 주인이 되어 국수를 파는 일화들 앞에 쉽게 감동했으며, 내 책상에는 그런 유의 기사 모음이 가득했다.

인간 존재의 유한성과 일회성. 나는 늘 그것이 두려웠고, 현대사회가 강제하는 요지부동의 존재 구속이 갑갑했다. 그래서 무한한 다원성의 삶을 살 수 있게 해주는 작가에 매력을 느꼈는지도 모른다. 하지만 그의 변신이 상상 속에서 확장되고 해결된다 하더라도 작가의 삶 역시 작가라는 고정된 역할로부터 벗어나지 못하며 일회성의 생을 살기는 마찬가지가 아닌가?

내가 시에서 희곡으로, 희곡에서 소설로 마구 장르 이동을 하게 된 이유도 어쩌면 나의 삶을 독재자처럼 휘둘렀던 그 변신 욕망, 여러 겹의 삶을 살고 싶다는 안타까운 욕망 때문이었는지 모른다. 비록 내 삶을 뿌리부터 '갈이' 하지는 못하였으나 장르 이동은 시인이 아니라 극작가로, 극작가가 아니라 소설가로 살 수 있게 해주었다.

내 삶을 바꾸고 싶다는 모든 공상이 소진된 끝에 나는 다시 작가가 되기로 결심했고, 그러자 "이 멍청아, 지금의 나에서 다른 나로 전이해가고 싶다는 변신의 꿈을 어떻게 너만 가지고 있다고 생각했니?"라는 생각이 떠올랐다. 그렇다. 누군들 영원히 호스티스로 살고 싶겠으며, 누군들 버스 운전사를 꿈꿨으랴? 또 의사나 변호사라 한들 그들의 삶에 불만족이 없겠는가?

『너에게 나를 보낸다』는 타인에 의해 자신의 삶이 계속 변질되는 것을 목격해야만 하는 '바지 입은 여자'라는 여주인공과, 스스로 의도하지 않았던 우발적 계기(꿈)로 인해 자신의 삶을 수정해야 하는 소설가인 '나', 그리고 은행이라는 비정한 조직 가운데 살면서 자신의 삶을 의식적으로 변화시키고자 고심하는 한 '은행원'이 등장한다. 나는 이 세 주인공을 통해 우리의 팔자가 바뀌는 세 양태를 그려보고자 했다. i) 타성적인 존재이전형, ii) 우발적인 존재이전형, iii) 의지적인 존재이전형.

이 소설 속에서 팔자가 바뀌는 인물은 위의 세 주인공만이 아니다. 감옥에 들어간 민주투사가 감방에 차입된 요리책을 보고 사회에 나와 레스토랑 주방장이 된다거나 안기부 직원이 청와대 사칭 사기꾼이 되어 수배당한다는 이야기, 그리고 술집 아가씨와 결혼해 여자고등학교 앞에서 분식집을 차리는 어느 젊은 시인의 이야기 등, 이 소설은 불행한 사회의 불행한 존재이전들로 가득 차 있다.

숱한 인물들의 급격한 팔자 바뀜을 보여주려 했기에, 가속도적인 이야기 속도에 맞는 또 다른 형식의 서술 방법이 필요했다. 그래서 주인공들의 파노라마적인 삶을 담는 데 용이하다고 여겨진 단장 형식을 빌려왔으며, 각 단장 앞에 번호를 붙이기도 했다.

주인공들의 파노라마적이고 가속도적인 삶과 짧게 구성된 단장 형식으로 이 소설은 몇 개의 재미있는 문학 논쟁을 제공한다. 소설가인 '나'와 '은행원'의 문학 논쟁이 그것인데, '나'는 문학이란 현실을 한 치의 일그러짐 없이 비춰주는 거울이라고 말하는 데 반해, 소설가 지망생인 '은행원'은 문학이란 오목이든 볼록이든 렌즈가 되어 현실을 왜곡해 보여주는 것이라고 믿는다. '은행원'에 따르면, 문학이란 단순한 거울이어서는 안 되며 "하다못해 일그러진 거울"이라도 되어야 한다는 것이다. 즉 한 사람은 반영론을 충실히 따르려 하고 또 한 사람은 그 오래된 모사론을 파괴한다.

이런 두 사람의 차이점은, '문학이 무엇이냐? 문학을 하는 이유가 무엇이냐? 훌륭한 문학은 어떤 것이냐? 문학의 기능은 무엇이냐? 한국 문학의 특징이 무엇이냐?'고 묻는 '바지 입은 여자'에게, 앵무새처럼 "진실을 말하는 것", "진실을 찾고 싶어", "진실해야 한다", "진실의 거울", "한국 문학은 특히나 진실을 찾는 데 많은 노력을 경주해왔다"고 진실 타령을 늘어놓는 '나'의 태도와, 문학이 무엇이냐는 똑같은 질문 앞에서 "거짓말이다, 거짓말이야" 하고 호탕하게 웃어넘기는 '은행원'의 입장으로 낙착된다.

촉망받는 소설가인 '나'가 표절 시비에 휘말려 소설 쓰기를 그만두고 지금은 유명 배우가 된 자신의 옛날 집필 여비서였던 '바지 입은 여자'의 '가방모찌'가 되고, '은행원'은 소설가로 등단하여 베스트셀러 작가로 거들먹거리는 이 소설은, 리얼리스트(나)가 반리얼리스트(은행원)에게 패배하는 과정을 그리고 있다. 그러나 '은행원'이 건네준 책을 쓰레기통에 집어넣는 것으로 끝나는 이 소설은, 여전히 현실에서는 패배하였으나 이상에서는 패배하지 않은 리얼리스트의 자존심을 보여주며, 포스트모더니스트에 대한 반(反)포스트모더즘의 의식적인 거부를 보여준다.

또한 소설가인 '나'가 영화배우인 '바지 입은 여자'의 '가방모찌'가 되어 생계를 유지하는 장면을 통해, 영화에 기생해 살고 있는 문학의 현실적 조건을 희화화하여 보여준다.

이 소설의 저자가 의도했던 제목은 『국제여관』이었으나, 여러 사정으로 인하여 제목이 바뀌었음을 부기한다.

1993. 3. 16.

『조선일보』 청탁으로 무라카미 하루키에 관한 짧은 글을 쓰다.

제목은 "기호 소비 시대의 청춘과 문학."

주인공을 보호해줄 가족이 전무하다거나 사랑하는 여인이
이유도 없이 자살을 했다는 등의 강렬한 상실감이 하루키 소설을
지배하는 주조음이다. 새끼손가락이 하나 모자라는 여주인공의
등장처럼 그로테스크하게 묘사되기도 하는 이 강렬한 상실감과
불구성의 정체를, 하루키의 평자들은 고도자본주의 사회에서의
의사소통 단절이라거나 일본 학생운동 세대의 이상주의에의 좌절
등으로 해석하는데, 개인적이고 통속적인 상실감과 허무를 사회적
배경이나 근원과 연관하여 해석되도록 유인할 줄 아는 데에
하루키의 탁월한 작가적 능력이 배어 있다. 그러나 그 연관은
너무나 희미해서 하루키를 읽는 독법에 따라 큰 차이를 낳는다.
즉 하루키의 작품에서 주인공의 감상적인 허무만을 읽는 독자는
그를 통속작가로 경멸하기 쉽고, 주인공의 상실감을 추동하는
사회적이고 시대적인 고민에 초점을 맞추는 독자는 그를 일급의
작가로 추어올릴 것이다.

　　대도시에서 내던져진 젊은 주인공들의 밑 모를 허기와
불안감, 그리고 그 허기와 불안을 메우기 위한 환상과 모험으로
간단히 구성되는 하루키의 모든 소설은 김승옥, 최인호 등의
여러 한국 작가들이 오래전에 우리에게 보여준 낯익은 것이다.
그럼에도 불구하고 하루키의 주인공들은 김승옥 초기 소설이
보여주는 근대적 이상주의나 최인호의『고래사냥』유의
청춘소설이 갖고 있는 고향·자연·농촌 등의 전근대적 인정주의와

다른 성격을 가지고 있다. 예를 들어 하루키의 우수작이라고 생각되는 『1973년의 핀볼』을 보자. 갑자기 자신의 인생에서 큰 결락과 공허를 느낀 30대 청년이 자신의 공허와 결락을 메우기 위해 10여 년 전에 단 한 번 조작한 적이 있던 핀볼 오락기를 찾는 모험을 시작한다. 이상하지 않은가? 벤야민은 기술복제시대의 대량 생산물에는 '아우라'(aura)가 없다고 말했지만, 이 매력적인 작가는 기계에도 신성이 깃들고 추억이 자리 잡는다고 말한다.

하루키의 주인공들은 특정 이데올로기를 선택하는 것으로 자신의 불구성과 결락을 채우려 들지 않으며, 귀거래사 형의 인정주의에 기대어 자신의 상실감을 위로받으려 하지 않는다. 대신 그들이 선택한 것은 "『그레이트 개츠비』를 세 번 읽는 작자라면 나의 친구가 될 수 있다. (…) 그래서 우리는 친구가 되었다."(『상실의 시대』) 같이, 지극히 개인적이고 문화적인 방식으로 도시에서의 불안감과 청춘의 허기를 달래는데, 바로 이 점이 가장 하루키적인 부분이라 할 수 있다. 왜냐하면 도시적이고 감각적이라고 불리는 하루키의 소설은 문화적 기호 혹은 문화적 할부(割符=信符)의 소비와 연관 깊은 것이기 때문이다.

할부란 무엇인가? 그것은 헤어지는 형제 또는 연인, 동지가 먼 길을 떠나기 전날 반씩 쪼개어 갖는 거울이나 금속붙이며, 훗날 서로를 알게 하는 징표가 아닌가. 낯선 두 젊은이가 절친한 친구가 되는 데는, 할부처럼 내어 보인 피츠제럴드라는 기호밖에 아무것도 없다. 자기 또래의 젊은이들이 모르는 지나간 시절의 작가를 할부로 삼았다는 데서 두 사람의 엘리트 의식이 불거지긴 했지만, 다른 많은 젊은이들 역시 암호와 같은 문화적 할부를 은밀히 내어 보이는 비교의례를 통해 이합집산을 거듭한다. 과장이 아니라, 현대의 젊은이들은 자신의 삶 전체를 할부를 발견하거나 만드는 데 바친다. 이들이 친구가 되는 것은 꼭 이데올로기가 같거나 삶의 지향점이 같아서일 필요가 없다. '나는 비틀즈를 좋아한다. 너도 비틀즈를 좋아한다. 그래서 우리는 친구다'라고 말하게 해주는 것이 현대의 할부며 문화적 할부다.

하루키의 소설에 대책 없이 등장하는 플로베르, 테너시 윌리엄스, 헨리 제임스, 카잔차키스, 로맹 롤랑, 톨스토이 등의 고전작가와 비틀즈, 엘비스, 비치 보이스, 피터 폴 앤 메리, 밥 딜런 등의 옛 가수는 하루키의 주인공들이 상실의 세계를 버팀 하는 양식으로 일용하는 문화적 할부일 뿐 아니라, 하루키가 독자를 유인하는 미끼이다. 그는 50-60년대의 로커(로큰롤 가수)들로 모아진 일단의 할부를 쥔 채 독자를 향해 흔들어 보이고, 독자들은 하루키에 빠져드는 것과 동시에, 아니 그의 이야기에 빨려 들어가기 전에, 그가 내 할부의 반쪽을 쥐고 있다는 단순한 사실에 반가워하며 기뻐한다. 그리고 이것을 이해 못 하는 기성세대에게 하루키는 버릇없고 경박한 망나니가 된다. 하지만 새로운 아이들은 이해한다. 조용필의 팬과 김범룡의 팬이 왜 KBS 별관에서 악을 쓰며 싸우는지. 여러 모델의 근대적 이상이 훼손되고 돌아갈 고향이 사라진 곳에서, 조악하나마 그것은 생사를 건 인정투쟁이다.

여러 평자들의 구구한 해석과 달리, 하루키의 주인공들이 겪는 허무와 상실의 정체는 여기 있다. 고도자본주의 사회에서는 사소한 것에서 거대한 것에 이르는 인간사의 모든 행위가 문화로 표변되며, 문화가 소용돌이치는 곳에 유행이 소용돌이친다는 것, 그리고 다국적 형태로 조작되고 상업적으로 조장되는 오늘날의 유행은 근대적 형태의 회의주의를 낳으며 모든 가치를 임의적이자 주관적인 것이라는 식으로 파괴한다는 것(오늘은 판탈롱이 가장 좋은 옷이고 내일은 그 반대). 하루키의 주인공은 문화적 기호를 포식하는 것으로 도시적 삶의 불안과 청춘의 허기를 달래지만 할부(기호)가 조작되는 고도자본주의 사회가 그들의 냉소와 허무를 가중한다. 하루키의 '안티모드'(반유행)는 고도자본주의의 조작으로부터 벗어나고자 하는 안쓰러운 몸부림이자, 이미 그것에 침윤된 바 있는 자의 추억이다.

1993. 3. 23.

찰스 뷔코스키의 『미친 시인의 사랑』(자유사상사, 1993)을 읽다.

돌아온 탕자는 쳐 죽여야 한다. 왜냐하면 돌아온 탕자는 더 나쁜 것(보수 반동)을 가져오니까. 또 돌아온 탕자만큼 우리를 왜소하게 하는 것은 없다. 진정한 탕자는 한 방울의 물이나 한 점의 떡도 지니지 않은 채, 약대도 없이 사막 끝으로 나가 죽어야 한다.

1993. 4. 25.
김소진의 『열린 사회와 그 적들』(솔, 1993)을 읽다.

이 소설책 앞날개에 "젊은 세대의 작가로서는 유다르게, 생생한
생활어를 개성적인 문체 속에 아우"르고 있다는 편집자의
소개말이 쓰여 있다. 그러나 내가 보기에 김소진의 어떤 말은
생활어가 아니라 소설에서나 쓰이는 문학어에 가깝다.
　「열린 사회와 그 적들」의 어느 대목(82-83쪽)을 읽었을
때 나는 무척 연극적이라고 느꼈으며, 그가 연극이나 희곡을 꽤
공부했을 것이란 생각이 들었는데, 「처용단장」은 나의 예감을 어느
정도 만족시켜주었다. 꽉 짜여 터질 듯한 김소진의 답답한 소설은
한정된 동일한 시간, 공간, 사건 속에서 극이 진행되어야 한다는
고전 연극의 삼일치 효과에 얽매여서가 아닐까 하는 생각도
해보았다.

1993. 5. 17.

동숭아트홀에 가서 빔 벤더스 감독의 「베를린 천사의 시」를 다시
보다.

사랑을 통해 천사와 인간 사이의 경계를 무너뜨리는 이 영화가
이데올로기의 인간들에게 주는 메시지는 '그것을 돌파하라!'일
터이다.

1993. 5. 28.
하일지의 『경마장을 위하여』(민음사, 1993)를 읽다.

창작과 영향의 경계가 모호한 작품. 이 작품을 읽으면서 하일지 소설의 비밀 한 가지를 확인하게 되었는데, 그는 내상에 대한 자신의 감정과 사고를 항상 도상을 빌어 피력한다는 것이다.

1993. 6. 3.

밀란 쿤데라의 『이별의 왈츠』(중앙일보사, 1989)를 읽다.

그 연원은 알 수 없지만, 확실히 쿤데라의 소설에는 '엎치락뒤치락'
희극적인 면모가 있다.

1993. 6. 16.
파트릭 모디아노의 『팔월의 일요일들』(세계사, 1991)을 읽다.

사랑하는 여인 실비아는 보석 강탈꾼들에 의해 그녀가 지닌
커다란 다이아몬드와 함께 행방불명된다. 그러니 보석이란
무엇인가? 스타인벡의 『진주』를 겹쳐 생각한다면, 그것은 불행의
상징이다.

1993. 7. 4.

두 권의 책을 재독하다. 서음출판사 판 김승옥 소설집 『서울,
1964년 겨울』(1976)과 청하판 마광수 장편소설 『즐거운
사라』(1992).

『즐거운 사라』를 다시 읽게 된 것은, 외설 시비로 현재 법정에
계류 중인 피고 측의 법정 감정증인으로 내가 위촉되어 있기
때문이다. 이 소설에 대해서는 마 교수의 구속 직후 『한국일보』의
청탁으로 쓴 글이 있는데, 오려둔 신문 쪽지를 잃어버리지 않고
간수하는 것이 성가시므로 여기 그 글의 일부를 초록해둔다.

사법처와 간행물윤리위원회는 마광수와 장석주 씨[당시
청하출판사 대표]를 음란물 반포죄로 고소하면서 '문학의 사회적
책임'을 들먹인다. 그러나 이 명제는 '사회 안정'을 필요로 하는
기득권 세력의 필요에 따라 늘 왜곡되어왔다. 예를 들어 문학이
사회적 불평등과 부도덕에 대해 강력하게 항의했고 문학 스스로
사회적 책임을 극대화했던 80년대에, 그들은 '사회 안정'이라는
구실로 '문학의 사회적 책임'을 억눌렀다. 그런 자들이 '문학의
사회적 책임'을 언급하는 것은 무안스러운 일이다.
　'문학의 사회적 책임'이란 냉정한 현실 분석을 통해
화석화되어 더 이상 구실을 못하는 기성질서의 숨통을 터주는
일이다. 『즐거운 사라』의 여주인공은 사회통념상 금지된 사제
간의 애정행각을 통해 권위주의를 공격하고, 남성 중심의
성문화에 대한 하나의 대안으로 레즈비언을 시험하기도 한다. 또
그룹섹스를 통해 순결과 성해방 이데올로기에 동시에 억눌린 성적

이중구조를 풍자한다.

당연히 제자리에 있어야 할 위계질서와 이성 간에게만 허용된 성관계 그리고 남녀 간의 일대일 소유에 의한 규범적 관계를 '즐거운 혼란'에 빠트리는 그의 작품이 추구하는 바는, 속으로는 병들고 겉으로는 멀쩡히 위장된 위선적인 사회에 대한 가식 없는 직시와 새로운 성윤리의 요청이다. 또 그 '즐거운 혼란'은 답답한 일상을 초월한 어느 높이에서 한없이 낙관적이고 생(生) 긍정적인 유토피아를 열어 보인다. 이 점, 경건과 금욕으로 강제된 한국 문학사에서 희귀하고 소중한 예에 속한다.

물론 『즐거운 사라』가 이러한 선의의 해석을 감당할 만큼 수준 높은 작품이 아닐는지 모른다. 그러나 함께 문학을 하는 동료들 사이에서도 종종 간과되는 문제로써, 특정 작품의 수준이나 미적 형상화가 미흡하다고 해서 그 작품이 표현과 출판의 자유로부터 보호받지 못하는 일이 있어서는 안 된다. 사실 이러한 구실은 이념문학이 수난을 받던 80년대에, 긴급구제를 바라는 작품에 대한 서명을 피하는 핑계로 흔히 쓰였다.

전체주의적 발상이라는 이유로, 나는 문학작품의 표현과 출판에 관한 한 어떠한 제재도 있어서는 안 된다고 믿는 편이다. 대신 음란물에 대해서는 유통 방법에 대한 제재가 강구되어야 한다. 자본주의 국가에서는 그 방법이 적실하지 않는가.
(『한국일보』, 1993. 11. 1.)

어떤 선배는 이 글을 보고서 나의 주장과 같이 마 교수의 구속에는 반대하지만, 그의 소설을 '문학'으로 받아들이는 나의 관점에는 반대했다. 그러나 이미 작가가 구속되어 자유로운 상황에서 자신의 작품에 대해 변론할 수 없는 상황에서, 그런 양비론과 대적하기 위한 강한 전술적 의도가 포함되었다고는 하지만, 『즐거운 사라』에 대한 나의 생각은 지금도 위에 쓴 글의 판단과 일치한다. 특히 "또 그 '즐거운 혼란'은 (…) 한국 문학사에서 희귀하고 소중한 예에 속한다"는 대목은 포기하고 싶지 않다. 문학은 대도무문이 있더라도 그것을 거부하며 다수결은 더더욱 증오한다.

　　남보다 앞서 시대를 살거나 새로운 것을 시도하는 일은 타인으로부터 이해받기 쉽지 않을 뿐더러 폄하당하기 쉽다. 그게 아니라면 왜 콜럼버스는 그의 친구들과 달걀을 탁자에 세우는 내기를 했을 때, 달걀의 모서리를 깨어 세워 놓는 억지를 부리고 나서 "남이 한 것은 다 쉽게 보인다"고 말했단 말인가? 어떤 재치에 의하면, 콜럼버스가 그런 억지를 부렸던 것은 '아메리카는 그가 아니어도 시간이 흐르면 저절로 발견될 것이었다'는 후세 사람들의 빈정거림을 미리 막을 필요에서였다고 한다.

1993. 7. 17.

이인화의 『영원한 제국』(세계사, 1993)을 읽다.

그의 전작인 『내가 누구인지 말할 수 있는 자는 누구인가』
(세계사, 1992)에서 피력된 동일한 그리움이 이 소설의 주제라고도
할 수 있다. 그 주제란 '강력한 통치권력'에 대한 그리움을
일컫는데, 이인화는 그것을 통해 정조 이후부터 박정희 대에
이르는 한국 근세사를 고찰한다(266-267쪽). 일급의 평론가가
나쁜 소설을 쓸 수도 있다는 전례를 동일인의 전작이 보여준 바
있으나, 이번 소설은 일급의 평론가가 쓴 좋은 소설이라는 찬사를
받기에 합당하다.

1993. 9. 12.
김석희 역 『현대 일본 소설 8선』(우석, 1993)을 읽다.

시청의 수도사업소 단수 담당 직원이 주인공으로 나오는
가와바야시 미쓰루의 「가뭄」이 가장 기억에 남는다. 그는
수도요금을 오래 내지 않아 단수 대상에 오른 수도 사용자를
찾아다니며 수도세 납입을 채근하거나 단수를 행하는데, 그가 그
불쾌한 직업을 소중히 여기는 것은 익명인들과 '대화'를 나누기
위함이다.

1993. 11. 16.
신촌의 크리스탈 극장에서 로만 폴란스키 감독의 「비터문」(Bitter
Moon, 1992)을 보다.

이 영화를 보면서 이런 생각을 한다. 헨리 밀러는 진짜 『북회귀선』
따위의 소설을 쓰고 싶었을까?

　　간단하다. 장미와 여자와 술은 촌뜨기 미국인의 재능을
모두 앗아갔다. 파리가 헨리 밀러의 목에 빨대를 꽂고 그의 혼을
탈취해간 것이다. 어느 날 간밤의 숙취와 난장으로 골통이 얼얼한
상태에서 헨리 밀러는 생각한다. 내가 파리에 뭐하러 왔지? 위대한
소설을 써보려고 왔다. 그런데 이게 뭐지? 뒤늦게 정신을 수습하고
소설을 쓰고자 해봤지만 그는 한 줄의 제대로 된 이야기도
꾸며낼 수가 없다. 소설을 써보려고 책상에 앉기만 하면 장미와
여자와 술이 부른다. 파리의 환락은 그의 골수에 젖은 것이다.
그래서 헨리 밀러는 이렇게 결심한다. '에라, 소설이 별거냐, 내가
살았던 이야기, 내가 매일 하고 다니는 짓거리나 쓰자!' 그래서
『북회귀선』이 쓰인다.

1993. 11. 28.

마키아벨리의 『군주론/전술론(외)』(범우사, 1993 증보판)을 읽다.

무장한 모든 예언자는 승리하고 무장하지 않은 모든 예언자는
패배한다. 홀륭한 군대가 있으면 홀륭한 법률은 따라온다. 그러나
역시 가장 좋은 성채는 민중. 강력한 군주에 의한 철권통치는
마키아벨리를 근왕주의자로, 민중에 대한 끊임없는 호의와 배려는
그를 공화주의자로 읽게 한다. 인간은 사악한 동물(!)이라는 데서
마키아벨리의 현실정치가 태동한다.

　　마키아벨리에 관한 속류의 이해는, 좋은 결과를 위해서는
어떤 속임수도 허용된다거나 끝이 좋으면 과정은 어째도 좋다는
식으로 알고 있다. 마키아벨리에 대한 이런 대중적 이해는
마키아벨리 자신에 의해 거부된다. 그는 당시의 사람들이 믿었던
내세에 대한 믿음을 가지지 않았던 것이다. 기독교적인 세계관을
가지고 있었던 마키아벨리 당대의 사람들은 현세에서 받지
못한 은총이나 벌을 천국과 지옥에서 받게 된다고 믿었으나,
마키아벨리에겐 현세만이 선이다. 그는 지상에 유토피아를
건설할 수 있다고 믿었던 최초의 건설자 가운데 하나였고,
인문주의자였다.

1994. 1. 12.

스티븐 킹의 『스탠 바이 미』(영언문화사, 1993)를 읽다.

여기 실린 네 편의 중·단편이 장편을 쓰고 난 뒤에 남아도는
여분의 힘으로 쓰인 것이라는 작가의 말이 얄밉게까지 여겨진다.
여분의 힘으로, 심심풀이로 이런 소설을 쓸 수 있다면, 이를
악물고 죽어라고 글을 써도 괴발개발이 되고 마는 많은
작가들은 넥타이 공장이나 차려야 한다.

1994. 2. 8.

서울역 앞의 헌책방에서 구입한 손창섭의 『잉여인간』(양우당,
1986, 에버그린한국문학전집 28)을 읽다.

손창섭 소설에 등장하는 인물들은 외계인들이나 유령처럼
기괴하다. 손창섭의 인물들에게서 나타나는 병적인 관계맺음은
형식만 남아 있고 가치는 사라진 현대인들의 훼손된 인간관을
보여준다.

1994. 2. 18.

김창남 문화평론집 『삶의 문화, 희망의 노래』(한울, 1991)를
읽다.

음악운동에 대한 진지한 성찰을 담고 있는 2부의 글들이
좋다. 노래에 대한 그의 주장은 두 가지 문제로 귀착된다. 첫째,
음악운동이란 음악 제도를 바꾸는 것이란 것. 단순히 새로운
음재료에 대한 추구는 많은 현대음악의 시도들이 그랬듯이 또
하나의 자폐적인 형식 실험 이상이 되지 못할 것이고, 이론의
담지체로 형식을 이해하고자 하는 시도는 형식과 이념을
고정불변한 것으로 고착시킨다. 노래에 대한 그의 다른 주장은,
200년 안팎의 역사를 가지고 있는 기악음악에 대한 과대한
중요성은 음악으로부터 언어를 탈취해 갔고, 언어성의 삭제는
음악을 공동체의식과 괴리시키는 한편, 음악을 수동적인
청취자와 전문 연주자의 것으로 양분시켰다는 것.

1994. 3. 10.

존 버거의 『제7의 인간: 유럽 이민 노동자들의 경험에 대한 글, 사진집』(눈빛, 1992)을 읽다.

버거는 노동자가 과거와 미래의 시간만 추상적으로 경험하고 살며, '현재'로부터는 어떻게 소외받는지를 분석한다. 미래를 위해 현재를 희생시키는 것은 인간적인 행동이자, 자본주의 특유의 윤리적 초석이다. 노동자들의 존재는 그달의 월급을 받기 전까지는 미승인의 상태에 놓여 있다. 자신의 노동과 시간이 돈으로 환산될 때만 현재의 '한 조각'이 비로소 의미를 띠게 되며, 노동자들은 자신의 외부에 있는 현재의 '조각조각'을 모아 미래를 구성한다. 한편 개발된 국가의 노동자들이 서서히 경험해온 제도의 내용들을 한꺼번에 갑자기 살아야 하는 저개발 국가의 이민 노동자들은 '미래'에 대한 기대로 '현재'의 불안을 방어하고 '과거'에 대한 향수를 통해 또한 '현재'의 폭력을 견딘다. 이렇게 해서 노동자들은 과거와 미래만을 경험하며 '현재'는 항상 노동자에게 임금을 지급해주는 자본가의 것이 된다.

1994. 4. 5.

프랑수아즈 사강의 『어떤 미소』(범우사, 1986, 2판)를 읽다.

사랑한다는 것은 '둘이서 하나'가 되는 것이라고 범백하게
말하여져왔다.

　'둘이서 하나'가 된다는 말을 새기면 새길수록 그 말의
의미가 '따로 똑같이'라는 뜻과 분명히 반대된다는 것을 알 수
있기 때문이다. '둘이서 하나'가 된다는 것은 극단적으로, '나'를
버린 두 사람이 만나는 것이지, 두 사람의 '나'가 만는 것이
아니다.

1994. 4. 6.

박상우의 『나는 인간의 빙하기로 간다』(세계사, 1993)를 읽다.

애초에 소설이란 '자기가 하고 싶은 말'을 쏟아놓는 것이었다고
한다.

1994. 5. 5.

『여성동아』측의 요청으로,『여성동아』에 연재 중인 내 소설에 관한 설명의 글을 쓰다. 단행본으로 묶을 때 싣지 않을 것이므로 대신 여기 초록해둔다.

평소에 저는 한국인들이 온갖 종류의 거짓말에 의해 지탱되고 있다고 생각해왔습니다. 예를 들어 학부모인 어머니가 초등학교에 다니는 아들을 등교시키기 위해 하는 거짓말이 그렇지요. 어머니는 일곱 시밖에 되지 않았는데도 아들을 쉽게 깨우기 위해, 여덟 시가 되었으니 빨리 일어나야 한다고 말합니다. 그렇지 않으면 너는 지각하게 될 거라고 위협하면서 말이지요. 전화번호부만큼 두꺼운 책 한 권을 필요로 하는 이런 종류의 거짓말들은 악의를 가지고 있지 않습니다. 하기는 이런 악의 없는 거짓말이 한국인만 구사하는 특별난 것이 아닐지도 모릅니다. 그가 어느 나라 사람이든 약속시간을 반시간이나 늦은 친구에게, 오래 기다렸다고 말하지 않고 "나도 금방 왔어"라고 말하기 십상이란 것이지요. 이렇듯 세계는 악의 없는 숱한 거짓말에 의해 평화롭게 유지되고 있다는 것이 저의 생각입니다. 왜냐하면 인간은 기계가 아니고, 감정을 가졌기 때문이지요. 다시 예를 들어, 친구가 자신이 새로 사 입고 온 옷이 어떠냐고 물을 때, 또 친구가 애써 데리고 간 식당의 음식 맛을 자랑할 때 우리는 부정적인 답변을 하기 어렵습니다. 그런 대답이 친구를 대책 없는 슬픔으로 몰아갈지도 모르기 때문이죠.
　　제가『여성동아』에 연재하고 있는 소설『너희가 재즈를 믿느냐?』에서는 불규칙 화음과 반복되는 장식음의 변주,

즉흥적인 돌발성 등을 특징으로 하는 재즈 음악과 같은
글쓰기가 실험되고 있습니다. 이번 소설에서 제가 시도하고
있으며, 독자 여러분을 상당히 당황하게 하고 있는 재즈적인
글쓰기의 극단적인 예를 들자면 "그는 성냥으로 담뱃불을
붙이고 라이터를 탁자에 놓았다"는 식의 문장이 그런 것이지요.
이런 문장을 처음 대한 독자들의 상식적인 반응은 원고 마감에
쫓긴 작가가 '라이터'와 '성냥불' 사이에 혼동을 일으켰을 것이란
추측이지요. 말하자면, 한번 용서해주는 것이지요. 하지만 그렇게
대범한 독자도 "그가 퇴근할 즈음 시계는 열 시를 가리키고
있었고, 버스를 타고 집에 도착했을 때 아홉 시 뉴스가 막
시작되고 있었다. 그가 집에서 저녁을 먹고 비디오를 한 편 보고
났을 때 방 안의 시계는 여덟 시를 가리키고 있었다"라거나
"그는 아침에 그가 세 들어 살고 있는 지하 전세방을 나와서,
저녁 무렵에 자신이 전세 들어 살고 있는 3층의 단칸방으로
들어갔다"는 대목에서는 분통을 터트릴지도 모릅니다. 그래서
제가 『여성동아』의 부탁으로 이런 글을 쓰고 있는 중이고요.
　　이 글의 첫 대목에서 저는 제가 이해하고 있는 세계의
구조를 말한 바 있습니다. 즉 세계는, 진실보다 악의가 없는
거짓말로 이루어져 있다는 생각 말입니다. 저의 그런 생각은
마땅히 저의 직업에 대한 의문으로 이어졌습니다. 세계가
그렇게 가변적일진대, 왜 소설에서는 주인공의 성격과 생김새,
작중인물들이 활동하는 시간과 공간이 일정하게 고정되어
있어야 하고 소설가가 쓰는 통사구조는 완벽하여야 할까?
인간은 기계가 아니라 감정을 가진 존재이기에, 동일한 인물이
그때그때의 감정에 따라 아름답기도 했다가 추하게도 보였던

것을 우리는 경험합니다. 그러니 167센티의 키에 35-24-34의
몸매를 가진 46킬로그램의 여주인공이 170센티의 키에
34-24-35의 몸매를 지닌 50킬로그램의 여인으로 바뀌는
설정이 진실성을 결하고 있지 않습니다. 오히려 그런 위증이 더
진실이지요.

　　의식적으로 거짓말하지 않는 사람도 착오나 환각에 의해
거짓을 경험할 수 있습니다. 어린 시절에 낮잠을 자고 일어나서
아침인 줄 알고 학교로 뛰어갔던 경험이 있는 사람이나, 한
번도 와본 적이 없는 장소에서 익숙한 고향의 풍경을 발견하고
소스라치게 놀라본 적이 있는 독자는 저의 말을 이해할
것입니다. 이렇듯 삶의 한 모퉁이 풍경을 이해하고 나면 이
소설은 난해하지도 실험적이지도 않고, 빙긋이 웃음을 띄우며
읽을 수 있습니다. 모쪼록, 숨은 그림 찾기 놀이를 하듯이 즐겁게
『너희가 재즈를 믿느냐?』를 읽어주십시오. 탕- 탕- 탕- 울리는
재즈라도 틀어놓고서 말입니다.

이 글을 잡지사의 담당 기자에게 팩스로 보내놓고 나서, "오히려
그런 위증이 더 진실이지요"의 '위증'은 '미끄럼질'로 바꾸면
싶었다. 또 세계는 많은 부분 악의 없는 거짓말로 이루어져
있다고 규정하는 이 글에는 다음처럼 중요한 것이 빠져 있다. 즉
소설은 바로 악의 없는 '거짓말의 세계' 그 자체이며, 악의 없는
거짓말로 이루어진 이 세계의 가장 참다운 일부이다!

1994. 5. 7.

김신용의 『고백』(미학사, 1994)을 읽다.

『고백』이라 명명된 김신용 시인의 이 소설은 장 주네의
『도둑일기』(행림출판, 1986)나 윌리엄 케네디의
『억새인간』(문학출판사, 1986)에 버금가는 소설이 나왔다는
충격과 감동을 내게 안겨주었다. 이 소설을 읽는 동안 어떤 강한
흡인력이 자꾸 나를 끌어들인다고 생각했는데, 그 힘은 다름
아닌 '체험의 진정성'이라는 것을 확인하게 되었다. 이 책을 손에
든 독자는 누구라고 할 것 없이 "내 이름은 시부랑탕이다. 물론
내 별명이다. 그러나 별명이 본명처럼 사용되는 세계가 있다.
세상 사람들은 그곳을 밑바닥이라고 부른다"는 첫 구절에서부터
정신없이 『고백』 속으로 빨려들 것이고, 마치 롤러코스터를 탄 것
같은 아찔함으로 눈앞이 캄캄해져올 것이다.

　　『고백』의 마지막 대목을 읽었을 때 나는 너무 가슴이
벅차올라, 작가가 성자가 아닌가 생각할 정도였다.

1994. 5. 29.
유이 쇼이치의 『재즈의 역사』(삼호출판사, 1993, 1판 5쇄)를
읽다.

재즈의 역사는, '믿거나 말거나다!' 그럼에도 불구하고 이 책은
너무나 재미있으며, 입문서는 그것이 어떤 것을 대상으로 쓰인
것이든 간에 서로 잘 호환된다는 배움의 비의를 가르쳐준다.

1994. 6. 24.

마광수 산문집 『사라를 위한 변명』(열음사, 1994)을 읽다.

이 책은 마광수에 대한 모든 오해를 푼다. 그리고 『즐거운
사라』를 둘러싸고 마광수를 욕해댄 필자들이 모두
'개새끼들'이라는 것을 가르쳐준다. 그것은 마광수가
완전무결하거나 신성불가침이어서라거나, 그가 비판될 수
없다는 뜻에서가 아니라, 마광수를 욕한 필자들이 마광수라는
텍스트를 진지하게 검토하지 않았다는 혐의를 가지고서이다.
『사라를 위한 변명』에 실린 대부분의 글들은 『즐거운 사라』가
봉변을 당하기 이전에 쓰였으나, 사라를 낳은 '신념과 세계관'은
'사라'를 이해하고 해석하는 데 증인으로 나설 기회를 얻지
못했다. 타고난 자유주의자의 피를 이어받은 마광수는 복거일이
정치·경제 분야의 독점에 문제 제기를 한 것과 달리 윤리적
기득권 세력에 의한 성 독점 논리에 문제를 국한한다. 때문에
성급한 독자는 저자를 '성'에만 악착같이 매달리는 이상한 괴물로
단정하기 쉽다. 하지만 다원주의의 관점에서, 또 분업의 관점에서
보면 그것이 허물일 리 없다. 청컨대, 마광수를 미워하지 말자.
그가 가진 '솔직성'은 우리 가운데 들어 있는 악한 부분이 아니라,
인간 속에 숨어 있는 또 인간이 개발해야 할 선한 부분이다.
때문에 그를 박해해서도 배척해서도 안 된다. 이념과 철학이
붕괴된 시대에 그것('솔직성')은 새로운 세계를 준비하는 빛과
소금이다.

1994. 7. 8.

어떤 필요에 의해, 김충식 기자의 『동아일보』 연재물이었던
『남산의 부장들』(동아일보사, 1992)을 읽다.

일화 중심의 역사는, 역사의 법칙이 어떤 것이든 결국 인간은
하찮은 것들 속에 살 수밖에 없다는 것을 가르쳐준다.

1994. 7. 17.

루이제 린저의 『생의 한가운데』(문예출판사, 1967)를 읽다.

이 소설을 읽고 싶은 사람은 꼭 문예출판사 판을 선택해야
한다. 까닭은 작가와 작품이 서로 동일시되는 경우는 많지만
역자와 역서가 서로 동일시되는 경우는 희귀한 예에 속하기
때문인데, 문예출판사 판 『생의 한가운데』는 역자[전혜린]와
역서가 동일시되는 희귀한 경우를 보여준다. 나는 이 소설을
읽고 김윤식이 전혜린론에 쓴 다음과 같은 말을 곧바로 떠올리게
되었다. "린저와 전혜린의 만남은 참으로 필연이자 장관이 아닐
수 없었는데, 운명적 만남인 까닭이다. (…) 『생의 한가운데』의
주인공 니나는 바로 전혜린 자신이 아니었을까."(『현대소설과의
대화』, 현대소설사, 1982, 18쪽)

1994. 9. 3.

윤대녕의 『은어낚시통신』(문학동네, 1994)을 읽다.

정갈한 문장과 소재로 독자의 관심을 끄는 『은어낚시통신』에
대한 독후감에 '비평적 선점 운운'하는 서두가 필요하였던 까닭은
굳이 밝힐 필요가 없겠고, 벨이 아니었다면 윤대녕은 결코
소설을 쓰지 못했을 것이란 우스개나 하나 이 글 끄트머리에
덧붙여둔다. 정말이지 그의 소설에는 전화기가 등장하지 않는
작품이 없다.

1994. 9. 29.

피카디리 극장에서 쿠엔틴 타란티노 감독의 「펄프 픽션」(Pulp
Fiction, 1994)을 두 번 연이어 보다.

감독은 인과성의 분절과 시간의 역전을 택하는 것으로 주제
전달에 성공했으며, 관객의 영화적 상상을 만족시킨다.

1994. 10. 8.
이범선의 『표구된 휴지』(책세상, 1989)를 읽다.

우리가 쓰는 서정이라는 단어에도 무지개처럼 화려한 것에서부터
소박한 단색의 황토색까지 여러 층의 색깔이 있을 것이다. 거기에
이범선의 소설을 대입해보면, 그는 단연 소박한 황토색 서정의
작가이다.

1994. 10. 10.

하근찬의 『화가 남궁 씨의 수염』(책세상, 1988)을 읽다.

그의 소설은 과거나 우리 것에 대한 과도한 경사를 보여주거나
고집을 나타내지 않으므로 회고 취미나 국수주의에 빠지지
않는다. 하근찬의 소설은 역사나 과학을 넘어선 자리, 신화와
기원에 대한 향수와 믿음이 온존하는 마음자리에서 시작한다.

1994. 11. 18.

문형렬의 『바다로 가는 자전거』(문학과지성사, 1994)를 읽다.

뇌성마비아를 낳은 딸에게 그녀의 아버지가 채근한다. "내 많이 생각해봤다. 너희들보다 훨씬 많이 생각해봤다. 뒷산에 구덩이 파 놨다. 빨리 결정해서 데려오너라. 어른들 말을 들어라. 그른 것 하나 없다. 내가 지금 구덩이 파 놓고 전화하는 길이다. 이 길밖에 더 없다."

1994. 11. 28.
로버트 올렌 버틀러의 『속삭임』(강천, 1994)을 읽다.

남성의 내면은 숱한 여인들이 음각해놓은 풍경으로 가득하다.
당연히 그 풍경 속에는 육체적으로 접촉한 여인이 최고의
높은 자리에 앉아 있지만, 남자가 사랑했던 아주 많은 여자들
가운데는 "만지지 않고도 사랑할 수 있었"던 여인도 많으며
"그렇게 하지 않았어도 내가 그들을 사랑하고 있었던 것을"
여전히 확인할 수 있는 여인들도 있다.

1994. 12. 29.

이어령의 『축소지향의 일본인』(갑인출판사, 초판 표시 없는,
1983)을 읽다.

저자에 의하면 "지금까지 써온 일본, 일본인론에는 일본의
특성을 영·미와의 단순비교를 통해", '서양에 없는 것이니까
일본적인 것'이라는 식의 비논리적인 등식을 만들어왔다는
것이다. 하므로 저자는 일본의 특성을 서구와 상대적으로
비교하는 것은 "동북아시아권의 보편적인 특성이 일본만의
것으로 오해받는 논리의 비약"이므로 이를 벗어나 동양의
눈으로 일본과 동북아시아의 동일성과 차이성을 검토해볼 것을
제안한다.

　　수려한 문장, 인문학적인 박식함, 기지에 넘친 구상으로
일본인마저 놀라게 한, 이미 이 분야의 고전이 된『축소지향의
일본인』앞에, 서점의 인기순위를 없는 집 아이들의 '콧물'처럼
오르락거리고 있는 요즘의 읽으나 마나 한 일본인론들은 '새 발의
피'도 못 된다.

1994. 12. 30.

이어령의 『축소지향의 일본인 그 이후』(기린원, 1994)를 읽다.

『축소지향의 일본인』을 발간한 지 13년 만에 다시 쓴 씨의
일본론. 그러나 앞서의 책과는 달리 본격적인 저작은 아니고
『축소지향의 일본인』 이후에 일본에서 행했던 여러 강연과
인터뷰 등을 모은 것. 조각보 형태의 것이지만 전작을 감동 깊게
읽고 거기에 대해 호기심을 오래 가지고 있는 독자에게는 그러나
충분히 뒤풀이가 된다.

　　"하이쿠는 누누이 설명한 대로 무엇인가를 끌어내기 위한
맨 처음의 발상에서 나오는 첫 구인 것입니다. 문제를 이끌어내는
것이지, 문제를 해결하는 결론은 아닌 것입니다. 그러므로
하이쿠의 약점은 거기에 무엇이든 갖다붙여도 좋게 되어 있다는
점입니다. 즉 이데올로기 앞에서 무력해질 수밖에 없다는
것입니다." 그러면서 "일본의 벚꽃은 아름답습니다. 그러나
이데올로기로 화한 벚꽃은 위험하고 추악합니다"라고 말한다.
4장은 「시바 료타로와의 대화」인데 일본의 국수주의 논객과
대담하면서 이만큼 일본에 대해 잘 말할 수 있는 한국인이 또
누가 있었을까 싶다.

1995. 1. 5.
이사벨라 버드 비숍의『한국과 그 이웃 나라들』(살림, 1994)을
읽다.

책을 읽고 쓰는 동료들과 둘러앉아 이런저런 이야기를 나누다
보면 '그 책의 판매부수를 보면 이 땅에 지성 독자가 얼마만큼
있는지 가늠할 수 있다'라는 최상급의 표현으로 상찬받고 주목을
요구하는 책이 있다. 이사벨라 버드 비숍의『한국과 그 이웃
나라들』이 바로 그런 책이다.

1995. 1. 7.

성석제의 『그곳에는 어처구니들이 산다』(민음사, 1994)를 읽다.

이 책은 우리나라에서 보기 힘든 '손바닥 소설'의 진수를
보여준다.

1995. 1. 15.

노재명의 『신중현과 아름다운 강산』(새길, 1994)을 읽다.

신중현은 작년에 나이세스에서 「무위자연」이라는 이름의 두
장짜리 앨범을 내놓았는데, 노장사상이나 자연에 대한 경도는
반체제 성향을 가지고는 있지만 그것을 의식화할 수 없었던
사람이 밟게 되는 자연스러운 행보.

　　이 책을 쓴 사람은 그 앨범에 해설을 쓴 사람인데, 이 책을
읽는 대신 바로 신중현의 음악을 접하고 싶은 사람은 「무위자연」
앨범을 들으며 그 속에 든 저자의 해설을 읽는 것도 괜찮다. 내가
보기에 그 해설은 『신중현과 아름다운 강산』이 요령 있게 요약된
축소판이기 때문이다.

1995. 1. 25.

에드워드 리의 『재즈입문』(삼호출판사, 1994, 초판 표시 없는
6쇄)을 읽다.

─────────────────────────────────────

『재즈입문』의 저자는 '스윙'(싱커페이션이나 오프 비트) 하지 않는
것은 재즈가 아니라고 말한다.

1995. 2. 14.

버지니아 울프의 『자기만의 방』(예문, 1990)을 읽다.

이 책을 읽지 않은 사람도 버지니아 울프의 "여성이 글을 쓰기
위해서는 돈과 자기만의 방이 있어야 한다"는 말은 알고 있을
것이다. 예술과 창작이 물질적 조건을 토대로 한다는 제1장
서두 부분의 그 유물론적인 명제는 별로 낯선 것이 아니지만,
버지니아 울프는 사회주의적인 그 명제를 여성주의에 접맥시킨다.
그녀가 선구적이라면 바로 이 점에서 일 터인데, 즉 문학사에
나오는 문호들이 모두 남자라는 것은 여자의 두뇌가 열등해서가
아니라 그들에게 글을 쓸 수 있는 물질적 조건이 갖추어지지
않았기 때문이라는 것이다.

1995. 2. 24.
밀란 쿤데라의 『참을 수 없는 존재의 가벼움』을 다시 읽다.

나는 이 책이 막 출간된 88년도에 처음 읽었다. 그때의 내
독후감상은, 한번 꺾어보고 싶은 상대를 꺾지 못했을 때 생기는
얄미운 감정 바로 그것이었다. 우연적이고 주변적인 시시콜콜한
일화 가운데 불쑥불쑥 끼어드는 우주적 농담들. 현학에 정색하고
도전하려고 들 때마다 들려오는 너의 짓궂은 웃음. 산뜻하게
설명해보고 싶은 욕망이 좌절된 날 밤에 꾸는 악몽.

7년 만에 너의 이 소설을 다시 읽게 된 것은 프란체스코
알베로니의 『에로티시즘』 덕이다. 그 책은 남녀 에로티시즘의
차이와 특성을 비계속성과 계속성 혹은 분리와 통합으로
규정했다. 남성의 에로티시즘은 철저하게 분리와 연관된다.
그에게 에로티시즘은 막간이고 휴식이다. 하지만 여성의
에로티시즘은 사랑에 의한 통합과 인생의 공유를 촉진한다.

1995. 3. 20.

서울로 올라오는 기차에서 범우사에서 간행된 범우문고 가운데
김승옥의 『무진기행』(1994, 2판 5쇄, 범우문고 013)을 읽다.

「무진기행」은 내가 가장 좋아하는 소설이다. 나는 그것을 읽고
또 읽는다. '뻥과자'처럼 심심할 때마다 읽고 또 읽는 까닭으로
나는 이 작품에 대해 어떤 분석을 해보고픈 욕심이 일지 않았다.
읽고 또 읽는 가운데 나는 이 작품의 구조를 완전히 '품고'
장편으로 새로 '키울' 수 있기를 바랐던 것이다.

무진은 있다. 그러나 '무진은 없다'고 해석하는 것이 이
작품의 의미를 더 깊게 한다고 나는 믿는다.

1995. 4. 1.

다니엘 디포의 『로빈슨 크루소』(문학세계사, 1993)를 읽다.

문학세계사 판으로 나온 『로빈슨 크루소』는 두 가지 점에서 다른
판본과 비교할 수 없이 특출나다. 첫째, 어린이들을 위한 동화로
윤색되어온 작품을 원래의 성인용 소설로 되돌려놓았다는
점과, 둘째, 국내 최초로 완역을 시도했다는 점이다. 로빈슨
크루소의 무인도 생활은 실상 『로빈슨 크루소』의 상편에
불과하며(문학세계사 판의 상권), 고국인 영국으로 귀향한
후 예순이 넘은 나이로 다시 중국과 시베리아를 횡단하는
모험까지가 로빈슨 크루소의 온전한 생인 것이다(문학세계사
판의 하권).

1995. 4. 17.
도서대여점에서 어릴 때 읽은 바 있는 R. L. 스티븐슨의
『보물섬』(장락, 1994)을 빌려와서 읽다.

달성되어야 할 목표(보물/이상)가 제시되고, 그것을 위해
주인공이 장도에 오르는 일 그리고 목표에 도달하기까지
주인공이 겪어야만 하는 수수께끼와 고난과 훼방꾼의 방해가
있고, 주인공을 도우려는 의외의 협력자가 등장하여 장애가
해소되고 주인공은 최초의 목표에 이른다는, 이야기의 가장
순수한 형태를 『보물섬』은 두루 갖추고 있다.

1995. 5. 18.

미시마 유키오의 『금각사』를 읽다.

청년 시절이면 누구나 한번씩 빠졌다 헤어나오는 책이 있다.

미시마 유키오의 이 작품이 바로 그런 책.

1995. 6. 26.

밀란 쿤데라의 수상집 『사유하는 존재의 아름다움』(청년사,
1994)을 읽다.

오늘 읽은 이 책을 번역되지 않은 원서로 읽은 것은 아니나,
그래서 혼자 훔쳐볼 수 있는 것도 아니지만, 두고두고 명상거리로
삼고 싶기에, 왜냐하면 독후감을 쓰거나 요약을 해놓으면 다시
읽으려 들지 않을 것이기에, 내용에 대해서는 아무런 소감도
남기지 않으려 한다.

1995. 6. 28.

밀란 쿤데라의 『사랑』(예문, 1995)을 읽다.

쿤데라는 며칠 전에 읽은 수상집에서 "마치 우리가 훌륭한
음악을 끝없이 반복해서 들을 수 있듯, 훌륭한 소설들 역시
반복해서 읽히도록 만들어진 것이다"고 쓴 바 있는데, 순순히
거기에 동의한 것이다. 그럼에도 이제야 이의가 생기는 까닭은,
훌륭한 소설은 훌륭한 음악처럼 반복해서 읽히는 것이라고 했을
때, 소설이 전범으로 삼아야 될 훌륭한 음악이란 대체 어떤
것일까라는 의문에서다. 그것을 알기만 하면 작가 지망생들은
당장 소설을 써낼 수 있고, 독자들의 감식안도 상당히 향상될 수
있다고까지 말하지는 못하더라도 최소한 그를 좀 더 잘 이해할
수 있지 않을까?

1995. 6. 29.
코아아트홀에서 차이밍량 감독의 「애정만세」(愛情萬歲, 1994)를
보다.

마지막 장면은 옥의 티처럼, 과장되어 보인다.

1995. 7. 24.

하루 종일 서랍을 뒤지며 옛날에 쓴 잡동사니들을 구경하다.

버려야지, 버린다 하면서 5, 6년간 못 버린 원고들을 이번 기회에
모두 쓰레기통에 넣는다(불태울 필요도 없다). 그런 잡동사니들
가운데 워드프로세서의 인화지에 인쇄된 누런, 재미있는 것이
있다. 시인들은 출판사에 자기 시집 출간을 의뢰할 때 본인이
직접 하기는 그냥 쑥스러워 자신의 시집을 내고 싶은 출판사와
왕래를 해본 경험이 있는 동료 시인에게 대신 우푯값을 쓰게
하는 일이 종종 있는데, 아래의 편지는 내가 그 일을 하면서
원고만 달랑 보내기는 따라 쑥스러워서 아무렇게 횡설수설해본
것이다.

이영준 형께.

정화진 시인의 시 51편을 보냅니다. 읽어보시면, 정화진
씨의 상상력이, 80년대 젊은 시인들이 보편적으로 구사했던
서구적(그리스 로마적) 상상력과는 얼마나 큰 차가 나는가를
아실 것입니다. 이름 붙이자면, 동아시아적 상상력이라고나
할까요. 정화진 씨의 상상력은 우리의 아이덴티티와 닿아 있어,
믿을 수 있고 깊이가 있습니다.

　　요사이 제가 읽고 있는 『미셸 푸코』의 한 페이지에 보면
'파시스트적 속도'라는 재미있는 용어가 나옵니다. 이 말은
들뢰즈의 용어인데, 그는 "과학의 기술화, 기술의 산업화를
추진하는 자본주의 체제는 국내에서 매우 능률적이고 고속도의

관리와 억압체계를 만들어냈고 국제적으로는 초고속의 군사
기술을 앞세운 초강대국의 제국주의를 탄생시켰다"고 말하고
"가속도를 지닌 근대이성과 그것에 기초한 여러 학문들은
인간생활의 모든 측면을 폭력적으로 가속화시"킨다고 말합니다.
인간을 죽이고 신을 죽인 것도 근대 이후에 생겨난 이
'파시스트적 속도'라는군요.

　　그 페이지를 읽으면서, 저는 80년대에 득세했던
문명비판시(시인)들을 생각했습니다. 혹, 나는, 내가 비판하고
해체코자 한 대상의 속도에, 나도 몰래 함께 탑승하지 않았던가?
그래서 내가 비판하고 해체코자 한 무지막지한 대상과 함께
휩쓸려버린 게 아닌가? 또 내가 모르는 사이에 내 시는, 그
타기할 만한 가속력에, 한 줌의 속도를 더 보탠 것은 아닌가?
분명 그랬을 것입니다. 저는 제가 비판, 해체코자 한 대상의
속도와 똑같은 방향의 속도로 사고하고 응전했으니까요. 바로
이것이 문명비판시의 한계이자 모순이 아닐까 생각합니다. 문명을
비판하기 위해서는 그 비판의 대상과 똑같은 방향의 속도로
대응해야 하니까 말입니다.

　　이런 반면 정화진 시인의 시는, '파시스트적 속도'가
가속력을 내어 달려가는 방향과 ― 모든 근대적 이성을
테크놀로지화하거나 권력이란 집합점 아래로 변화시키는 ― 반대
방향으로, 천천히 나아갑니다. 시집 끝에 별도의 단어사전을
만들어 실어야 될 만큼 많은 우리나라 고유명사 명칭들과
이제는 잊힌 고유풍습이나 전통에 대한 되새김질은, 우리의
아이덴티티를 찾아내는 작업이자, 모국어를(80년대 시인들에게
이 얼마나 낯선 단어!) 아름답고 풍부히 해야 하는 시인의

사명에(이 또한, 80년대 시인들에게 얼마나 오래 천시받은
사명!) 충실히 복무합니다. 그리하여 정화진의 시는 정신생활과
물질생활을 망라한 모든 생활 속에서 파시스트적 가속도를
억제하는 별종의 속도, 즉 새로운 속도를—들뢰즈식으로 말하면
'노마드적 속도: 유목민적 속도'—창출합니다.

　　정화진 시인으로 인해, 더는 유년시절을 탐사한다거나
고대적 상상력의 원형을 추적해 들어가는 일이,
현실도피적이거나 복고취향적이지 않게 될 것입니다. 놓치지
마시고, 꼭, 잡으십시오. '민음의 시' 시리즈에서 가장 오래 남고,
'민음의 시'를 빛나게 할 시집이 될 것입니다.

1995. 8. 10.
대구. 정어리.

첫 문단에 나오는 '80년대 젊은 시인들'은 『시운동』 동인을
지칭하고 있다. (원고를 보낸 다음 해 정화진 씨의 시집이
『장마는 아이들을 눈뜨게 하고』라는 제목으로 민음사에서
나왔다. 그러나, 그 일은, 내 편지와 아무 상관이 없다.)

1995. 8. 10.

제임스 미치너의 문학 수업기 『작가는 왜 쓰는가』

(미세기, 1995)를 읽다.

이 책은 미치너가 자신의 문학 수업기를 착실하게 기록한 것으로
대학 시절부터 습작기에 이르기까지 어떤 식으로 자신의 문학적
취향을 발전시키고 작가가 되기 위한 준비를 했는지 밝히는데,
그는 우리가 혀를 내두를 만큼 엄청난 분량의 엄선된 고전을
읽고 또 읽었다: "나는 발자크, 카뮈, 톨스토이, 파스테르나크,
디킨스, 하디, 멜빌, 치버 등의 작가를 읽지 않고 문학을
해보겠다고 덤비는 문학청년은 의심스러운 눈초리로 보게 된다.
도대체 아무 밑천 없이 어떻게 준엄한 경쟁에서 이길 수 있는
높은 수준을 획득한다는 것인가?"

　　또한 이 책은 반세기 넘게 창작에 임했던 노작가의 소설
쓰기 비결을 덤으로 알려준다.

1995. 8. 21.

무라카미 하루키의 『태엽 감는 새』(문학사상사, 1994)를 읽다.

이 소설을 통해 하루키는 인간의 재생, 세계의 재생에 대해
이야기하며 그의 등단작인 한 중편과 최고의 판매부수를 올린
그의 또 다른 한 장편에서 비쳐 보인 바 있는 '타인의 감정에 귀
기울일 것'과 '우리는(나는) 지금 어디에 있는가?'라는 주제를
되풀이한다.

1995. 8. 26.

최인훈의 『광장/구운몽』(문학과지성사, 1994, 3판)을 다시 읽다.

나는 이 소설을 다시 읽으며 주인공인 이명준이 윤애, 은혜와 함께 상당히 잦은 성교 횟수를 보여주는 데 놀랐다. 그러나 주인공의 성애에 대한 몰두는 그의 관념성과 좋은 짝을 이루며, 육체에 대한 몰두는 관념이나 이념보다 소중한 사랑의 가치를 발견하는 과정을 준비한다.

1995. 9. 3.

자크 아탈리의 『21세기의 승자』(다섯수레, 1995)를 읽다.

무엇보다 재미있는 것은 21세기가 중세와 같은 여행자의 천국을
다시금 맞이하게 될지도 모른다는 사실이다. 그것은 의미의
낙차를 지닌 두 방향에서 진행되는데, 먼저 자신의 미래가
불투명하고 가난에 찌든 주변부의 많은 인구가 경제적 난민이
되어 선진국으로 몰려들거나 이민의 길을 택하게 될 것이다.

1995. 9. 7.

마루야마 겐지의『물의 가족』(현대문학, 1994)을 읽다.

지금껏 읽어본 일본의 현대 작가들 가운데서 마루야마 겐지만큼
남성적인 작가는 없었다. 요즘 자주 접하게 되는 대부분의 현대
일본소설에 나오는 남자 주인공들은 중성적이거나 여성화되어
있다. 반면 그의 작품 세계에서는 불굴의 자존으로 운명을
견디는 남성의 삶이 다루어진다.

이 소설을 읽으면 누구나 자신도 모르는 사이에, 우주적
순환과 우주적 정화에 참여하는 듯한 축복을 느낄 것이다!

1995. 9. 9.

김원일의 『노을』(문학과지성사, 1991, 재판)을 읽다.

이틀 동안 마루야마 겐지의 그 밀도 높은 문장과 심상에 질렸던
터라, 말맛이 걸진 소설을 읽고 싶었다. 그래서 펴든 것이 이
소설. 과연 기대에 어긋나지 않았다.

1995. 9. 16.

박상우의 『독산동 천사의 시』(세계사, 1995)를 읽다.

이 창작집을 다 읽고 나면 작가의 고민과 창작 방법이 기왕에
발표된 바 있는 첫 창작집 『샤갈의 마을에 내리는 눈』(세계사,
1991)의 세계를 반복하고 있음을 알게 된다. 그러나 똑같은
수준의 질을 보장하고 있음에도 첫 창작집이 독자에게 던졌던
신선감과 감동을 두 번째 창작집에서 다시 맛보기 어려운 것은
왜일까? 까닭은 '뜨거운 아이스크림'이라는 형용모순 속에
『샤갈의 마을에 내리는 눈』이 놓여 있었기 때문이 아닐까? 즉
국내외에서 벌어진 민주화 추진과 사회주의권 몰락이라는 반비례
상황은 박상우의 낭만주의적인 전언들을 돋보이게 했다. 하지만
동구 사회주의가 몰락한 지 10년도 채 안 되어 그런 현란하고
기막힌 반비례가 주는 어지럼증은 깨끗이 해소된 듯 보인다.
그래서 두 번째 창작집은 김이 빠졌다.

1995. 9. 18.

김훈의 『빗살무늬토기의 추억』(문학동네, 1995)을 읽다.

불로 만들어진 현대 문명을 시원스레 식히는 폭포수 같은 소설.

1995. 9. 20.

김인숙의 『칼날과 사랑』(창작과비평사, 1993)을 읽다.

싸울 줄 아는 인간만이, 그것도 본질이 다루어지는 큰 싸움터에
나설 줄 아는 인간만이 지척에 있는 사랑하는 사람들과의
현상적이고 소모적인 작은 싸움을 불식시킬 수 있다는 불패의
믿음과 공식은 누구의 것도 아닌 김인숙만의 것이다.

1995. 9. 23.

내가 쓴 「긴 여행」이란 단막극을 김아라 선생님이 재구성, 연출한
극단 무천의 '95 서울연극제 공식참가작 「이디푸스와의 여행」의
소개책자에 쓸 작가의 말을 쓰다.

(이 연극은 연극제에 참가하기 훨씬 전에 한 차례의 서울 공연과
두 차례의 해외 공연을 했는데, 잘도 안 쓰고 버티다가 이제야
쓴다. 마지막 문단은 진심에서 또 즐거이 썼으나, 첫 문단은
억지로 쓴다.)

죄를 짓고 쫓기는 것, 나는 그 주제에 거역할 수 없을
만치 강한 호기심을 가졌고 거기서 전율을 느꼈다. 우리가 자주
접하는 추리소설이나 어떤 영화들은 얄밉도록 그 세계를 깊이
파고 드는데, 죄와 도주의 일대기에 끊임없이 탐닉하는 우리
모습은 인간의 피 속에 이디푸스의 초상이 새겨져 있음을 또는
저 선악과 시절에 최초의 죄를 범하고 즐거이(?) 낙원을 박차고
나왔다는 모험심에 찬 조상의 그림자가 어른거리고 있다는 게
아닐까.

충격이라고 표현할 만큼 놀라운 연극적 경험을 선사해주신
연출가 선생님과 배우 여러분께 이 연극에 조그마한 주제를
제공한 원작자로서가 아니라, 한 평범한 관객으로서 감사의
인사를 올리고 싶다.

1995. 9. 28.

배수아의 『푸른 사과가 있는 국도』(고려원, 1995)를 읽다.

나에겐 밋밋하게 느껴지지만, 모험 없는 모범생들인 요즘의
젊은 세대는 오히려 배수아의 소설에서 격렬한 서사를 읽을지도
모른다.

1995. 10. 1.

'95 서울연극제 공식 참가 작품인 최현묵 작 「끽다거」 소개
책자에 실을 작가 초상을 쓰다.

스물네 살 때 최현묵 형을 처음 만났다. 그때 나는 시를 쓰면서,
희곡 읽기에 더 열심이었다. 베케트, 아라발, 이오네스코, 샘
셰퍼드…. 「바람 앞에 등을 들고」를 쓴 오태영은 성자였다.
그리고 그것이 고귀한 것이라서, 희곡 따위는 쓰지 않아도
좋다고 생각했고, 친구들이 시나 소설보다 희곡을 읽지 않는
데에 놀랐다. 흔히 가을은 독서의 계절이라고 말하지만 그 말의
의미를 좀 더 엄밀하게 한정하고 싶었던 나는 그해의 일기장에
이렇게 적었다: 가을은 희곡을 읽는 계절이다!
　　나 자신이 문사였음에도 불구하고 시(인)의 공화국이라
할 만한 대구에서는 극작가를 접하기 어려웠고, 나는 언제나
그 성자의 무리를 볼 수 있을지 막막했다. 그때 만나게 된
것이 바로 최현묵 형이다. 아니 실물보다는 그가 쓴 「저승
훨훨 건너가소」라는 매력에 찬 희곡을 먼저 읽었고, 후에 형을
만나게 되었을 때 나는 내 속에 있는 어떤 결벽이 무너지는 것을
경험했다. 형은 그만큼 인간적이었던 것이다.
　　무대화에 대한 배려보다는 문학성이 강한 레제드라마를
쓰고 싶은 내 반편의 욕망과 달리, 형은 삼성도의문화상,
『중앙일보』 신춘문예, 국립극장 장막 공모, 전국 지방연극제
그리고 이번에 참가하는 서울연극제 등의 굵직굵직한 공모전과
무대를 통해 문학성은 물론이고 연극성이 높은 작품을
발표해왔다. 박계배 선생님의 연출로 선보일 「끽다거」에서 우리는
그것을 볼 것이다.

1995. 10. 6.

고종석 산문집 『고종석의 유럽통신』(문학동네, 1995)을 읽다.

이 산문집은 얇지만, 두텁다고 해야 한다. 까닭은 저자의
관심사가 한국인으로서는 보기 드물게 광역한 외부 세계를
더듬고 있기 때문이다.

안정된 직장을 팽개치고 아무런 확실한 생계도 마련해놓지
않은 채 불안한 해외 생활을 하는 필자에게, 자기 땅에서 받은
패배감과 생래의 강한 내성주의가 위안과 보상으로서의 '외부'를
구하였다는 처방을 내리는 것은 너무 단순한 결론이 될 것이다.
조국을 사랑함에도 불구하고 필화나 정치적 견해에 따른 박해
때문에 이루어지는 망명은 보기에 따라 희극적이다. 그러나
자기 스스로 택한 망명은 누구와도 화해할 수 없기 때문에
비극적이다(어쨌거나 『고종석의 유럽통신』은 한번 필독해볼
만한 좋은 산문집이다. 서점의 인기 서적 매대와 사춘기 감성을
장악하고 있는 대부분의 수필집이 '가을엔 고독하다'거나
'4월은 잔인한 달이라고 어떤 시인은 노래했다'와 같은, 딱히
자기만의 것도 아닌 대중적 감상주의와 올빼미의 혀처럼 학습된
교양주의로 글쓴이를 익명화시키는 반면, 고종석의 수필은
저자를 저자이게 드러낸다).

1995. 10. 15.

요한네스 M. 짐멜의 『나는 모든 것을 고백한다』(문예출판사, 1992)를 읽다.

이 소설은 프로이트 박사가 갑자기 튀어나오는 287쪽에서부터 망쳐버렸는데, 그 망친 대목은 어찌해서 이 작가가 독일 최고의 대중 소설가가 될 수 있었나를 짐작하게 해주는 한편, 책을 덮는 순간 이런 생각마저 떠올리게 해주었다: 대중 소설가는 소설 혐오가이다. 대중 소설가는 소설 쓰는 일을 부끄러워하기 때문에 자기가 쓴 이야기에 교훈이라는 당의를 덧칠하지 않으면 안 된다. 대중 소설가와 함께 대중 소설 애독자 역시 소설 혐오가이다. 그들 또한 소설을 읽는 일을 부끄러워하며, 때문에 자기가 읽고 있는 이야기에서 교훈과 도덕을 발견하려고 애쓴다.

1995. 11. 10.
도서대여점에서 신경숙의 『외딴 방』(문학동네, 1995)을 빌려
읽다.

도시적 삶과 기계 문명이 워낙 많은 모순으로 우리 삶을
피폐화시키고 있기 때문에 그 반대급부로 농경적 공동체
의식이나 자연 세계의 모성 원리가 강력히 요청되고 있는 것을
볼 수 있다. 그러나 그 강력한 청원이 자칫, 인간 자신이 고향처럼
느끼고 있는 그 순환고리가 동시에 우리를 구속하고 있다는 것을
간과하게 해서는 안 된다.

1995. 11. 15.

시인, 소설가이자 대중음악 평론가인 김연수 씨의 추천으로
삐삐밴드의 「문화혁명」이란 앨범을 듣는다.

노래하는 여가수의 창법이 '어쩐지 어딘가 정상이 아니라는
생각이' 드는 '딸기'를 들으면서, 낄낄 웃으면서, 나는 무지무지
행복했다.

　　김연수의 말처럼 아무런 내용도 없이 "좋아 좋아 좋아
딸기가 좋아 / 좋아 좋아 좋아 딸기가 좋아 / 딸기가 제일
맛있어"라고 고래고래 소리를 지르다가 슬며시 끝을 맺는 이
노래는, 오랫동안 이 땅을 지배해온 유교 문화와 군사 독재가
상피 붙어 까놓은 여러 층위의 권력과, 그 권력에 도전하는
체제저항적(이라고 알려져온 신세대) 음악마저 희롱해버린다.

1995. 11. 17.

도서대여점에서 박경리의 『김약국의 딸들』(나남출판, 1993)을
빌려 읽다.

작가의 필치가 한 가문의 몰락에 집중된 탓에, 소설의 크기와
흥미가 점점 졸아드는 느낌을 피할 수 없었다.

1995. 11. 24.

복거일의 『캠프 세네카의 기지촌』(문학과지성사, 1994)을 읽다.

이 소설은 미군이 부대를 지으면 그 주변에 판잣집을 급조해서 마을을 마들고, 미군을 상대로 온갖 장사를 해서 벌어먹고 사는 한국인들의 이야기, 곧 기지촌 사람들의 이야기이다.

1995. 12. 9.

파리행 비행기에서 유하의 『이소룡 세대에 바친다』(문학동네, 1995)를 읽다.

'반성'과 '추억'은 이 산문집을 빈번하게 장식하고 있는 개념인데, 전자는 그가 선생으로 모시고 있는 김현의 예술(문학) 효용론으로부터 직접 빚진 것이라고 볼 수 있으며, 유년기에 초대면했던 죽음과도 밀접한 연관이 있어 보이는 후자는 유하 자신의 예술론에 해당한다.

1995. 12. 19.
포우의 『검은 고양이』(문예출판사, 1986, 중판)를 읽다.

이 책의 역자는 문예교양선서의 평균적 수준에 비해 많이
뒤떨어진다. 그래서 이 판본을 선택한 독자는, 영어는 잘 알지
모르지만 국문은 그만큼 능숙해 보이지 않는 역자의 거친 번역에
치미는 울화를 다독여가며 읽어야 한다.

1995. 12. 21.

F. S. 피츠제럴드의 『위대한 개츠비』(문예출판사, 1994, 2판
2쇄)를 세 번째로 읽다.

이 소설의 가장 놀랄 만한 은유는 소설 초입에, 그리고 사랑에
버림받은 존재로 비운의 총탄을 맞고 어처구니없는 꼴로 소설
무대를 퇴장하기까지 주인공 개츠비가 뭇 대중들의 끈질긴 모험
속에 사는 것이라고 말할 수 있다.

추리소설은 그 소설을 다 읽는 순간 의문이 해결되지만
이런 유의 소설은 물리적인 독서 행위 내에서 해소되지 않는다.
대체 살인 행위에 대한 뚜렷한 증거 없이도 우리가 개츠비를
살인자로 심문하는 까닭은 무엇인가? 아주 사소하지만 구체성과
상징성을 동시에 드러내는 증거로 우리는 그가 아버지가 지어준
제임스 개츠라는 성과 이름을 제이 개츠비로 바꾸었던 사실을
들 수 있다. 그 불길한 행위야말로 개츠비를 살인자일지도
모른다는 끈질긴 모험 속에 자리 잡게 하는 유일한 혐의다. 성을
가는 놈은 뭣이라도 하니까. 또 성과 이름을 가는 행위에는 자기
살해라는 상징적인 죽음이 개입하므로. 그러나 아버지가 물려준
성과 아버지가 지어준 이름을 아들 임의로 바꾸었기 때문에
살인자라는 단정은, 그의 범죄 사실을 심판하는 것이 아니다.
독자라는 배심원이 그런 판정을 한다면 마치 뫼르소에 대한
오판을 다시 저지르는 것과 같다.

1995. 12. 26.

어떤 필요에서 R. H. 반 홀릭의 『중국성풍속사』(까치, 1993)를
읽다.

제목 때문에 이 책을 선택하는 데 저어하는 독자가 있어 일독의
기회를 포기한다면, 중국에 관한 좋은 이해서를 눈 뻔히 뜬 채
놓치는 우를 범하는 셈이다. 호기심은 많으나 용기가 부족한
아가씨들의 경우가 그러할 것이다. 그러나 이 책은 성 풍속을
다루고 있긴 하지만, 성 풍속이라는 표피 뒤에 숨은 전형적인
중국인의 사고방식과 문화 형성 원리를 파고들며 독자는 성
풍속이라는 당의정을 핥으며 중국의 역사를 개괄할 수 있다.

1995. 12. 28.

어떤 필요에서 번 벌로·보니 벌로 공저 『매춘의 역사』(까치,
1992)를 읽다.

매춘은 금전적 대가를 목표로 이성을 유혹하는 행위다. 그러나
이 의미 규정은 성행위 전후에 곧바로 금전을 치르는 전통적인
형태의 매춘에만 타당한 설명일뿐더러, 미묘한 계급적 편견을
드러내는 일이 될 수 있다. 왜냐하면 그것은 상류사회에서
일어나는 여러 가지 동거 형태, 이를테면 '내연의 처' 관계를
매춘이라는 규정에서 면죄시켜준다. 뿐만 아니라 그것은
금전으로 환산되지 않는 다른 경우의 거래를 예외로 한다.
이를테면 좋은 배역을 따기 위해 제작자에게 성을 제공하는
따위. 그렇다고 해서 대가가 따르는 모든 형태의 혼외 성교를
모두 매춘이라고 규정하고자 할 것인가? 그처럼 폭넓은 규정은
금전도 사랑도 목표로 하지 않지만 외로움과 같은 일순간의
정서적 해결을 대가로 치러지는 현대적 형태의 여러 성관계마저
매춘에 포함시키게 될 것이다.
      남성이 여성을 소유하고 지배하는 사회에서 "매춘 문제의
핵심은 이중규범"이라고 골백번 강조하고 있는데, 매춘 문제에
대한 그들의 해결 방법은 "성인 서로의 합의하에 행하는 성행위를
금전수수의 유무에 관계없이 합법적으로 인정하는 것이다"고
말한다. 저자들의 이런 결론이 의미하는 것은 매춘에 관한
'통제' 정책, 즉 공창을 인준하자는 말이 결코 아니라, 합의하에
이루어지는 성인들의 성행위에 관대함으로써 '제도화된 매춘
시장'을 없앨 수 있는 효과를 거둔다는 것이다.

1995. 12. 31.

블라디미르 나보코프의 『투명한 물체들』(중앙일보사, 『월간중앙』
1973년 5월 호 부록)을 읽다.

나보코프의 다른 작품을 읽어보지 않은 채로 그의 소품들이라고
여겨지는 위의 작품만을 대상으로 주인공들의 인물상을
분석해보면 남자들은 대개 육체적으로 허약하지만 지적으로는
비대하다. 허약한 육체는 정욕을 마다하지 않으며 비대한 지성은
날뛰는 욕정을 제어하지 못한다. 반면 대개의 여주인공들은
천박한 지성을 가졌으나 발달된 육체를 가진다. 그 사이의 묘한
불균형이 빚어내는 것은 백치미이며, 본질적으로 나보코프의
남자들보다 더 반수(半獸)적이다.

1996. 1. 5.

베케트의 『몰로이』(문학동네, 1995)를 읽다.

『몰로이』의 역자는 어떤 베케트 연구가의 시사에 힘입어 이
소설을 '요나콤플렉스'로 설명하고 있는데, 1부에서 보여주는
몰로이의 어머니 찾기 여정은 물론이고, 그가 빠진 도랑과 그가
몸담은 어머니의 침대 그리고 2부의 도망간 모랑의 아들이
집으로 돌아와 자고 있는 모습은 그 설명을 적절한 것으로
받아들이게 한다. 게다가 1, 2부가 개별적으로 보여준 순환적
서사 구조는 베케트의 항상 근원으로 돌아가고자 창작 심리를
노출한 것으로까지 이해된다.

　난해하기로 악명 높은 베케트의 작품은 중층적 해석을
요구하는데, '요나콤플렉스'로 『몰로이』를 설명하고도 채 설명되지
않는 부분이 있다면, 그 부분은 고드스블룸의 『니힐리즘과
문화』(문학과지성사, 1988)에 해결의 몫을 넘겨주는 것이 타당해
보인다.

1996. 1. 6.

나는 인종차별이 바람직한 것이라고는 생각하지 않지만,
충분히 이해할 수 있는 것이라고 여기고 있다. 이처럼 내가
인종차별을 마음 놓고 비난하는 데 장애가 되는 것은, 우리가
그것을 나쁜 것이라고 단죄하고자 할 때마다, 오늘의 인류
문명을 이룩할 수 있었던 교육 그 자체를 나쁜 것이라고 말해야
하는 이상스러운 혼돈과 마주하기 때문이다. 이렇게 말하는
까닭은 '나'의 정체성에 대한 내용을 빼놓고서는 어떤 교육도
이루어지지 않는다고 믿어지기 때문이다. 인간은 태어나는 순간
나의 부모·가족·친지에 대해 가장 먼저 인지받도록 훈련받는다.
아이는 자라면서 자신의 정체성을 더 확실하게 인지하고 보존할
더 크고 굳건한 정체성의 구성물에 둘러싸이고, 그것들로부터
되풀이 교육받은 끝에 '나'는 '내-고장', '내-나라'와 같은 가시적
형태의 집단과 '내-종교', '내-언어', '내-문화'와 같이 추상적이지만
가시적 형태 이상의 엄한 규정으로부터 자유롭지 못하게 되며,
역설적으로 그 속에서만 안정을 얻게 된다.
    희랍의 한 철인은 '너', 즉 '나 자신을 알라!'고 말했는데,
어떻게 보면 그 말처럼 인간은 태어나서 죽을 때까지 '나'라는
존재의 정체성을 가장 작은 단위에서 더 큰 규모로 점차 높여
가는 것인지도 모른다. 하지만 인간이 '나'를 아는 정도에는
각자의 한계가 있어서 어떤 사람은 '나'를 '가족'의 동일성
속에서만 파악하며, 또 어떤 인간은 '나'를 '나라'라는 좀 더

확대된 동일성 속에서 파악하기도 한다. 지역감정의 화신은 그 가운데 있을 것이다. 그리고 어떤 범상한 인간은 평범한 사람이 '내-가족', '내-고장', '내-나라'의 수준에서 마감하는 '나'의 정체성을 '인류'라는 보편에까지 확대할 수 있을지도 모른다. 결국 그 자만이 철인의 명령을 완수한 것이다. 그러나 그 일은 너무나 어려워서, 내가 '인류'가 되는 일에 비하자면 낙타가 바늘 속을 통과하는 일은 너무나 쉬워서, 부자들은 모두 천국에 갈 수 있다.

시대의 변천에 따라서 어떤 단위의 정체성은 가치가 귀중해지기도 또 어떤 단위의 정체성은 그 동질적 효과가 의문시되기도 한다. 예를 들어 교통과 통신의 발달로 지역(고장)은 가족이나 국가와 같이 미시적이고 거시적인 형태 속에 양분되어 그 중요성이 미미해지면서, '가족'과 '나라' 사이의 틈을 '학교'가 대신하고 있다. 이런 실례는 우리가 정체성을 구하는 대상이 어떤 계기들에 의해 달라질 수 있다는 가능성을 암시해주며, 인종차별 문제에 대한 서광을 비추어주는 듯하다. 그러나 현대사회의 발전과 함께 사라져버린 '내-고장'에 대한 애향심이 프로야구 같은 뜨거운 관심사에 의해 새로이 부활하는 것을 보면, 정체성이 어떤 방식으로 구성되는가를 알 수 있게 되고 인종 문제에 대한 서광은 희미하게 사라지고 만다. '가족'과 '나라' 사이에 상하향 흡수되어버린 '내-고장'에 대한 애향심이 프로야구라는 운동 경기와 함께 부활한 사실에서 우리가 눈치 챌 수 있는 것은, 정체성이라는 것이 경쟁에 의해 생겨난다는 것을, 더 엄밀히 말해서는 타자라는 존재에 의해서만 '나'의 정체성이 수립된다는 것을 알 수 있다. 단순화시켜 말해서 시베리아처럼 드넓은 고장에 한 가족밖에 없다면 '나'라는 정체성이 눈뜰리 없다. '내-가족', '내-고장', '내-나라'는, 다른 '내-가족', 다른 '내-고장', 다른 '내-나라'의 존재 없이는 고집될 필요가 없다. 존재는 위협이고, 정체성은 방어이다.

희미하게 꺼져가는 인종 문제에 대한 해결의 빛을 우리는 여기서 다시 되살릴 수 있다. 모든 인간이 '인류'를 '나'의 정체성으로 받아들이기 위해서는 다른 '가족', '고장', '나라'의 존재와 같은 강력한 외계인이 있기만 하면 된다. 존재는 위협이고 정체성은 방어이므로 단지 외계인이 존재한다는 자체만으로 인간은 온갖 종류의 인종 문제와 민족 분규를 무효로 돌릴 것이며 '인류(지구인!)'라는 종 속에서 동질적 정체성을 발견하게 될 것이다. 하므로 강력한 외계인의 존재를 소청한다고 해서 곧바로 「별들의 전쟁」과 같은 묵시록적 종말을 생각할 필요는 없으며, 「E.T.」 속에 나오는 요상스러운 외계인과 야구 경기를 벌일 필요도 없다. 도리어 지구의 인종 문제를 해결하기 위해서는 외계인의 존재가 이처럼 절실하게 기구되지만, 외계인은 하나같이 철인의 경지에 다다른 끝이라서 우둔한 '인류'를 필요로 하지 않을지 모른다. 그렇다면 인종 문제의 해결은 결국 미항공우주국의 과학자들과 미중앙정보국의 비밀첩보원들의 활약에 맡겨져야 한다. NASA는 미확인비행물체를 만들어 수시로 지구의 저녁 하늘에 띄워야 하고, CIA는 할리우드의 소품 담당자들과 합작해서 불에 타거나 그슬려진 아주 교묘히 제작된 고무 인형을 외계인의 시체인양 공개해야 한다. 하지만 인종차별의 천국이며, 각종의 민족 분규에서 실탄 대금을 챙기는 미국이 그 일을 솔선할 리 없다.

외계인의 도래가 구세주의 재림과 같이 모호한 불가능의

영역에 머무르는 것이라면, 단 하나의 그럴듯한 방안은 지구 안에서 숨은 '적'을 발견하고 가상의 '적'을 만들어내는 것이다. 예를 들면 요즘 꽤 효과를 보고 있는 환경오염의 위험을 강도 높게 환기시킴으로써 '인류'를 하나로 단결시킬 수 있다. 그러나 환경오염으로 인류가 숨 막혀 죽기 전에 '인류'의 씨를 말릴지도 모르는 버젓한 '적'이 바로 코앞에 활보하고 있는데도 '적'을 애써 발견할 필요가 무엇이란 말인가? 비관적이게도 지구상 곳곳에서 벌어지고 있는 끔찍한 인종 청소와 민족 분규를 목격하고 그것을 우려하면서도 문명인이 받은 교육은 그것을 오히려 자연스럽게 받아들이며, 어떤 지식은 그것을 지지하고 또 당연시한다.

　　다시 문제가 되는 것은 '나'를 싸고도는 교육이다. 하지만 우리는 '내-가족'이 아니라 다른 '내-가족', '내-나라'가 아니라 다른 '내-나라'에 대해 먼저 훈련시키는 교육을 상상할 수 없다. 그렇다고 해서 교육 자체를 비난할 것인가? 그리하여 우리들의 교과 과정에서 국어와 역사를 빼버리고 음악 과정에서는 국악을, 체육 과정에서는 씨름을, 미술 교육에서는 삼국 시대의 미술도감을 빼버릴 것인가? 상대적인 가치를 중시했던 프레이리의 의식화 교육과 유럽에서 이루어지고 있는 학생 교환 계획과 같은 노력에도 불구하고 교육에서 자기 정체성 인지를 완전히 제거하기란 불가능하다. 이런 까닭에서 나는 인종차별이 이해될 수 있다고 말하는 것이며, 자신과 피부가 다른 인종에 대한 생래적이고 습관적인 두려움이나 거리감에서 오는 인종차별은 외국인이 받아들여야 할 귀찮음이라고 생각한다. 왜냐하면 동양인의 서양인에 대한 혐오 또한 거기에 못지않은 것이므로. 전쟁이나 악법과 같은 국가적 규모에서

일어나는 인종차별이 아닌 작은 편견을 너무 민감하게
받아들이는 사람들이 내게는, 인종차별은 없어져야 한다는
당위만으로 인종 문제에 대한 이해를 포기하는 사람으로 비치며
이해를 포기함으로써 문제를 악화시키는 사람으로 여겨진다.
레스토랑에서의 자리 배정과 같은 사소한 것 때문에, 실은 법에
의해 더 많은 평등이 보장받고 있다는 사실을 그는 잊고 있는
것이 아닌가? 어떤 인종에게나 파리 시내의 지하철 요금은
8프랑이다.

　　아내는 두 가지 이유로, 파리에서 한국인을 만나는
게 싫다고 한다. 첫째, 한국인과 이야기를 하고 나면 불어를
잊어버린다는 거다. 불어 따위를 배워보겠다는 생각을 아예
해보지 않은 나로서는 외국어를 익히는 중에 불쑥 끼어드는
모국어가 얼마만큼 학습에 장애가 되는지 어림할 수 없지만,
아내는 내가 서울에서 전화를 했을 때도 불어를 잊어버리기
때문에 "빨리 끊으라"고 농담 삼아(!) 말하곤 했다. 둘째, 여러
명의 한국인을 만나게 되면 꼭 인종차별에 대한 이야기를 하나씩
듣게 된다는 거다. 아니, 꼭 인종차별에 민감하게 반응하는
사람이 한 사람쯤 있어 그 사람의 이야기를 듣지 않았으면
의식하지 못했을 것을 알게 되어 괜히 기분이 이상해진다는
것이다. 자신은 그런 문제에 둔감한데 말이다. 그래서 여느
때보다 두 배로 심심한 오늘, 그 문제에 대해 끄적여보기로 했던
것인데 다 써놓고 보니 내가 마치 상종 못 할 인종차별주의자처럼
보여진다. 그러나 이 글의 요점은 인간은 '어쨌거나' 교육에 의한
향상심을 신뢰할 수밖에 없다는 것이다.

1996. 1. 14.

헨리 밀러의 『속 북회귀선』(정민, 1993)을 읽다.

이 책의 원제는 *The Rosy Crucifixion*이며 그의
출세작이자 한때 한국에서 도서 판매 수위를 차지했던
『북회귀선』(문학세계사, 1991)과 아무런 상관이 없다.
『북회귀선』의 억지 속편을 내세우자면 그 영예는 당연히
『남회귀선』(열린책들, 1991)에 돌아가야 할 것이다. 그런데
어쩌자고 이런 제목을 붙인다는 말인가? 이따위로 출판을
할양이라면, 광화문통에서 호떡이나 구워 파는 게 낫다.
    '장밋빛 십자가'여야만 되었을 이 소설은 『북회귀선』이나
『남회귀선』 어느 작품의 속편도 아니지만, 헨리 밀러가
그의 모든 작품을 통해 보여주고자 했던 '회귀선의 사상'을
되풀이하기는 한다.

사족: 제목은 욕지거리 나게 달았지만, 『속 북회귀선』을 펴낸
출판사는 이 책의 상권에 저자의 일생을 간략히 보여주는 여덟
면의 화보를 싣고 있다. 거기에는 밀러의 두 번째, 세 번째, 네
번째 부인의 사진이 실려 있는데 그 가운데 한 사람은 내가
사귀었던 어느 여자를 생각나게 한다(너는 알겠지?). 그리고 그
화보들은 클라우스 바겐바하의 『카프카』(홍성사, 1979)라는
책을 떠올리게 하는데 그 책에 역시 카프카의 세 약혼녀 사진이
화보로 실려 있다. 나도 그런 책을 가지고 싶다.

1996. 1. 20.

F. S. 피츠제럴드의 『밤은 부드러워』(삼신각, 1987)를 읽다.

1924년 '재즈의 시대', 피츠제럴드는 그 시대의 모든 미국
예술가들이 꿈꾸었던 파리로 날아갔고, 스물아홉이 되던 그
이듬해 문학계의 절찬을 받은 『위대한 개츠비』를 썼다. 그러나
그는 파리 체류 7년 동안 아무것도 더 건진 게 없었다. 그래서
스스로 "낭비와 비극의 7년"이라고 말했다.

1996. 1. 22.
임어당의 『생활의 발견』(문예출판사, 1992, 개판 6쇄)를 읽다.

어떤 저자의 어떤 글에서였는지는 기억나지 않지만, 그 한국
필자는 임어당의 이 책을 일컬어 '속류화된 논리로 대중의
중국에 대한 진정한 이해에 부작용을 끼쳤다'고 썼다. 아내는
단지 이 책이 휴대하기 간편하다는 이유에서 파리에 가져다 놓은
듯한데, 뜻밖에도 나는 이 책을 읽고 많은 위안을 받았다.

잠이 오지 않더라도 눈을 감은 채 침대에 누워 있어야
된다는 불패의 결심으로 버틴 밤, 별의별 생각을 다한 끝에
불면증의 정체를 알게 되었고, 쓴웃음을 지었다. '여기까지
왔으니 뭔가 보여줘야 한다'는 너무나 인간적인 욕망 때문에
얼마나 많은 해외 체류자들이 나와 같은 불면증을 겪었을까?
나와 같이 집안의 전세금을 송두리째 빼내 온 경우, 생활에 대한
염려까지 합쳐져서 '뭔가 보여 줘야' 한다는 인간적인 욕망은
'한탕'의 욕망으로 질척거리게 되어 걷잡을 수 없다.

시종일관 "인생을 즐겁게 지내는 것 이외에 인생에 무슨
다른 목적이 있겠는가"라고 말하는 저자의 말에 홍감하지
않기란 정말 어려운 일이다. 독자들의 일독을 권한다.

1996. 1. 23.

김탁환의 『열두 마리 고래의 사랑이야기』(살림, 1996)를 읽다.

어떤 소설가라도 탐낼 이 매혹적인 소설 가운데 뚜렷하게
나뉘어진 이 켠과 저 켠은 '음양'의 세계에 다름 아니며, 봉합될
수 없이 명백히 갈라진 '음양'의 세계 속에서 남자는 배를 타고
밖으로 나가고 여자는 그들을 기다린다. 즉 오디세우스는
대양을 방랑하고 페넬로페는 실을 짜는 것이다. 이 구도에서
벗어나는 유일한 인물이라면 송숙희 정도일 것인데, 그녀 역시
먼 나라로부터 아신에게 되돌아옴으로써 기다리는 여성의
역할을 체현한다. 무엇보다 흥미로운 것은 작가가 확실한
용단을 내리지는 못했지만, 앞서의 요약이 얼핏 암시하는
것처럼, 남자들은 이 세계 속에서 불멸장수를 안달하는 듯해
보이며 여성은 죽음과 더 친밀한 채로 영계와 남성 무의식 속의
지배자가 되려는 듯 보인다는 점이다.

　　김탁환은 소설가라면 누구나 탐낼 만한 이야기꾼의
재능을 가졌다. 나는 벌써부터 그의 두 번째 소설이 기다려진다.
올해의 문제작을 뽑는 기회가 있다면 우리는 『열두 마리 고래의
사랑이야기』를 꼭 기억해야 할 것이다.

1996. 1. 24.

올더스 헉슬리의 『멋진 신세계』(문예출판사, 1994, 11쇄)를 읽다.

중학교 2학년 때였다. 그때 나는 이 소설을 단순한 미래 과학 소설로 읽었다. 아마 그렇게 읽는 것이 자신의 독서를 스스로의 입장이나 현실에 비추어보는 주체적인 독서법을 익히지 못한 많은 청소년들이 이 책을 읽는 흔한 방식일 것이다.

갖은 유사점에도 불구하고 오웰의 『1984년』과 『멋진 신세계』는 전자의 관심이 정치적 상상력, 후자의 관심이 문명적 상상력에 집중되어 있다는 점에서 약간의 차이를 보이고 있는 것처럼 느껴진다(그것을 밝혀 보기에는 현지 사정이 여의치 않다. 『1984년』 역시 많은 역본이 있지만, 독자들에게는 같은 출판사의 문예교양선서로 나온 김병익 옮김을 권하고 싶다). 전체주의와 그 통치술을 고발하려 했던 오웰과 달리 헉슬리는 이 소설에서 인간 또는 문명을 억압해온 가장 강력한 전범을 가리고자 한다. 그에 의하면 인간이 항상 불만족스럽게 살고 있는 이유는, 욕망과 충족 사이의 수급 불균등 때문이다.

1996. 1. 26.

밀란 쿤데라의 『불멸』(청년사, 1992)을 읽다.

『불멸』에서 쿤데라가 말하고자 하는 여러 가지 것 가운데
독자가 쉽게 알아차릴 수 있는 주제 가운데 하나는, 이 세계가
명예가 아닌 명성, 또 큰 불멸이 아닌 작은 불멸을 얻기 위한
우스꽝스러운 노력에 빠져 있다는 것이다.

1996. 1. 29.
막언의『붉은 수수밭』(동문선, 1989)을 읽다.

「붉은 수수밭」을 너무 감동 깊게 읽었기 때문에, 사실 그 뒤에
실린 작품은 기대도 하지 않았다.

1996. 1. 31.
카밀로 호세 셀라의 『벌집』(푸른숲, 1989)을 읽다.

우리나라 소설 가운데 1990년 전 3권으로 민음사에서 완간된
서정인의 『달궁』 연작 역시 '집단적 주인공'이 등장한다. 그러나
『벌집』은 『달궁』의 풍부한 다성적 울림을 따라오지 못하는데,
왜냐하면 『벌집』은 그것보다 좀 더 단순한 소설 미학의
원칙을 따르기 때문이다. 작가는 자신이 따른 창작 원리를
작중의 어디에 간단히 피력해놓고 있다. "거리에 있는 벤치는
모든 고통과 모든 형태의 행복을 기록한 문집(文集)이기도
하다."(234쪽) 이 모더니즘적 소설 미학은 서정인보다 일련의
'구보 씨' 계열의 소설을 쓴 박태원, 최인훈, 주인석을 떠올리게
한다.

1996. 2. 9.

멜빌의 『백경』(동서문화사, 1976, 그레이트북스 47)을 읽다.

할리우드에서 만들어지는 서부극과 「E.T」, 「미지와의 조우」 등의
공상과학 영화는 '홀로된 영웅'과 '이방인과의 우정'을 다루는
미국적 동화에 다름 아니다. 「늑대와 함께 춤을」이라는 예시적인
제목과 그 영화의 내용은 두 주제에 꼭 부합하며, 서부극과
공상과학 영화의 장르적 관습은 여성을 배제한다. 하므로
그것들의 보기 좋은 원형이라 할 만한 『백경』에 여자가 등장하지
않는 것은 당연한 일이다.

　　대체 어떤 작품 앞에서 이토록 망연해진다는 말인가?
그렇다고 해서 소설의 겉줄기만 쫓아가기 위해 작가가
배려해놓은 형식을 함께 읽지 않는다면 그 독자는 이 소설의
질긴 줄기만 씹는 셈이다. 형식은 미식가들이 즐기는 소설의 가장
맛난 부분이다. 작가가 어디에서 말했듯이 '책은 말하기만 할
뿐' 내 몫으로 돌아온 해석 앞에서 독자는 조금 막막해지기도
하지만, 분명히 알 수 있는 것은 이 소설이 고취하는 엄청난
생 의지인 바, 작가는 소설의 곳곳에서 "외부의 일이 우리에게
강제력을 갖지 않을 때조차도 우리의 생명의 심오한 필연성은
우리를 앞으로 몰아낸다."(193쪽)

1996. 2. 18.

레이몬드 카버의 『사랑에 대해서 말할 때 우리들이 하는
이야기』(집사재, 1996)를 읽다.

자기 세계가 분명하고 단단하다고 해야 할까. 카버는 자신이
만들어놓은 기반 위에서만 이야기를 전개한다.

　　현대사회의 소외 현상과 대화 단절을 주된 바탕으로 삼고
있는 이 소설에 실직, 이혼, 알코올 중독에 시달리는 중년의
주인공들이 왕성하게 활동을 벌이면 무엇보다 더 카버 특유의
맛을 내는 소설이 된다.

1996. 2. 23.

존 버거의 『아코디언 주자』(민음사, 1991)를 읽다.

버거의 이 소설집에 나타나는 여러 문제들은 우리나라

농촌에서도 흔히 볼 수 있는 것들이며 우리 문학 속에서도 낯선

것이 아니다. 굳이 다른 것이 있다면 유럽 전체를 지배하는

개인주의로 말미암아 농촌에서마저 소외가 일상화되었다는

정도일까.

1996. 2. 29.

쟝 쥬네의 『도둑일기』(행림출판, 1986)를 다시 읽다.

쟝 쥬네는 무엇보다도 양성의 인간이다. 그의 사고가 거칠고
낯설면서도 한없이 사려 깊고 아름다운 것은 그가 양성적으로
사고하기 때문이다.

1996. 3. 22.

피카디리에서 쿠엔틴 타란티노의 「저수지의 개들」(Reservoir Dogs, 1992) 시사회를 보다.

이 영화를 흥건하게 적시는 것은 피가 아니라, 바로 잡담이다.

1996. 3. 23.

피카디리에서 「저수지의 개들」을 한 번 더 보다.

쉴 새 없이 건네는 타란티노의 잡담을 들으면서 이런 생각을
한다. 오늘의 한국 문화에는 가장 한국적이라고 해야 할 것, 즉
잡담이 없다.

1996. 5. 11.

중국 땅에서 눈뜬 첫날, 오늘 새벽 일행은 소주로 떠났다.
소주에는 미인이 많고 중국식 정원이 유명하다고 한다. 광적으로
호텔 생활을 좋아하는 나는 혼자 남아 리유 칭평의 『공개된
연애편지』(다섯수레, 1992)를 읽다.

이 소설을 읽고 보니 편지도 대하소설만큼 큰 이야기 그릇이었던
것이다. 『공개된 연애편지』를 읽으며 나는 서간 소설의 한
가능성에 감탄을 하긴 했지만, 이 소설 가운데 등장하는
인물들의 정신적 편향에는 동감되지 않는다.

1996. 6. 6.

파트리크 쥐스킨트의 『좀머 씨 이야기』(열린책들, 1992)를 읽다.

『향수』(열린책들, 1991)의 주인공을 비롯해 쥐스킨트의 모든
주인공들은 어딘가에 무섭도록 집착하는 인물들이다.

　'옮긴이의 글'에서 옮긴이는, 쥐스킨트는 "희곡
『콘트라베이스』를 비롯하여 소설 『향수』, 『비둘기』 그리고 『좀머
씨 이야기』와 같은 주옥같은 글들을 세상에 발표하고 있다"고
썼는데, 나는 한 번도 그의 글들이 주옥같다고 느낀 적이 없다.
좀머 씨를 비롯한 그의 많은 주인공들이 보여주는 적대감과
외면은 세계가 그것의 원인이 아니라, 바로 그의 냉소와 도피가
그런 세계의 원인 됨을 역설적으로 보여준다.

1996. 6. 17.
서울에서 대구로 내려오는 기차에서 쥐스틴 레비의
『만남』(민음사, 1995)을 읽다.

여성주의 시각을 빌리지 않더라도, 다이어트가 기승을 부리는
것은 육체가 부가가치를 생산하는 재산으로 여겨질 만큼 이
사회가 더욱 경쟁적이 되었다는 것을 의미하며 이 사회가 남성
위주로 구조화되어 있다는 증거다.

1996. 6. 28.
서울에서 대구로 내려오는 기차에서 안치운의 『추송웅
연구』(예니, 1995)를 읽다.

이렇게 열정적인 글을 언제 접했던가? 책을 든 사람의 손을
불태울 듯하다. 이 책은 추송웅에 관한 평전이면서, 연극이란
무엇인가에 대해, 또 그것을 둘러싸고 있는 제도에 대해 말한다.

1996. 9. 16.

장병욱의 『재즈 재즈』(황금가지, 1996)를 읽다.

어느 분야 할 것 없이 무슨 현상처럼 쏟아지고 있는 너무 쉽고
간략한 입문서만 찾다 보면 수박 겉핥기만 하고 마는 수가
허다한데 그처럼 공들여 읽는 수고를 피해 간편한 것만 추구하다
보면 여우를 피하려다 호랑이를 만나는 격이 되고 만다. 돈 잃고,
시간 빼앗기고, 어디 가서 아는 체하다가 우스운 꼴 당하기
십상인 것이다.

　　누구의 말처럼 클래시컬 재즈에 대해 '스윙하지 않는 것은
재즈가 아니다'라고 왜 딱 부러지게 말하지 못하는 것인지? 139-
150쪽에서 필자가 의도했던 것은 혹 재즈를 저속한 음악으로
보는 무뢰한(?)을 경계하고 재즈의 위상을 높이기 위해서였던
것이 아니었을까?

1996. 9. 21.

대구로 내려오는 기차에서 프랑수아주 사강의 『지나가는 슬픔』(김영사, 1996)을 읽다.

잠언은 자기 자신을 대중에게 가장 확실하게 인식시키는 방법이다. 그렇기에 잠언 형식은 청년기의 형식이라 할 수 있다.

출판 용어로 표1이라고 불리는 책표지 안쪽 날개에 있는 간략한 작가와 작품 소개글에는 이 소설이 "사강 문학의 최고 걸작"이라고 적혀 있지만, 그건 우스개다. 사강이 쓴 최고의 소설은 자타가 공인하듯이 『드러눕는 개』(은애, 1980)이다.

1996. 10. 18.
단행본으로 나올 희곡 「해바라기」에 쓸 작가의 말을 쓰다.

김인은 강간이나 일삼는 파렴치한이 아니다. 작품 초반의 여기자,
출판사 여직원, 소녀 팬, 장녀, 차녀는 물론이고 후반의 선글라스,
펑크족, 걸인 여자는 모두 어떤 목적으로든 김인과 성교를
하고 싶어 하는 여자들이었으며 성적 타락에 이미 깊이 물든
여자들이다. 순결이 꼭 육체적인 것을 말하는 것은 아니지만
그들 누구도 강간당할 순수를 가지고 있지 못하다. 희곡 전체를
통해 강간당하는 여자는 삼녀뿐인데 삼녀만이 강간당할 순수를
가지고 있었다. 그렇기 때문에 삼녀만이 고유명사를 가지고 있고
다른 여자들은 보통명사나 익명으로 불린다(제작자인 오유희가
이름을 가지는 것은 그녀가 지배자이기 때문). '무지개'라는
희곡을 쓰고자 했던 그 촌스러운 이름의 삼녀만이 순수를
가지고 있었으며 그녀는 화육으로 자신을 제공하는 것으로
김인을 구원하는데, 김인이 쓴 희곡 「해바라기」는 삼녀가 쓰고자
했던 '무지개'에 다름 아니다. 하늘 높직이 피어나는 해바라기만이
무지개와 순수한 아름다움을 겨눌 것이므로.
    각색이 아닌 창작극 「해바라기」를 씀으로써 김인은 헨리
밀러의 궤변과 제작자의 각색 요구를 벗어나는데 그것은 우연히
이루어진 삼녀에 대한 강간을 통해서나 삼녀의 희생제의만을
통해서가 아니라 헨리 밀러의 궤변과 제작자의 각색 요구로부터
자유롭고자 했던 애당초의 의지를 관철한 것이다. 여기자가
"자기 삶의 주인이 되고자 하는 용기와 완전한 자유에 대한 갈망"

운운하며 헨리 밀러를 옹호했을 때 "그건 신성이 사라진 세계의 발악에 불과해"라고 그는 얼마나 단호하게 말할 줄 알았던가. 현대의 극작가를 상업적으로 이용하려는 연극 제작자 오유희의 요구로부터 벗어나기 위해 스스로 자기 손가락을 하나씩 부러뜨리지 않았던가. 물론 그는 삼녀가 "나는 믿었어요…. 선생님은 무지개를 만들 수 있는 능력이 있다고" 했던 바로 그 믿음을 배반하지만 작가의 의도는 그 배반이 '신성의 타락이 성적 타락으로 나타나고 있는 오늘의 세태'를 나타내기를, 다시 말해 무지개를 만들 능력이 있다고 믿어지던 작가마저 오늘날에는 한낱 강간자이고 살인자일 뿐이라는 절망을 드러내려고 했다(신성 부재의 극적 표현은 삼녀가 창세기에 대해 설교할 때 배음으로 들리는 약장수 또는 어릿광대극의 음악과 그녀의 인형 몸짓이 보여준다).

'신성의 타락이 성적 타락으로 나타나고 있는 세태'를 또 어느 여자도 순수를 가지고 있지 못하다는 것을 충격적으로 드러내고 있는 것은 김인의 어머니가 그의 아들에게 강압적으로 근친상간을 강요하고 그것을 즐긴 것으로 암시되는 한 대목, 즉 김인이 잘라낸 손가락을 집어삼키고 "아, 매워! 아, 매워! 혀가 불탄다"라고 외치는 장면을 볼 때이다. 그러므로 김인은 치매에 걸린 어머니를 제주도로 유기시킨 죄로 신문의 사회면에 가끔씩 얼굴을 내미는 죄질 높은 패륜아가 아니다. 이중적 의도를 담기 위한 작가의 속임수는 글쓰기 작업에 잘 몰두하기 위해 어머니를 유기한 것으로 가장하지만 "그 먼 데까지 갔는데 집을 찾아올 줄이야. 방법이 없어…. 난 절망이야"라는 대사는 원래의 의도를 드러낸다. 흥미로운 사실로 김인의 집을 방문하는 여성들, 예컨대 여기자, 출판사 여직원, 소녀 팬은 그의 집 냉장고를 가득 채워줄 쇼핑 봉지를 안고 오며 우유 아줌마는 우유 상자를 그리고 어머니는 밀감을 치마폭 잔뜩 싸안고 온다. 그 주제는 여성은 곧 '먹거리'에 불과하다는 맥 빠진 은유를 전달하는 것으로 오해되기 쉬운데 작가가 겨냥했던 바는 김인이 몸담고 있는 물질세계의 빈곤을 의미하고자 했었다. 그의 냉장고는 꽉 차 있으며 작가라는 허울 좋은 명예가 그의 성욕을 쉽게 채워주지만 그는 얼굴 없는 '여자 체중계'의 계수에 의하면 "곧 제로가 될" 정신적 공황에 직면해 있다. 작품의 후반에 등장하는 김인의 희생자들은 강간당할 필요조차 없다. 그들은 단지 처단당할 뿐이며 그 습관적인 탐닉 속에서 김인이 도덕적인 우위에 서는 것도 아니다. 하지만 그가 경찰에게 체포되는 대단원에 앞서 김인은 단 한 번 자신의 무의식적 행위 속에서 희미하게나마 범죄 동기를 찾아낸다. 즉 한 여학교의 여선생이 희생자로 등장하는 대목이 그러한데, 여기자와 김인이 김인에 의해 임신된 여중생을 놓고 시시껄렁한 대화를 나누는 이 희곡의 모두를 기억하는 독자는 여선생이 마지막 교살자가 되도록 배열한 것이 이 작품의 수미일관한 구조를 위해서는 물론이고 작품의 주제를 반복하기 위해서였다는 것을 깨달을 것이다. 다시 말해 대단원에 앞서 여선생이 살해당하는 것은 교육자에게 책임을 추궁하기 위해서였다. 여선생이 김인에게 목이 졸려 죽기 직전에 듣게 되는 우스개를 생각해보라. 그녀는 "지금 뭐가 먹고 싶니?"라고 묻는 초등학교 여선생에게 1학년 남학생들이 "선생님요!"라고 이구동성으로 외쳤다는 김인의 농담을 듣고 "눈물이 나게 웃는" 중에 목졸려 죽는다.

고약한 울음소리로 김인을 끈질기게 괴롭히던 '고양이'가
'해바라기'로 또 '무지개'로 한 단계씩 심상을 전이시키면서
종국에는 "노랫소리가 들립니다. 고양이 울음이 아닙니다"고
말하는 김인의 희망과 섬세함을 헤아리는 독자는 김인이
강간이나 일삼는 파렴치한이 아니라는 것을 알 것이다. 다시
한 번 강조하자면 그는 '신성의 타락이 성적 타락으로 나타나는
세태' 속의 희생자이면서 모성 속에서 신성의 회복을 일관되게
집착한 감수성의 인물로 드러난다. 그래서 김인은 말하지 않는가.
"나는 저 달의 아이…. 저 달의 정부, 달의 죄수입니다"라고.

1996. 10. 22.

"『내게 거짓말을 해봐』에 대해 바로 말함"이란 쓸데없는 글을 쓰다. 딱히 어느 지면을 위해 쓴 글이 아니므로 여기 초록해 둔다.

『내게 거짓말을 해봐』는 전략적으로 작품을 쓰는 소설가라면 그 궤적을 보이기 마련인 내적 발전 소설이다. 이 소설은 1990년부터 내가 2년 터울로 발표했던 『아담이 눈뜰 때』, 『너에게 나를 보낸다』(1992), 『너희가 재즈를 믿느냐』(1994)를 총결산하는 작품으로 지금까지 내가 써온 소설들의 주제가 자기모멸이었음을 분명히 밝히는 소설이다. 자신이 원했던 세 가지 보물 가운데 두 가지를 자신의 몸을 팔아 구하는 『아담이 눈뜰 때』의 아담, 그리고 『너에게 나를 보낸다』의 표절작가이자 유명 여배우의 가방모찌로 전락하는 한일남, 그리고 소설가란 바람둥이이고 거짓말쟁이일 뿐이라고 믿는 『너에게 나를 보낸다』의 또 다른 주인공이 쓰기만 하면 날개 돋친 듯 팔려가는 무협소설의 작가로 변신하는 『너희가 재즈를 믿느냐?』의 사교 교주 조사명은 모두가 나 자신을 자기모멸하도록 동원되었다. 그러나 이번 작품 『내게 거짓말을 해봐』에서는 그런 모든 가명을 떼어버린 나의 분신 '제이'가 와이의 똥을 먹으며 이렇게 말한다. "나는 어떻게 이렇게 똥을 잘 먹을 수 있는가라고 묻는다. 까닭은 자명하다. 제이 자신이 바로 똥이기 때문이다."(195쪽)

한낱 자신은 똥에 불과하다는 것, 그래서 이토록 나는 똥을 잘 먹을 수 있다는 '제이'의 감탄은 내 소설의 주인공들에게 그리 낯선 것이 아니다. 인류 최초의 사물에 이름을 달아주었던 그래서 내 소설에 등장하는 최초의 작가가 되기에 맞춤했던 『아담이 눈뜰 때』의 순수한 아담조차 "나는 개다. 똥을 주워 먹는다. 나는 개다. 똥을 주워 먹는다. 나는 개다. 똥을 주워 먹는다…"(106쪽)라고 되풀이 말하지 않던가. 그리고 그의 애인이었던 여고 1년생 현재는 "우리가 읽어야 할 것들은 문고본 속에 다 있어"라는 '아담'의 말에 "이것들도 다 똥이야"(107쪽)라고 말하는 것으로 앞으로 나의 여러 분신들이 쓸 소설들이, 그리고 내가 쓰는 소설들이 똥에 불과함을 예고한다.

내가 쓰는 소설이 똥에 불과한 것이 되기 위해, 즉 내가 쓰는 소설이 더도 덜도 아닌 자기모멸의 수단이 되도록 하기 위해 나는 언제나 나의 근거를 파괴해왔다. 그 방법은 예를 들어 내 소설이 끈질기게 천착했던 두 개의 사항 속에서 찾아진다. 하나는 이번 소설에서처럼 나라는 개체를 낳아준 아버지를 씹새끼로 만드는 것으로, 다른 또 하나는 『너희가 재즈를 믿느냐?』에서 시험된 "그는 성냥으로 담뱃불을 붙이고 라이터를 탁자에 놓았다" 식의 구문은 물론이고 이야기가 지탱해야 하는 최소한의 개연을 파괴함으로써 나의 실존과 호구의 근거가 되는 소설의 모든 형식을 부정하는 것으로 나타난다. 이처럼 나를 똥이라고 부르는 것, 아버지를 씹새끼라고 매도하는 것, 자신의 실존과 호구 양식인 소설을 부정하는 것은 바로 자기모멸을 하고자 고심했던 전략의 산물이다.

『내게 거짓말을 해봐』는 자기모멸의 극점을 보여주는 작품으로 나는 이 소설이 취하고 있는 포르노라는 형식이 그리고 거기서 주인공 제이가 감당해야 할 매저키스트라는 역할이 자신을 자기모멸하는 데 최상의 것이라고 여겼다. 또한 이 소설에 포르노 형식의 치장이 필요했던 것은 나의 근거, 즉 소설가라는 내 직분을 신성의 근거에서 끌어내리는 데 유용했을 뿐 아니라 집 안의 소파에 허리를 걸친 자세로 편안하게 들어앉아 하나의 소일거리로 이야기를 찾는 순진한 독자 앞에 불편한 무엇을 제시하고자 했던 목적이 있었다. 나는 그들의 세계를 위무하는 게 아니라, 충격하고 싶었다.

그러나 그렇다고 해서 내 애초의 목적인 자기모멸이 월권을 행하는 것은 아니다. "제이는 자기 자신과 자기 작품과의 어떤 거리도 남겨두지 않음으로써 풍자가 아니라 자기모멸을 선택했다"(73쪽)고 말했던 것처럼 나의 소설은 애초에 풍자를 목적으로 하지 않는다. 이상하게도 내 의식의 근저에는 자기모멸을 하면 할수록 세상에 대한 풍자는 저절로 이루어진다는 믿음이 도사리고 있는데, 이렇듯 풍자가 아니라 자기모멸을 선택한 자들의 미덕은 자칫 세상을 풍자하고 마는 사람들이 빠지기 쉬운 자기 특권적 위치를 스스로 반납한다는 것이다. 즉 자기모멸을 감행하는 사람은 풍자'하는' 사람과 달리 스스로를 풍자'되는' 편에 놓는다. 행여 이 소설이 사회적 부덕 요소를 가지고 있다 하더라도 사회로부터 용서될 수 있는 것은 작가 자신이 아무런 특권적 위치를 과용하지 않았다는 점에서일 테다.

중세의 성자들은 스스로의 몸을 채찍질하거나 돌로 자신의 몸에 상처를 내었으며 심하게는 자진해서 나병에 걸리기도 했다. 그리고 그 의식은 사회적 정화를 대신하는 것으로 귀하게 받아들여졌다. 물론 나는 성자가 아니지만, 그리고 정신병원이나 보호소로 즐비한 현대사회가 그런 자해 성자들을 더는 용납하지 않는다는 것을 알고 있지만 나는 내가 똥이라는 것을 포기할 수 없다. 그래서 자기모멸의 긴 기획이었던 이 소설은 쓰였다. 아아, 그러실 리 없지만 당신이 한 번이라도 '나는 똥이야'라고 생각해본 적이 있으시다면….

한마디로 이 소설은 성을 주제로 하지 않는다. 당신이 의아해하실지 몰라도 분명 그렇다. 어떤 소설이 모래에 대해 가장 많이 이야기하고(아베 코보의 『모래의 여자』), 또 어떤 소설이 거기 사는 낙타에 대해 가장 많이 쓰더라도(라오서의 『루어투어 시앙쯔』) 소설 속에 가장 많이 언급된 묘사가 곧바로 그 소설의 주제를 이루지는 않는다. 독자의 눈살을 찌푸리게 했을지도 모르는 "씹"이니 "뽁질"이니 하는 단어들은 문학이 단순하고 기능적인 의사 전달이 아니라 부단 없는 스타일 선택이라는 것을 반증할 뿐이다. 『내게 거짓말을 해봐』에 빈번하게 등장하는 그런 상스러운 단어들과 여관방의 공기를 휘가르는 매질에도 불구하고 이 소설의 주제는 성도, 성 해방도, 변태적 성행위도 아니다. 앞서 말했듯이 『내게 거짓말을 해봐』를 포르노로 치장하는 것은 내 실존과 호구의 근거인 소설을 자기모멸하고자 하는 의도에서라는 것을, 또 작중의 주인공인 '제이'가 맡은 매저키스트 역할이 같은 목적을 성취하기 때문이라는 것을 밝혔다. 부연하자면 내가 이 소설을 포르노로 치장한 다른 이유는 부권적이고 권위적인 문어체에 억눌려온 구어체를 마음껏 풀어놓기 위해서였으며 더욱 중요하게는 고작 기성 체제에 봉사하는 요즘 소설의 존재 방식에 의문이 났기 때문이다. 흔히 예술은 자유로우며 불온한 것이라고 말해지지만, 굳어진 형식에 아무런 충격을 가하지

못하는 작가의 더듬거림은 체제에 대한 '고해'에 불과하며 시비를
불러일으키지 못하는 장인정신은 아버지가 심어준 '내면 감시'에
불과하다. 그리고 자기 갱신의 열정 없는 기계적인 글쓰기는
선생님에게 보이는 매일 매일의 '일기 쓰기'에 불과하지 않은가.
나 스스로 그런 타성에 젖어들지도 모른다는 두려움을 갖고서
'고해'고 '내면 감시'며 '일기 쓰기'에 다름 아닐지도 모르는 우리의
소설 쓰기를 '선생님/아버지/체제'가 가장 질색하는 포르노로
치장함으로써 예술이 결코 자유롭거나 불온해서는 안 되며
'체제/아버지/선생님'이 정해준 '고해/내면 감시/일기 쓰기'에
한정될 수밖에 없음을 역설적으로 드러내고자 했다. 아마 이
글은 그런 의도가 성공을 거두고 있음을 보여주는 상황에서
쓰이는 것일 텐데, 어쨌거나 바로 그런 이유에서 아담의 내적
발전적 분신인 '제이'는 이렇게 충동질하고 있는 거다. "예술가는
오장육부가 다 커야 하지만 특히 간이 커야 한다"(172쪽)고.
   이상이 내적 발전의 궤적으로서 『내게 거짓말을 해봐』를
독자에게 이해시키는 것이라면, 그 궤적과 독립된 사회적
설명은 다음과 같다. 앞에서도 밝힌 바 있듯이 이 소설은
묘사의 강렬함에도 불구하고 성을 주제로 하지 않으며 오히려
성(생식)을 부정한다. "언제부터인가 아무것도 하지 않는 제이는
짙은 안개로 포장된 역전의 광장에 서 있다"고 시작되는 소설의
서두는 '제이'의 유일한 소원이 아무것도 하지 않는 것임을
밝히고 있는데, 이 아무것도 하지 않는 것이 생의 유일한 소원인
'제이'가 소설 속에서 벌일 일은 첫째, 자식을 낳지 않는 일이며,
때문에 둘째, 삽입 성교가 아닌 매저키즘 속에서 생의 만족을
얻는 일이 될 것이다. 성행위에 부과된 중요한 목적인 생식을

부정한다는 것과 일반적인 성행위에서 주도권을 행사하기 마련인
남자가 삽입을 거부할 뿐 아니라 매저키스트의 역할로 내려앉는
것에는 중요한 사회적 의미가 있다. 매저키스트가 된 '제이'가
노예의 역할 속에서 그의 사회적 책임과 명예를 벗어던짐은 물론
삽입이라는 지긋지긋한 노역을 하지 않으려는 안간힘 속에는,
가부장제 속에서 고통받아온 한국 남성의 역설이 깃들어 있다.
하므로 요즘 한국 사회에 '아버지 신드롬'을 불러일으키고 있는
『아버지』라는 제목의 소설과 『내게 거짓말을 해봐』는 양극단에
위치해 있지만, 가부장제라는 막중한 책임에 희생당하는 한국
남성의 원인과 결과를 보여준다. 즉 『아버지』는 남자 됨을 묵묵히
견딘다면, 어느 날 가정과 직장을 버리고 홀연히 사라지는
자발적 실종자(일명 GP족)와 『내게 거짓말을 해봐』의 매저키스트
'제이'는 그것을 반납한다.
　　문제는 '제이'의 짝패가 되어 지배자 역할을 해줄 여자가
필요했고, 이 소설 속에서 와이가 해야 할 역할이 바로 그것인데
『내게 거짓말을 해봐』의 3부 「리우데자네이루에서」 와이가
SM 관행에 대해 설명하고 있듯이 소설의 초반에 와이가
'제이'에게 얻어맞는 설정은 그녀가 자질 있는 지배자가 되기
위해 필히 거쳐 가야 하는 훈련 과정에 불과했다. '제이'는 소설의
초반에서부터, 즉 와이를 만나는 순간부터 그 모든 계획을
꿰고 있었다. 어느 순간 와이에 대한 연민과 죄책감에서 도주를
생각하기도 하고 또 자기가 벌이려는 놀이의 끝에 얼마나 많은
고통이 기다리고 있을지 두려워하며 흔들리기도 했지만 결국
그는 '무를 얻었다.'(86쪽)
　　이 소설은 인류 역사를 이끌어온 두 개의 수레바퀴인

성(생식)과 노동으로부터 해방되려는 '제이'의 노력을 축으로
하는데 압도적인 성 묘사에 가려 노동에 대한 주제는 쉽게
파악하기 어렵다. 하지만 눈 밝은 독자라면 이 소설이 극렬하게
노동의 가치를 부정하고 있다는 것을 간파할 수 있을 것이고,
이 소설이 우리 사회의 통념과 불문율을 저해하고 위협하는
어떤 부덕한 요소를 성 묘사에서 찾으려 하지 않을 것이다.
'제이'는 봄날 나른한 햇살을 받으며 곡괭이로 땅을 파헤치고
있는 인부들을 가리키면서 이렇게 말한다. "저것이 인간의 역사고
저것이 인간 행복의 원질이라면 차라리 나는 곡괭이 자루에 맞는
행복을 구하겠다."(201-202쪽)

인간 고유의 책임과 축복인 성(생식)과 노동을 죄
거부하며 "인간은 뭐 한다고 쉬지도 않고 숨을 쉬며, 쓸데없는
이론을 만들고 말을 하며, 또 뼈 빠지게 땀 흘려 일을 한단
말인가"(114쪽)라고 말하기를 즐겨하는 '제이'가 "죽지 못해
산다"(32쪽)는 호소를 해댈 때, 늘 그의 편에 있는 나는, 당신이
살고 있는 세계를 안쓰럽게 바라본다. 우리의 성(생식)과 노동이
가부장제와 자본주의의 억압에 신음하며 고유의 즐거움을
잃어버렸음을.

사족: 소설에 과분한 해설을 실어준 송경아 씨는 사석에서
"와이의 나이가 소설에서보다 훨씬 더 어렸다면 차라리 신화의
구조로 갈 수 있었지 않느냐"고 했는데, 그 말은 이 소설의
원고를 읽은 또 다른 선배가 "와이가 여고생이기 때문에 문제가
될 거"라는 우려의 또 다른 표현으로 보인다. 하지만 나는 와이의
신분을 열여덟 살의 여고생이 아닌 어떤 것으로도 바꾸고 싶지

않았다. 소설 어디에서나 피력한 것 같이 열여덟 살의 가출녀나 재수생으로 인물을 설정할 수도 있었지만, 내 생각은 그들이 시험하는 어두운 불모의 세계를 반사할 순수가 상정되어 있어야 한다고 판단했다. 그래서 와이는 열여덟 살의 여고생이면서 욕망을 가진 존재로 등장해야 했다.

감히 말하자면 『내게 거짓말을 해봐』는 겹겹의 소설이다. 이번 글에서는 내적 발전의 궤적과 사회적 설명으로 그쳤지만, 다른 기회가 있다면 예술가 소설의 관점, 여성주의 관점, 정신분석의 관점, 포르노 키치의 관점에서 이 소설을 다시 설명해보고 싶으며 그 겹겹들이 어떻게 연관을 맺고 하나의 주제를 형성하는지 공개할 작정이다.

1996. 10. 27.

『리뷰』에서 위촉한 이영준 형과의 지상 대담에 응하다. 질문은
빼고 답변만 옮겨 적는데 10월 22일 자 일기와 내용이 겹치는
부분은 생략한다. 답변보다는 어떤 질문인가 상상해보는
즐거움을 독자가 가졌으면.

---

　1. 파리라고 해서 특별난 것은 없다. 내가 대구와 여러
도시들, 예컨대 서울이나 제주에서 살았던 방식 그대로 살려고
한다. 제일 먼저 책으로 병풍을 치는 일, 오디오를 마련하는 일.
이제 겨우 내 얼음집을 다 지었다…. 나는 에스키모다. 그들은
적도에 가서도 얼음을 구해 이글루를 짓고 그 안에 들어가
있으려 할 것이기 때문에….
　2. 날씨는 구질구질하다. 일주일에 3일 정도는 비가 온다.
그런데 한국처럼 죽죽 내리는 비는 없다. 눈 가는 데가 모두
유적이고 시 전체가 공원이어서 처음에는 아름답게 느껴지는데
자꾸 보면 오종종한 게 한국 사람 구미에 맞지 않는다. 서울이
얼마나 큰 도시인 줄 여기 와서 알게 되었다.
　3. 6-7백 원이면 살 수 있는 바게트, 값은 반이나 더
싸지만 한국처럼 엉터리가 아닌 진짜 생수, 튀김을 해먹는 감자,
거기에 치는 프랑스산 소금, 항상 오늘 잡아서 슈퍼에 내려오는
쇠고기보다 맛있는 돼지고기, 어쩔 수 없이 고기가 주식이
되었기 때문에 함께 먹어야 하는 포도주, 껍질째 먹는 사과…. 이
일곱 가지가 굉장히 훌륭하다.
　4. 월 60만 원인데도 집도 동네도 마음에 든다.
　5. 외로움이 좋다.

6. 열심히 읽고 있다. 그러나 현지 사정상 선택의 폭이 좁아졌다.

7. 문화적 분위기는 잘 모르겠다. 불어를 배우고 싶은 마음도 없고 이딴 놈들이 어떻게 사는지도 궁금하지 않다. 그냥 길을 걷거나 우연히 TV를 보다가 내 감수성에 그들 식의 삶이 걸리면 걸리는 거고 아니면 아닌 거고. 원래 외국에 대한 호기심이 없다. 이곳은 내가 감옥으로 선택한 곳이다. 성을 주제로 한 회화사의 모든 그림을 모아 놓아 화제가 된 퐁피두 센터의 「여성, 남성」전, 역시 퐁피두에서 열렸던 대규모의 프란시스 베이컨전 그리고 120여 점 피카소 인물화전 등 좋은 전시회는 놓치지 않으려고 노력한다.

8. 음악은 라이브보다 오디오로 집에서 편안하게 듣는 것을 즐기는 편이라 매일 밤 재즈 연주회가 열리는 걸 알고 있지만 가고 싶은 마음이 없다. 10월 3일 날 와서 지금까지 서른한 장의 CD를 샀는데 거의 하루에 한 번씩은 한국의 교보문고와 같은 FNAC에 가서 판을 샀던 셈이다. 그런데 거기 가면 스트레스가 쌓인다. 한국에서 이런저런 할인 혜택을 받아 1만 3천 원 정도면 살 수 있는 CD가 여기서는 보통 2만 5천 원 정도이다. 그리고 꼭 갖고 싶은 어떤 CD들은 3만 원이 넘는데 그것들은 한국에서 할인을 하지 않고도 1만 6-8천 원에 팔리는 것들이다.

9. 작년에 처음 와서 「해바라기」라는 희곡과 오늘 이야기 될 소설을 구상하기는 했지만 여기서 쓴 건 아니다. 그래서 그 국제적 감각이란 걸 느껴보지는 못했다. 하지만 나보코브와 포우 그리고 에밀 졸라의 소설을 이곳에서 다시 읽거나 돌이켜 기억하면서 창작가로서보다 독서가로서 여러 가지 생각을 하게

되었다. 예를 들어 이곳의 십 대들을 보지 않고서는 열다섯 살의 양녀를 사랑하는 『로리타』 속의 험버트가 소아애자로 보이겠지만 신체적으로 너무나 잘 발육해버린 이곳의 십 대들을 볼 때, 변태라서가 아니라 그럴 수도 있겠구나 하는 것을 느끼게 된다. 그리고 몇백 년 전부터 형성되었다는 이곳의 꽉 닫힌 아파트 구조를 볼 때 포우나 크리스티 같은 추리소설 작가들이 왜 밀실 살인에 대해 강박적으로 써댔는지 이해할 수 있을 것 같았다. 내가 사는 가옥의 구조를 생각하면서 에밀 졸라의 『살림』을 읽는 느낌이란….

10. 고종석 선배와 재불 한국화가 한 분. 그놈의 돈 때문에 파리에서는 한국인도 서양놈처럼 행동해야 할 때가 있는데 그 틀이 싫다. 너무 비싸기 때문에 레스토랑이나 카페에서 한국식으로 거나하게 술을 마시는 건 불가능하다. 그래서 오르지도 않은 말짱한 정신으로 헤어져야 할 때, 왠지 자기가 마신 술값은 자기가 내야만 할 것 같을 때, 아니면 보태기라도 해야 할 것 같을 때… 어… 술 마시는 이야기만 했는데…. 파리에서 한국 사람을 만나도 별다른 기분이 들지 않는다. 이미 나는 자격이 없지만 어쩌다 만나게 되는 우리나라 처녀총각들을 볼 때마다 꼭꼭 국제결혼을 하라고 일장 연설을 하긴 한다. 입에 거품 물고. 서울에도 외국인이 많으니 거기 사는 처녀총각들에게도 꼭 전하고 싶다. 이것 봐, 한국인이라고 한국인과 결혼해야 된다는 법은 어디에도 없어!

11. 나 자신도 그렇게 생각한다. 나는 이 작품을 쓰면서 내 심부를 들여다보는 것 같았고, 내가 쓴 모든 작품의 핵을 보는 것 같았다. 이 소설을 읽어보신 분들은 헤아리셨을 테지만 이걸

쓰면서 무척 괴로웠다. 사회적 통념과 작가의 상상력 사이에 가로놓인 괴리가 너무 커서 자아분열에 걸릴 것만 같았다. 그것은 마치 두 절벽 사이에 내 몸으로 다리를 놓는 것만 같았다. 두 발은 이 쪽에, 두 손과 머리는 반대 켠에. 하지만 그 괴로움과 찢김이 바로 작가가 져야 할 몫이라고 생각했고, 바로 그 때문에 작가가 존재하는 거라고 생각했다.

12. 그렇다. 올해 발표된 『내게 거짓말을 해봐』는 1990년부터 내가 2년 터울로 발표했던 '작품을' 총결산하는 작품으로 지금까지 내가 써온 소설들의 주제가 '자기모멸'이었음을 분명히 밝히는 작품이다. (…) 그러나 이번 작품 『내게 거짓말을 해봐』에서는 그런 모든 가명을 떼어버리고 나의 분신이라는 의미로 '제이'라는 약호를 택했다.

13. 알고 보면 내 작품은 모두 포르노인데 (…) 오해가 많은 이 말에는 설명이 필요한데 내 작품이 포르노라는 표현은 내 작품이 사회적 통념과 함께할 수 없다는 뜻에서 그렇고 또 그 표현은 작가들이 자신의 작품을 '졸작', '졸저'라고 낮추어 표현하는 것과 같은 뜻에서다. 포르노에 의미를 붙이자면, 뭐랄까… 내게는 그것이 코미디로 보이고 동화로 보인다. 남녀 주인공이 그 짓을 하기 위해서만 골머리질을 하는 이야기라니! 그리고 그것에 당도하기 위해 찬찬히 옷부터 벗겨야 한다니! 포르노 소설을 읽을 때마다 나는 쿤데라의 한 소설 제목을 떠올린다.

14. (…)

15. 앞서의 답변에 채 쏟아놓지 않은 것으로, 포르노 소설은 그 자체로 문어체로 굳어져 있는 제도권 문학과 달리

구어체로 존재한다. 이 소설에서 사용된 여러 비속어와 함께
'어억, 어억, 어헝'이라든가 '아앙, 아앙, 핫, 핫, 끄욱, 꾹' 따위의
의성어는 필요에 의해 포르노 소설의 관습에서 차용해 온
것이다. 조금 다른 말이 될지 모르나, 여기 등장하는 비속어와
의성어에 거부감을 가지는 사람은 성교 시에 입을 꾹 다물고
허리만 움직이는 사람이다. 사실 나도 성교 시에 소리를 지르는
게 익숙하지 않다. 쾌감의 신음이 목구멍에 꽉 잠겨 나오지 않을
뿐더러, 자꾸만 상대방에게 '소리 내지 마!'라고 을러대기 십상인
것이다. 왜 그 자연스러운 소리를 그토록 억압하는가? 가옥 구조
때문이라고 한 여자가 대답했다. 아니, 아니야, 그건 변명이 안
돼. 남이 안 듣는 데서 지랄발광해야 할 일이야, 그게? 성교나
소설 혹은 문화 속에 구어체가 억눌려져 있다는 것은 우리가
얼마나 많은 강박 속에 살고 있나를 보여주는 거라고 생각한다.
　　16. 『플레이보이』를 내 돈으로 산 적도, 친구에게 빌려본
적도 없다. 아니 그런 책이 있다는 것도 몰랐다. 내 딴에는
진지한 사춘기를 보내려고 애쓴 편이었기 때문에. 차라리
그때 마음껏 보았더라면…. 아주 아주 뒤늦게 나이 서른이
가까워서 나는 『핫윈드』의 애독자가 되었다. 포르노 소설을 많이
읽었느냐? 이것도 대답하기 쉬운 질문이 아니다. 본 적이 없다.
90년도쯤에서야 서울 시내 각 지하철역의 난전에 내놓고 파는
'빨간책'들을 열 권 정도 구해 읽었다. 그야말로 소설 연구용으로.
하지만 그런 포르노 소설 말고 서점에서 정식으로 유통되는 외국
작가의 성을 주제로 한 소설들은 일찌감치 읽고 있었으니 안 본
것도 아닐지 모른다. 컴퓨터에 대해서는 문맹이라 잘 모르는데,
그거 말고는 낙이 없는 사람, 보고 싶어 미치겠는 사람, 그런

사람은 봐야 한다. 곰곰이 생각해보면 나는 사춘기 때 누구나 자연스럽게 거쳐야 하는 과정을 스스로 억눌렀고, 이제사 그 자연스러운 일에 집착하는 것 같다.

17. (…) 그리고 덧붙여 『길안에서의 택시잡기』에 실린 「달리고, 주저앉고, 죽다」라는 시를 생각하면 더욱 그렇다. 그 시 속의 주인공은 똥이 마려워 갑자기 달리기 시작한다. 학교를 지나, 경향신문 보급소를 지나, 국회의사당을 지나 63빌딩을 지나…. 그렇게 한참을 달린 주인공은 푸른 풀밭 위에 똥 한 덩이를 싸 놓고 힘껏 달려온 심장의 격동을 이기지 못해 그것을 깔아뭉갠 채 죽는다. 자기가 싼 똥더미 위에 주저앉아 죽는 하찮은 것이 인간이다.

18. (…)

19. 좀 더 복잡하기는 해도 그렇다. 거기에 대해서는 문학동네에서 나온 『나의 나』 속에 실린 「개인기록」을 보면 좀 더 알기 쉽다. 그 행위는 신이 정해준 자연법을 거스르며, 죽음을 부르고, 주인공들의 막다른 절망을 표현한다. 그토록 극렬하기 때문에 그 행위는 두 사람의 관계에 새로운 끈을 맺기도 하고 금을 내기도 한다.

20. 모든 여자들은 다 천사다. 악녀도 천사의 일종이라고 생각한다. 여주인공 와이는 그 양면을 다 보여준다. 와이가 여고생이라는 것이 문제를 발생시킬 줄은 불을 보듯 뻔히 짐작되었지만 와이가 그 양면을 다 보여주기 위해서 열여덟 살의 여고생이어야만 했다. 열여덟 살의 가출녀나 재수생이 필요하지 않았다. 와이와 제이가 만나자마자 섹스에 빠지는 것은 작위적일 수도 있지만, 한 사람은 유부남이고 한 사람은 여학생인 상태에서

그것도 나이가 스무 살이나 차이가 나는 두 사람이 할 수 있는
유일한 교섭은 그것밖에 없었다.

21. (…)

22. 나한테 아버지는 여러 가지 것을 의미한다. 생부는 물론
모든 정전들, 제국주의, 전체주의, 종교…. 신성 모독과 부권에의
저항을 일치시키는 것으로 내 소설이 거대 담론화 되기를
바란 것은 아니다. '신버지'라는 말이 고안된 것은 기독교 교회
속에서 신도와 장로, 장로와 그리스도, 그리스도와 하느님은
항상 신부와 신랑의 관계로 상정된다는 것에서 암시받은
것이다. 부언하자면 아들 그리스도와 아버지 하느님이 신부와
신랑으로 짝지어지는 가부장적 성서 해석 속에서, 즉 기독교
세계 속에서 아들은 늘 아버지에 대해 복종하는 신부가 되도록
훈육되어왔다는데 나는 그것으로부터 아들이 아버지의 성기를
선망할 수도 있다는 단서를 얻기도 했다. 『내게 거짓말을 해봐』를
쓰면서 대개 작가들이 글쓰기의 동력을 얻기 위해 '가상의
혈육'을 만들어왔다는 재미난 생각을 했고 그 유형에 따라 작가의
세계관과 기질이 분석될 수도 있다는 생각도 해보았다. 예를 들어
고은의 누이, 전상국의 아버지, 김원일의 어머니 등등. 만약 내게
생부가 없었다면 억지로라도 그것을 만들었을 것이다. 말하자면
싸울 상대가 있어야 된다는 얘기, 무너뜨릴 적을 발견하고 그것과
싸우는 일에서 나는 내 문학의 동력을 얻어왔다는 얘기.

23. 이 소설은 포르노 형식으로 치장하고 있긴 하지만
성도, 성해방도, 변태적 성도 주제가 아니다. 이 소설의 주제는
포르노로 치장된 키치 이면에, 너머에 있다.

24. (…)

25. (…)

26. 주인공 제이는 아무것도 하지 않는 인간이 됨으로써 예술가로서의 사회적 몫을 반납함은 물론 예술로 돈을 벌고 싶지도 않은 거다. 또한 그를 일컬어 아무것도 하지 않고 섹스에만 탐닉했다고 하기도 곤란하다. 매저키스트는 생식은 물론 삽입 성교를 거부하기 위한 극단적인 형태로도 설명할 수 있기 때문이다. 사실 SM 관행은 어떤 신체 접촉도 허용하지 않는다. 아무것도 하고 싶지 않은 제이는 매저키스트가 됨으로써 사회적 명예와 책임을 벗어던질 뿐 아니라 생식과 삽입 성교 또한 완전히 거부할 수 있게 된다. 그러면 그런 인간형이 의미하는 바는? 여러 가지 사항을 고려할 수 있다. 여자만이 아니라 남자들 또한 가부장 제도 속에서 많은 억압을 져왔다는 것, '잘살아보세' 구호와 욕망 속에 무위가 철저히 거세되어 왔다는 것, 우리가 사는 세계가 역사 이후의 증후를 나타낸다는 것 혹은 자유민주주의 공화국이라는 대한민국에서 우리가 할 수 있는 자유는 기껏 노동할 자유밖에 더 있느냐는 역설로서, 또는 아주 소박하게 아무것도 않고 사는 게 너와 나의 원대한 백일몽이지 않느냐는 솔직한 고백으로서….

27. 국내에 번역된 여러 SM 이론서와 소개서를 읽었다. 한 권 한 권 제목을 들면서 그 책의 요점을 들려주고 싶지만 현지 사정이 여의치 않다. 어떻게 보면 섹스 행위 자체가 상대방의 영혼과 육체를 침탈하는 행위이기도 한데, 그런 의미에서 SM섹스와 일반적인 섹스는 오십보백보의 거리에 있는 것 같기도 하다. 그리고 현대사회에 만연된 사회적 지배와 종속 관계가 그런 성관행을 부추기고 있는 것도 사실이다. SM섹스가 사랑으로

종종 위장될 수 있는 것은 사랑이 갖는 무모함과 불가해적 속성 때문일 것이다. 실제에서건 소설로서건 행위를 미화하고 싶지는 않다. 『내게 거짓말을 해봐』의 제이의 경우 그 행위를 하나의 퍼포먼스화하고 병든 육체를 오브제화하려는 욕망을 가지는데 그것은 그가 조각가이기 때문이며, 신체 모독을 통해 신버지에게 저항하려 하기 때문이다.

28. 그만큼 성적으로 억눌려왔고, 성을 표현하는 일이 낯설었기 때문일 것이다. 그 폭발은 근래에 있었다는 여중생인가 여고생이 학교에서 아이를 분만하는 성적 무지와 함께 간다. 우리 신체를 희롱해온 이중구조의 뚜껑이 이제는 활짝 열려야 한다. 썩어 문드러지느냐? 정화냐? 「젖소부인 바람났네」도 아니고 지금 방영되고 있는 「애인」도 아니고 90년대 한국 문화를 성 팽창 문화이게 하는 폭죽 같은 사건은 뭐니 뭐니 해도 태국인으로 하여금 한국인 관광객을 받지 않겠다고 데모를 하게 했던 바로 그 사건이다. 대체 보신 관광을 하는 사람이 누군가? 십 대? 월급쟁이? 아니다. 바로 그 잘났다는 사회 지도층이란 작자들이다. 개새끼들. 그러나 다시 생각하면 그 못난 인간들 또한 얼마나 성에 무지하고 성에 억압을 받아왔던 것일까.

29. 한국뿐 아니라 이 세계 어디가 구제받을 만한가? "인간은 뭐 한다고 쉬지도 않고 숨은 쉬며, 쓸데없는 이론을 만들고 말을 하며, 또 뼈 빠지게 땀 흘려 일을 한단 말인가"라고 말하기를 즐겨 하는 제이가 "죽지 못해 산다"는 호소를 해댈 때, 늘 그의 편에 있는 나는 생식과 노동의 욕망으로 들끓는, 당신이 살고 있는 세계를 안쓰럽게 바라본다. 농담으로 한마디. 병든 서울을 더욱 병들게 하는 법. 축구의 오프사이드 전략처럼, 혹은

러시아 인민의 모스크바 철시(撤市)처럼 지연·학연·혈연으로
똘똘 뭉친 서울에서 빠져나와 국제결혼을 한다. 한 삼십 년 뒤
색동옷 같은 혼혈아들을 데리고 근친으로 황무지가 된 서울로
되돌아온다. 그러면 서울이 산다. 『내게 거짓말을 해봐』의 두
주인공이 외국으로 나가는 것은 서울·파리·리우데자네이루를 세
꼭지로 세 명의 각기 다른 여인상을 상징하고 싶었기 때문이다.
서울에 남겨진 창조적인 여인 우리, 제이의 아내가 사는
현모양처의 파리, 그리고 관능이 숨 쉬는 리우데자네이루의 와이.

　　30. 간행물심의위원회는 명명백백한 위헌이다. 헌법이
보장하고 국가가 위임하지 않았다면 모든 잡지의 등록번호
밑에 "본지는 한국간행물윤리위원회의 윤리강령 및 실천요강을
준수합니다"라고 명기하게 하는 무소불위의 권한을 민간단체인
그들이 어디서 빌려왔겠는가? 그들이 출판사와 작가에게
제시하는 강령과 사례집에는 어떤 주제와 소재는 불가며, 이런
식의 묘사는 어떤 항목에 저촉된다는 검열 아니고서는 불가능한
강제 조항이 있다. 검열이 없어지고 표현의 자유가 보장된다면
좋겠지만, 나는 기대하지 않는다. 어느 시대, 어느 나라에서
무한대의 표현 자유가 가능했단 말인가? 무한대의 표현 자유를
누리는 나라에서도 판매 금지나 유통 방법상의 제재는 있어
왔다. 부언하자면 나는 작가의 작품이 실존의 체현물이자 경제
수단이라는 점을 들어 판매 금지에는 반대하지만 유통방법상의
제재에는 어느 만큼 수긍하는 편이다. 에로물의 경우 사회
정화 능력과 개인의 이해 능력에만 맡기기에는 각자의 능력에
차이가 있고 상혼에 악용될 소지가 있기 때문이다. 하여 유통
방법상의 제재는 인간 능력의 한계를 스스로 정하는 겸손한

일로 보인다. 덧붙이자면 그 제재 행위가 오늘처럼 자격이
아리송한 심사위원에 의해서 비밀히 이루어지는 것이 아니라
자격 있는 심사위원에 의해 공개적으로 이루어져야 할 것은
물론이고, 검열이나 표현 자유에 대한 나의 결론은 표현의
자유를 누구에게도 구걸하지 않겠다는 것이다. 표현의 자유가
무한대로 보장되어 있지 않기 때문에 나는 작가의 생명선이라고
할 '바깥에서의 사유'를 할 수 있었다. 만약 그것이 무한대로
보장되는 날에 나는 사력을 다해 무한대의 표현 자유 속에서
금기 사항을 발견하려고 노력할 것이다. 하여 체제와 법이 보장해
준 '안의 사유'가 아니라 '바깥에서의 사유'를 끝내 찾아내겠다.

31. 소설가는 그렇다면 청소년이 이해할 수 있는 수준의
작품만 써야 하는가? 이를테면 소설가는 『십오 소년 표류기』
같은 소설만 써야 하는가 말이다. 청소년은 청소년이 읽어야 할
소설이 따로 있다. 그것을 전제로 하지 않는다면 담배와 술 또한
청소년이 사용할 수 있다는 가능성만으로 금지되어야 한다. 만에
하나 성인용의 에로물을 십 대 청소년이 접했을 경우에도,
우리나라의 한 공인된 청소년 선도 기관에서 오래 일했던
카운슬러가 쓴 책에 의하면 십 대가 에로물을 읽고 성범죄를
일으키느냐 아니냐는 당사자의 이성 친구 유무, 상급 학교로의
진학 유무, 대화 상대자 유무, 가정 문제 유무 등에 따른다고
한다.

32. 작가가 일급 호텔의 세미나실에 가거나 여인숙의
화장실을 가거나 간에 평론가들은 작가가 얻은 발자국에
하나하나 입 맞추며 무릎걸음으로 따라와야 한다. 평론가가
앞서가서는 왜 안 되느냐하면 이놈의 평론가들은 호텔의

세미나실에는 들어가도 여인숙 화장실에는 안 들어가려고 하기 때문이다. 그러면 뒤따르는 소설이 망한다. 지식인이 예술이나 검열에 대해 갖는 태도는 늘 이중적이다. 80년대에 긴급 구제를 바라던 많은 민중문학권 작가와 작품에 대해 서명하기를 거부했던 사람들은 '그것이 예술적 함량 미달이기 때문에'라는 변명을 둘러댔다. 『즐거운 사라』 때에도 서명 거부자들의 태반은 그렇게 빠져나갔다. 그렇다고 해서 나머지 반이 마광수의 성적 주장을 바로 알고 있었던 것도 아니고, 거기에 반대할 수 있는 이론적 입지를 가지고 있는 것도 아니었다. 반체제 작품이나 성을 주제로 한 작품이 긴급 구제를 바랄 때마다 이 땅의 작가와 지식인을 요리조리 빠져나가게 만든 '예술적 함량'이란 대체 뭘까? 고작 스스로의 목에 건 방울이기밖에. 지식인들은 아주 편의적으로 그리고 이데올로기적으로 그 방울을 사용해왔고, 거기에는 마피아 같은 섹트 의식과 길드와 같은 배타성과 자기 보존 의지가 간여한다.

33. 나보다는 우리 시대의 또 다른 자유주의자인 복거일과 비교해보자. 마광수는 우리 사회의 온갖 이중구조를 참지 못하는 사람이다. 그는 특히 성 분야에서 이루어지는 잡다한 이중구조를 까발리고 깨려고 했다. 그에 반해 복거일은 자본주의 사회에서 이중구조는 어쩔 수 없으며 이 사회의 동력이라고 긍정하며 그 이중구조를 어떻게 합리적으로 조정할 것인가를 궁리하는 사람이다. 내가 보기에 마광수는 안쓰러울 만큼 도덕군자며 근엄한 계몽주의자이고, 복거일의 논의는 성을 다루고 있지 않지만 외설적이기 짝이 없다. 나는 아무런 계몽이나 도덕적 의도를 가지고 있지 못하며, 그것들이 불탄

자리에 있다. 내가 그런 힘을 가질 수 있었던 까닭은 수필이나 소설로 연장된 계몽이 아니라, 거짓말로만 이야기하는 방법을 택했기 때문이다.

34. 『내게 거짓말을 해봐』에서 나의 분신인 제이는 기껏 똥을 먹지만 「해바라기」에서의 나의 분신인 극작가 김인은 "너만 없으면 자유로워진다"면서 자신의 손가락을 과도로 하나하나 자른다. 두 작품 다 자기모멸의 긴 기획에 마침점을 찍는 작품이고, 이제는 그것에서 벗어나고 싶다.

35. 나는 내 독자들이 자유를 얻기를 원한다. 그리고 행정당국자들이… '나는 똥이야'라고 한번쯤 생각해볼 수 있는 기회를 가졌으면. (…)

36. 소설 한 권으로 2년을 버티는 내 작업 방식을 계속 유지할 생각이다. 그런데 이런저런 사정으로 이번 책을 더 찍지 못하게 되어 곤란이 크다. 쉬는 동안 희곡을 몇 편 쓸 생각이다.

37. 한국의 사정을 보아야 할 것 같다.

38. 고맙다.

1996. 10. 28.
앤 타일러의 『종이시계』(동문사, 1991)를 읽다.

흩어진 가족들을 어떻게 해서든 봉합해보려는 '왈가닥 루시' 형의
매기가 보이는 안쓰러운 노력과 대서양을 단독으로 항해하는
남자들에 대한 끝없이 장황한 책을 읽는 게 유일한 오락거리고
삶의 위안인 아이러의 비애가 독자의 가슴을 아프게 하는 이
소설에서, 작가는 미국 문화가 갖고 있는 가족중심주의와 '해피
엔딩'을 끝내 배척하는 것으로 생에 대한 냉정한 시선을 유지하는
한편 동양적 낙관에 당도한 것처럼 보인다.

1996. 10. 30.

폴 오스터의 『뉴욕 삼부작』(웅진출판, 1996)을 읽다.

폴 오스터는 추리소설 형식을 통해 무엇을 얻고자 한 것일까?
이 작품에 대해 논평한 한 미국 잡지는 그의 소설을 가리켜
"추리 소설을 뒤집어놓음으로써 오스터는 완전히 독창적인
이야기 수법을 창조해냈다"고 썼는데 아마 그 지적보다 더 『뉴욕
삼부작』의 정곡을 짚어낼 수는 없어 보인다.

1996. 11. 6.

『내게 거짓말을 해봐』와 관련하여 요청된 『시사저널』의 이문재
형과의 지상 대담에 응하다. 질문은 빼고 답변만 옮겨 적는데,
이번 역시 답변보다는 어떤 질문인가 상상해보는 즐거움을
독자가 가졌으면.

1. 사회적 통념에 도전하는 작가와 그것을 보존하려는
간행물윤리위원회 각자의 입장이 다르기 때문에 충분히 그럴 수
있다는 생각을 한다. 그러나 간행물윤리위원회가 꼭 필요악으로
존재해야 한다면 좀 더 절차상 민주주의적 방법을 택해야 한다.
출판 금지라는 어마어마한 처분에 앞서 작가에게 자신을 변호할
기회가 주어지지 않는다는 것은 아마 어느 국민도 알고 있지
못할 것이다. 나는 지금도 누구에 의해 어떤 논의 끝에 내 책이
음란 판정을 받았는지 모르고 있다. 변론권도 공개성도 없는
비밀 재판이 그 어느 분야도 아닌 문화의 장에서 이루어지고
있다는 사실은, 내 책의 외설 시비를 떠나 슬픔을 준다.
2. 내 작품에 관한 한 나 이상의 증인도 변호사도 필요
없다. 기소된다면 될수록 빨리 재판을 마치고 내 시간으로
돌아오고 싶다. 역사가 입증하듯이 작가는 언제나 정부나 법보다
의연했고 컸으며 어른스러웠다.
3. 파리 체제는 이 소설과 관계없이 이루어지고 있었다.
4. 음란도서와 작가, 출판인에 대한 제재는 세 가지
방법으로 이루어질 수 있는데 첫째, 인신 구속과 같은 사법
처리, 둘째, 판매 금지, 셋째, 통신 판매나 비닐 씌우기 미성년자
판매 불가와 같은 유통방법상의 제재. 나는 인신 구속이 중세의

재현이라는 점에서, 판매 금지는 작가의 실존적 체현물인 동시에
경제 수단을 원천봉쇄한다는 이유로 수락할 수 없다. 그럼에도
불구하고 나는 판매 금지 조처를 쾌히 받아들인다. 왜냐하면
『즐거운 사라』 때의 사법 처리보다는 진일보한 단계이기
때문이다. 하지만 우리의 잠정적 희망은 영화의 예에서 이미
정착되었듯이 유통방법상의 제재라는 울타리 속에 모든 법적
강제력을 가두는 일이다. 우리 사회에서는 그와 같은 법이 없었기
때문에 작가와 작품이 인신 구속이나 판매 금지라는 극단적인
수중에 맡겨졌다. 출판사의 굴욕적인 공개 사과는 이인삼각
경기처럼 내게도 충격을 주었지만 나 때문에 출판사가 화를
당한다면 죄책감에 시달릴 것이다. 출판사는 공개 사과를 하고
책을 수거했으니 불문에 붙이고 앞으로 일어날지도 모르는 모든
일은 나 혼자 떠맡고 싶다.

　　5. 작가란 바깥에서 사유하는 사람이다. 하므로 표현의
자유를 법과 정부에게 보장해달라고 떼쓰는 일이 모순이다. 만약
그들이 표현의 자유를 무한대로 보장해준다고 하더라도 나는 그
속에서 금기를 찾아낼 것이고 그럼으로써 바깥에서 사유하는
진짜 무한정한 자유를 누리겠다.

　　6. 소설의 말해진 내용으로부터 내가 전달하려는 주제를
추출하려는 일은 내 의도를 다 반영하지 못한다. 문제가 되고
있는 지루한 성 묘사, 즉 포르노로 치장된 형식을 함께 살펴야
소설의 주제가 명료해진다. 내 소설은 과도한 형식 때문에 주제와
내용이 늘 찌부러져 왔으며, 언제나 형식 우위였다.

　　7. 기질상 맞지 않기 때문에 또는 이런 충격은 이미 충분히
거쳤기 때문에 의미 부여를 할 필요가 없는 사람들이 있을

것이다. 나 자신도 이런 충격은 두 번 의도될 수 없다는 것을
알고 있으며 다음에는 좀 더 전통적인 방법을 택하고 싶다.

8. 록 가수가 공연 중에 자신의 경제 수단이며 표현 수단인
악기를 때려 부술 때는 그럴 수밖에 없는 이유가 있을 것이라고
여겨지며, 그것 또한 메시지로 받아들여야 한다. 포르노라는
흉기를 빌어 나는 소설가라는 특권과 소설이라는 신성한 근거를
때려 부수고 싶었으며 내 혼과 육체를 완전히 화장시키기
위해서는 꼭 포르노 형식이 필요했다.

1996. 11. 10.
에스카르피의 『문학의 사회학』(을유문화사, 1983)을 읽다.

김현의 『문학사회학』(민음사, 1983)에 의하면, 에스카르피는
많은 문학사회학 분파나 개척자 중에 "미국의 계량주의적
사회학에 영향을 받은" 문학사회학자이며 그의 성과는 "부분의
통계적 분석이 그러하듯, 그 분석의 결과는 문화의 전체성에
둔감한 단편적인 분석으로 끝나고 있다".

　　하지만 내가 보기에 에스카르피의 『문학의 사회학』은
문학의 무상성을 끈질기게 주장하고 있는 이상한 문학사회학
논저이며, 문학의 무상성 주장이 저자의 계량주의적 문학사회학
방법과 모순적으로 얽혀 있는 특별난 책이다.

　　베스트셀러 작가나 작품에 대한 그의 단죄는 너무나
단호해서 에스카르피는 그것을 "문학적 죄"라고도 일컫는다:
"작가가 특히 높은 의미에서의 문학적 죄, 즉 사실은 자기 자신의
성공이 아니라 신화의 성공에 불과한 하나의 성공을 수용한다는
문학적 죄를 범하고, 대중에게 자기 자신을 인도할 때에는
언제나 대중은 작가에 대하여 하나의 영향력을 가진다. 그리고
불가피적으로, 작가는 나중에 가서 그러한 사기 행위의 대갚음을
받지 않으면 안 된다. 생각건대 신화를 이용하여 작품에
접근한 공중은, 작품으로부터 무상의, 문학적 기쁨을 끌어낸
것이 아니라 작품을 사용하기만 한 것에 불과하기 때문이다.
제국주의적 신화 밑에 짓눌려버린 키플링과 같은 작가의 비극이
특히 그러한 예이다."(172-179쪽)

1996. 11. 14.
죠지 엘리어트의 『싸일러스 마아너』(창작과비평사, 1992)를
읽다.

죠지 엘리어트의 글은 쉽지 않은 문장으로 되어 있다. 보통 쉽지
않은 문장들은 대개 관념의 부족을 수사로 위장하려는 고심의
노력인 경우가 많은데, 이 작가의 글은 사물과 사고의 핵으로
깊고 바르게 진입한다.

1996. 11. 15.

고향 신문에 기고할 셈으로 "나는 하이틴 작가가 아니다"를 쓰다.
줄여서 싣게 될 것이므로 여기에 전문을 미리 초록한다.

이 귀한 지면을 통해 나는 내 소설을 옹호하지 않으려고
한다. 오히려 나는 내 소설의 유죄를 스스로 시인하고자 한다.
문학이란 무엇인가에 대한 숱한 이론과 설명 가운데 많은
사람들은 문학이 의사소통이라는 데에 합의하고 있다. 문학이
의사소통이라면 진정한 의사소통은 악과의 대화를 포기해서는
안 된다. 진정한 작가는 문학에게만 유일하게 허여된 그 능력과
특권을 자랑스럽고 고통스레 받아들인다. 악과 의사소통하는
문학. 그것은 이미 유죄이다.
　　사드나 보들레르가 그랬듯이 문학의 유죄성을 벗겨줄
것은 시간밖에 없다. 고통스럽지만 작가는 그 사실 또한
자랑스레 받아들인다. 왜냐하면 문학만이 시간을 살아남기
때문에. 그렇다면 시간만이 유죄인 문학을 무죄로 건져 올릴
수 있다는 믿음은 어디에서 오는가? 그것은 당대의 사회적
통념이 규정해놓은 선악 개념이 또 다른 당대에서는 바뀐다는
것을 전제로 하고 있다. 그러므로 문학은 다시 유죄이다. 그것은
미래의 선악을 미리 선취하려는 죄를 지었다.
　　이렇듯 무섭고 불온한 존재인 한 어떻게 사회가 문학을
용서하겠는가? 이상 국가를 꿈꾸었던 플라톤이 시인 추방을
주장한 까닭은 바로 그래서다. 건전한 사회는 절대 문학이
발붙일 틈을 주어서는 안 된다. 하여 나는 내 소설을 문제
삼고 금지시킨 시민단체와 간행물윤리위원회의 논리 가운데

하나를 용납한다. 『내게 거짓말을 해봐』는 사회적 통념의
수준을 넘어섰기 때문에 판금되어야 하고 사법부에 의해 단죄
받아 마땅하다. 고통스럽지만 나는 처분을 받아들일 것이다.
그래서 나는 작가이다. 대신 상처받은 조개가 진주를 내뱉듯이
유죄인 나는 당신들께 준다. 우리 사회는 악과 대면할 준비가
되어 있는가? 즉 오래된 가치의 경계를 새로 조정할 능력을
갖추었는가?

　　사회적 통념과 어긋남을 질책하는 법 앞에 문학은
가련하다. 문학의 본래가 그러하기 때문에 그것은 원죄나
같다. 문학은 무방비인 것이다. 그렇지만 이 기회에 시민단체와
간행물윤리위원회가 마구 휘둘러대는 엉터리 논리 하나는
꼭 반박하고 싶다. 청소년이 읽고 이해할 수 있느냐의 여부로
음란물을 판정하고, 청소년을 악영향에 빠트릴 위험성 때문에
음란물이 단속되어야 한다는 그 유치하고 우스운 논리 말이다.

　　청소년은 청소년이 읽어야 할 책이 따로 있다. 문화체육부가
추천하는 권장도서 같은 것 말이다. 그것을 전제로 하지
않는다면, 술과 담배도 청소년이 이용할 수 있다는 이유만으로
금지되어야 한다. 잘난 분들은 왜 그것도 구분하지 못하나?
똑똑히 들어라. 나는 위선된 성인들에게 악영향을 줄 분명한
목적으로 『내게 거짓말을 해봐』를 썼다. 그러니 성인에게 맞지
않는 아동복을 억지로 입히지 말라. 그런데도 불구하고 나는
외압에 의해 하이틴 작가가 되기를 강요받고 있다.

　　상식 있는 시민단체라면 『내게 거짓말』은 청소년이
읽을거리가 아니다라고 말해야 옳지, 청소년이 읽을 수도 있다는
가능성만으로 성인이 쓰고 읽을 권리를 빼앗아서는 안 된다.

그렇지 않아도 방송 프로그램과 극장, 연주장 등에서 성인이
쫓겨나고 있는 현실이고 이십 대가 넘으면 록카페마저 입장
불가다. 그런데 이제 문학판마저 록카페화하자는 것인가? 성숙한
문화는 당연히 성인이 주축이 되어야 하고 그들의 세계와 주장이
표현되어야 한다. 소수의 청소년을 보호하느라 대다수 독자의
권리를 빼앗는 것은 한 나라의 문화적 역량을 어린이의 키에
맞추어 재단하는 문화적 자폭이다.

그런데도 이런 유치한 논리가 설득력을 가졌던 것은 한국이
청소년 과보호 사회이고, 부모들이 '너는 그 책을 혹은 영화를
아직 보아서는 안 돼!'라고 말할 권위에 자신이 없기 때문이다.
가령 지금 이 글을 쓰고 있는 프랑스의 한 텔레비전에서는 매주
수요일과 일요일의 늦은 저녁 시간대에 성기만 비치지 않는다
뿐인 노골적인 에로 영화를 고정적으로 방영하고 있는데, 그들이
그럴 수 있는 것은 엄한 청소년 보호 원칙이 없어서가 아니라
'너희는 아직 안 돼!'라고 말할 수 있는 권위를 성인들이 가졌기
때문이다. 스스로 성인의 권리를 지킬 수 없었기 때문에 우리
사회는 어린이가 보고 따라 할 소지가 있는 사항을 원천적으로
봉쇄해버린다. 그래도 괜찮은 것이 그들은 룸살롱이나
해외여행을 통해 성인의 권리를 되찾을 수 있기 때문이다. 그럴
때 원천봉쇄로 손해 보는 것은 누구일까? 아까 예로 든 프랑스
방송의 에로물의 경우, 혼자 지내는 독신자들과 하층민의 주말을
위해 봉사되는 것이라고 한다.

이런 책이나 영화, 연극이 문제 될 때마다 방송에 출연한
근엄한 어른들이 한다는 소리라곤, 시종일관 청소년이다.
왜 그들은 자기 의견을 말하지 못하고 줏대 없이 애들을

찍어 바르는지 알다가도 모르겠다. 우리는 듣고 싶다. 멋쟁이 손봉호[음란폭력성조장매체대책시민협의회(음대협) 공동대표] 교수가 이런 책을 읽고, '나는 이렇게 느꼈다'고 당당하게 말하는 것을. 그러면서 자신의 축적된 인생관·세계관·예술관을 드러내는 것을. 그러나 그들은 자기 의견이 없는 꿀 먹은 벙어리들이다. 『내게 거짓말을 해봐』를 읽고 악영향을 받았다고 말하면 아직 불혹을 터득하지 못한 인격 수양이 덜된 사람으로, 또 아무렇지도 않았다고 말하면 겉은 멀쩡한데 속은 변태적이라고 오해될까봐서? 아니다. 그들의 인문적 지식과 교양이 일천하기 때문이다.

　　소위 사회 지도 인사들은 몇 년 동안 한 편의 소설도 읽지 않다가 이런 문제작이 나와야 얼씨구나 하고 달려든다. 그런 수준이니 소설 자체를 두고 몇 시간씩 이야기꽃을 피울 재주가 없다. 오래전부터 달달 외우고 있던 윤리규범으로 소설을 찝쩍댈 줄은 알아도 예술을 판단하기엔 역부족이다. 그래서 어르신들의 토론은 우리 문화에 아무런 도움도 되지 못하는 청소년 악영향 타령이나 하다가 끝난다. 꼭 초등학교나 중학교 학생들의 학급회의 같다. 논술 공부를 하는 고등학생들만 해도 안 그럴 텐데. 하긴 청소년 악영향 타령이 그들에겐 자신들의 이야기인지도 모른다.

　　만에 하나 청소년이 음란물을 읽었다 하더라도 그것이 성범죄로 곧바로 연결되지 않는다는 연구는 이미 나와 있다. 음란물을 읽은 청소년이 성범죄를 일으킬 가능성은 당사자의 이성친구 유무, 가정 문제 유무, 부모 결손 유무, 대화 상대자 유무, 상급 학교로의 진학 여부, 취직 여부 등에 따른다. 이

연구는 공인된 청소년 선도 기관에서 오랫동안 몸담았던 상담자의 경험을 토대로 했다. 청소년 과보호에 관심 없는 나도 아는데 청소년에게 그토록 관심이 많다는 사회 지도 인사들은 왜 모를까? 비겁하게도 그들은 이 사실을 알고도 외면한다. 까닭은 성범죄를 포함한 여러 청소년 문제가 사회의 제도적 결함이기보다, 한 소설가의 책임인 것이 그들을 편케 하기 때문이다.

소크라테스는 청소년을 타락케 한다는 이유로 기소되고, 사형선고를 받았다. 이런 일례를 볼 때 이 죄과는 무척 오래된 역사를 가졌다. 그런데 소크라테스가 기소되고 사형을 받아야 했던 진짜 이유는 그가 귀족들과 지배층의 비위를 건드렸기 때문이다. 그러고 보면 모든 지배층이나 보수주의 세력은 자신의 정치적 욕심이나 권력을 유지하기 위해 청소년을 타락시킨다는 꼬투리로 희생양을 잡아왔다. 박정희가 청소년 풍기 문란을 빌미로 장발과 기타를 단속할 때 우리는 그의 독재 야욕을 보지 못했고, 마광수 교수는 대통령 선거 두 달 전에 전격 구속되었다. 나는 뒤늦은 김영삼 대통령의 부정부패 척결 의지를 환영하지만, 구색 갖추기로 이용되기는 싫다.

4년 전 마광수 교수의 필화 사건이 났을 때 보수주의자들은 마 교수가 청소년 성 문란과 우리 사회의 성 타락을 부채질하는 원흉으로 보았고, 사법부 역시 그만 단죄하면 건전한 사회가 온다는 식이었다. 하지만 그 후로 4년 동안 성범죄는 줄어들지 않았으며, 도리어 한국인들은 태국에서의 보신관광 추태로 국제적 망신을 샀다. 그런 쪽팔리는 일이 벌어지기 전에 마 교수는 패팅을 예찬하면서, 한국인의 성 형태가 성기 신화와 삽입에만 집착하기 때문에 스태미나 식품을 밝히는 거라고 번번이 꼬집었다. 한 지성인의 주장 내용은 제대로 살펴보지 않고, 미친년 널뛰듯 하는 마녀사냥이 한 교수를 죽였다. 상징적 희생양 잡기로 해결되는 사회문제는 없다.

시민운동은 좋지만 청소년 보호를 구실로 작가의 창작 권리를 빼앗는 음대협은 자신들의 논리를 반성하라. 그리고 작가에게 사과하라. 간행물윤리위원회 역시 청소년 보호와 작가의 표현 자유를 등가에 놓는 심사 관행을 재검토하라. 그리고 자진 해체하라. 사법부는 소수의 일탈 가능성 때문에 다수의 구체적 권리가 침탈되는 것이 헌법 정신에 온당한지 심사숙고하라. 그리고 출판인과 작가를 감히 구속 수사할 수 있다는 시대착오적인 발상을 철회하라. 한 나라의 문화정책이 청소년 보호를 기준으로 이루어지는 국가는 지구상에 한국밖에 없다. 문화체육부가 '청소년 놀이방'이 아니라면 출판사에 내려진 등록 취소 결정을 취소하라.

청소년을 보위해야 한다는 사실을 누가 모르나. 하지만 그 길이 표현 자유를 담보로 하는 것이라니! 표현 자유와 청소년 보호가 등가에 놓일 수 있다니! 개도 웃는다. 그런 유치한 논리가 흑마술처럼 문화 전반을 억누르는 한 한국 문화의 미래는 암담하다. 그런 문화 상황에서 문학은 이제 더는 문학을 문학이게 했던 능력과 특권을 앗긴다. 공식적 통념과는 다른 가치와 의사소통할 방법이 원천봉쇄되고 가치에 대한 다양한 모색이 금지될 때, 문학은 문학으로 가는 길이 막힌다. 그 길 위에서 문학은 스스로 무죄임을 선언해야 할 판이다. 그런 거세된 문학은 예를 들어 국민교육헌장이나 법령집일 수는 있어도 더는 문학이 아니다. 바라건대, 문학을 유죄이게 해다오.

1996. 11. 26.

하루키의 『노르웨이의 숲』(모음사, 1993)을 다시 읽다.

다시 읽어보니 하루키는 "나는 지금 어디에 있는가?"라는 물음을
변주하면서 자신의 모자이크를 만들어왔다는 생각이 든다.

　　부조리한 현실계와 이상 속의 낙원, 유년과 성년, 죽음과
성, 개인과 집단과 같이 무수히 많은 양 세계의 틈바구니에서
내가 있어야 할 자리를 찾는 하루키의 주인공들은 뒤이어
전개되는 하루키식 만다라 속에서 의식과 무의식, 현상계와
사이버계와 같은 또 다른 양 세계로 갈라진다.

1996. 11. 30.

전경린의 『염소를 모는 여자』(문학동네, 1996)를 읽다.

그러나 전경린의 이 소설집을 다 읽고 나면 그녀들의 고독이
실은 바로 그것을 낯간지러워하던 남성이 준 상처라는 것을 알게
된다.

1997. 1. 17.

어느 계간지에 실을 목적으로 『내게 거짓말을 해봐』에 대한
설명의 글을 쓰다. 여기 초록해둔다.

언젠가 나는 내적 발전의 궤적으로서의 이번 소설의 의미와
사회적 의미를 밝혔다. 그러나 감히 말하건대 겹겹의 소설인
『내게 거짓말을 해봐』에는 그 설명과 다른 관점에서 읽힐 수 있는
또 다른 층이 존재한다. 적어도 내가 이 소설을 쓸 때는 예술가
소설의 관점, 여성주의 관점, 정신분석의 관점 그리고 포르노
키치와 같은 여러 겹의 관점을 동시에 생각했고, 그것들이 서로
연관을 맺도록 고려했다.

우리가 오해하고 있는 사실로서, 예술가는 자율적이고 영감
받은 존재며 그들의 창작품 역시 자율성의 산물이라고 알고
있다. 하지만 우리의 무의식 속에 이미 아버지로 상징되는 기성의
윤리와 체제가 깃들어 있으며, 예술가의 의식과 그의 창작은
그것으로부터 부단히 간섭받는다. 『내게 거짓말을 해봐』의
주인공 '제이'는 유년시절부터 자신을 억압해왔던 아버지로부터
자유롭기 위해 예술을 선택했으며, 명망 높은 조각가가 되었다.

그런데 어느 날 자신이 해온 조각이 모두 아버지의 형상을
닮았다는 것을 알고 소스라치게 놀란다. "창작을 통해 진정한
자유를 얻었다고 느낀 것은 착각에 불과했다"는 것, "그가 십여
년 동안 만들어온 작품들은 자신의 삶을 보이지 않는 아버지의
면전에 보고하는 기록 체계이면서 바로 아버지의 형상, 아버지의
우상을 만드는 일"이었으며 나아가 "자신의 창작이 아버지의
지배를 영구화시키고 아버지에 대한 자신의 복종을 나타내는

것"(54-55쪽)을 알았을 때 그는 경악한다.

예술을 통해 아버지로부터 해방을 얻는 것이 아니라 자신의 작품이 오히려 그토록 타기하고자 했던 아버지를 신격화하고 있다는 것을 깨달은 '제이'는 자신의 예전 작품을 우스갯거리로 만드는 일에 착수한다. 스스로 분뇨예술이라고 명명했던 말기의 작품이 바로 그것이다. 하므로 독자에게 충격을 준 똥을 삼키는 장면은, '제이'가 똥을 삼키는 것이기도 하지만 자기 속에 든 아버지에게 먹이는 것이기도 하다. 이 사실을 이해한다면, 한동안 분뇨를 굳혀 예전의 자기 작품, 그러니까 아버지의 형상을 희화화하는 작업에 몰두했던 제이가 자신의 몸을 오브제로, 자신의 몸에 멍을 들이는 매저키스트가 되는 필연적 과정을 이해할 수 있다. 울긋불긋한 제 엉덩이를 바라보며 '제이'는 "지금까지 회피해왔던 자기 얼굴을 바로 보려고"(188쪽) 하며, "이젠 너를 완전히 잡았어. 난 널 증오해!"(182쪽)라고 말한다.

예술가 속에 내재된 아버지 죽이기, 그것이 이 소설을 예술가 소설로 만들며 '제이'의 행로는 아버지와 선생 그 모두를 뿌리치고서야, 진정한 예술가가 될 수 있다고 말한다. 소설 속에 등장하는 두 여류 조각가인 '지'와 '우리'는 아버지나 선생을 뿌리치지 못했기 때문에 실패한 예술가와 그것을 뿌리쳤기 때문에 성공한 예술가의 전형을 보여준다. 예를 들어 '제이'를 흠모하여 그의 품 안으로 들어온 지는 '제이'의 아내로 살면서 "스물아홉이 된 나이까지 그의 조언이 구해지지 않으면 자기 작품에 대해 불안해"(154쪽)한다. 그래서 비엔날레에 출품할 작품에 대해 의논해주길 '제이'에게 청한다. 지가 만드는 조각이라곤 고작 "아기자기한 소품"들로 "집 안을 장식하는

데 많은 돈을 쓰는 파리지앵들이 가장 가지고 싶어 하는
것"(206쪽)이다. 반면 '제이'를 흠모함에도 불구하고 그의 품에
안착하기를 거부했던 '우리'는 개성적인 조각가가 된다. 그래서
'우리'의 친구인 '와이'는 이렇게 말한다. "넌 누구의 도움도 없이
혼자 잘 견뎌냈어. 넌 누구의 도움도 없이, 혼자 이긴 거야. 만약
그때 네가 제이를 찾아갔다면 넌 지금쯤 잘해봤자 그의 식탁을
아기자기하게 꾸미는 존재밖에 더 되지 않았을 거야."(214쪽)
작중에도 피력되듯이 카미유 클로델은 로댕에게 가지 않았어야
했다.

　　『내게 거짓말을 해봐』는 예술가 소설이자 동시에 여성주의
관점의 해석을 요구한다. 동서고금으로부터 가부장적 남성
사회는 여성에게 두 가지 고정된 역할만을 맡겨왔는데, 창녀와
성녀가 그것이다. 말하자면 여성은 성의 노리개이거나 모성을
가진 존재라는 거다. 이 소설 속에서 '와이'는 "썹에 달통한
여자"(149쪽)이자 "성모의 현현"(186쪽)으로서 남성 사회가
여성에게 한정지은 창녀와 성모의 역할을 한 몸에 구현한다.
하지만 여성은 왜 정치가로, 교육가로 혹은 예술가로 존재할
수 없을까? '와이'의 반대편에 존재하는 '우리'는 여자로서의
정체성이 확립되지 못했던 여고시절에 남성의 성기를 욕망하며
남성 역할을 맡아 가짜 남성 노릇을 해보기도 하지만, 스스로
파괴하는 독립적인 의식을 거쳐 예술가로 다시 태어난다.
그녀는 자기 손으로 이루어진 파괴의식을 비디오에 담아
"이건 내 첫 번째 작품이에요. 제목은 「까미유의 아마조네스
진군」"(191쪽)이라고 말한다. '우리'는 아주 자각적으로 여성은
어떻게 예술가가 되는지 알았다.

이 소설 속에 등장하는 인물은 모두 알파벳 약호로 불려지며 아무도 이름을 가지고 있지 못하다. 하지만 '우리'만이 '고우리'라는 성과 이름을 온전히 뽐낸다. 까닭은 그녀만이 주체적인 인물이기 때문이다. 두 언니가 남자들에게 강간당했기에 자신은 스스로 처녀를 던져버리겠다고 결심했던 '와이' 역시 주체적이긴 하지만 그녀는 기껏 남성이 정해준 여성 정체성의 한계 속에 머문다. 하지만 '우리'는 모두를 포함한 여신이다. SM클럽인 아마조네스에서 활약하는 '와이' 역시 매저키스트 남성들로부터 여신으로 불리긴 하지만 그것은 가짜이다. '와이'도 그 사실을 안다. 그래서 '와이'는 '우리'에게 "진정한 여신이자 나의 정신적 어머니"(215쪽)라고 말하지 않는가.

이 소설의 정신분석적인 기초는 '아이를 학대하는 가족과 파시즘 사회'라는 부제가 붙은 모턴 샤츠만의 『어린 혼의 죽음』으로부터 모조리 빌어 왔다. 그 책은 권위적인 가정이 전체주의의 기반을 만든다는 라이히의 주장을 임상적으로 접근하고 있는 책으로, 프로이트의 개인 심리학을 보완하고 대응하는 사회심리학 입장에서 선 저작이다. 이 소설에 나오는 '신버지'라는 용어는 물론이고 오랜 억압과 그것에서 비롯한 내부의 검열이 아버지에 대한 원한을 신적 황홀경으로 바꿔치기 하는 개념, 그리고 가부장적 기독교 사회에서 하느님과 그리스도, 그리스도와 장로, 장로와 평신도, 아버지와 아들은 신랑과 신부의 역할에 서며 그런 암묵 속에서 아들이 아버지의 성기를 선망할 수도 있다는 소설 내의 가설은 모두 그 저작에 빚졌다.

작중의 '제이'는 김일성이 죽은 날 그것을 기념하기 위해

시계를 살 만큼 김일성을 증오하는데 그 이유는 너무 단순하다. "그냥" 싫다라는 것이다. 그러면서 "그냥 싫다, 그냥 좋다, 그건 어린애들이나 쓰는 말이다. 때문에 그만큼 생래적이고 원초적인 표현이다"(15쪽)고 말하는데, '제이'가 김일성과 북한을 가리켜 "쓰레기", "똥걸레", "국가가 아닌 집단"(16쪽)이라고 맹렬한 증오를 나타내는 데에는 앞서 말한 왜곡이 끼어든다. 즉 아버지로부터 오래 억압받은 아들이 자신의 신경증을 신적 황홀경으로 대치하듯이, '제이'는 아버지에 대한 증오를 마음 놓고 김일성에게 투사한다. 그뿐 아니라 '제이'는 한국 근대사의 국부인 박정희에 대한 증오를 박정희에게 하지 못하고 김일성에게 하고 있는 셈이다. 왜냐하면 '제이'의 아버지가 권위주의적으로 가정을 이끌었던 까닭은 그가 박정희 파벌로부터 추방된 영관급 장교였으며, 그 울분이 아이를 강하게 키우고자 하는 강압적 교육법을 낳았기 때문이다.

남쪽의 박정희, 북쪽의 김일성, 『내게 거짓말을 해봐』는 권위주의적인 가정이 전체주의의 기반이 된다는 라이히의 주장을 역으로, 전체주의가 권위주의적인 가정을 재생산한다는 사회심리학적 의견을 담고 있다. 또한 권위주의적인 가정에서 양육된 아이는 타인과의 만남을 저지당하고 올바른 성적 성장을 방해받으므로, 성인이 되어서도 항상 어릴 때 아버지와 가졌던 형태의 관계 속에 매몰될 수밖에 없음을 이 소설은 '제이'의 생식 불능(거부), 매저키즘으로의 퇴행, '신버지'가 몸을 뚫고 들어오는 환상을 통해 보여준다.

이상이 『내게 거짓말을 해봐』의 여러 겹이다. 마지막으로 저속 예술인 포르노를 어떻게 키치적 용법으로 사용했나를 밝히고 싶다. 『너에게 나를 보낸다』의 한 이야기 축은 안기부에서 작가들에게 포르노 소설을 써서 '마르크스를 위하여', '불멸의 력사', '주체사상 선집' 등의 이름으로 출간하는 일화로 이루어진다. 그런 방법의 이중 언어를 통해 젊은 세대의 마르크시즘에 대한 관심을 호도하고 의식을 무감각하게 세뇌할 수 있다는 이유에서이다. 물론 소설 속의 설정이긴 하지만 이렇듯 체제가 포르노의 방법으로 국민을 우롱한다면, 작가 또한 그와 같은 방법으로 체제를 우롱할 수도 있지 않을까? 이 소설은 그것에 대한 답이다.

들은 풍월이지만 테리 이글턴은 문학 교육이 가진 이데올로기 고착적 기능을 연구한 끝에, 국가에 의한 문학 교육은 '무엇을 쓸 것인가'에 대해 학습시키는 것이 아니라 '어떻게 쓸 것인가'에 대해 학습시킨다고 말한다. 예를 들어 우리나라 교과서에 나오는 문학 작품이 대부분 애국이나 효도를 주제로 하고 있지만 문학 교육은 충효라는 주제나 내용을 가르치기보다는 피학습자에게 시·소설·수필·희곡 등등의 형식을 인지시키는 것을 목표로 한다는 것이다. 이 말은 이데올로기가 자신을 보존하고 재생산하기 위해서는 먼저 예술의 형식을 장악해야 한다는 것이다. 까닭은 모범적 형식을 제시하고 제한하고 있는 한 예술은 쉽게 체제 봉사적인 것이 될 수 있기 때문이다. 그것의 적확한 예는 평시조가 양반들의 지배 이데올로기를, 사설시조가 평민들의 풍자를 담고 있다는 것을 볼 때이다.

또한 피에르 부르디외는 '어떤 것은 아름답고 어떤 것은 추하다'는 미적 판단은 원초적 인간 본성이나 자발적인 결과가

아니라 교육과정의 사회적 산물이라고 한다. 그는 그 주장을
더 밀고 나아가, 사회 교육에 의해 수행된 미적 판단 기준이
사회적 장벽을 만든다고 말한다. 예를 들어 경제와 교육 수준이
낮은 계급은 밀레의 '만종'을, 경제와 교육 수준이 높은 계급은
피카소의 '아비뇽의 처녀'를 선호하게 된다는데, 이렇듯 어떤
기호에 대한 혐오는 계급 사이의 두터운 장벽을 만든다는 것이다.

이번 소설이 나오고 나서 몇몇 평자들은 '네가 무엇을
말하는지는 알겠다. 하지만 꼭 그런 식으로 써야 했었느냐?'고
묻는다. 거기에 대해 바로 대답하건대, 『내게 거짓말을 해봐』를
포르노로 장식한 것은 위에 제시된 바의 형식의 이데올로기적
기능과 하나의 장벽으로 가로놓인 미적 판단에 대한 전략적이고
전복적인 의미를 띠고 있다.

1997. 1. 20.

마루야마 겐지의 『봐라 달이 뒤를 쫓는다』(하늘연못, 1996)를 읽다.

마루야마 겐지의 소설에는 죽음과 허무가 끈질기게 따라붙는다. 이 소설에 환시처럼 등장하는 죽음의 인형들처럼. 그렇다고 해서 한 번도 죽음이 성공하는 것을 본 사람도 없다. 그가 쓰는 시는 항상 재생과 환생에 대해 단념되지 않는 희구로 가득 차 있다.

1997. 1. 29.

강석경의 『세상의 별은 다 라사에 뜬다』(살림, 1996)를 읽다.

이 소설은 무척 재미있는 소설이다. 두 가지 점에서 그렇다. 첫째,
구원과 안식을 찾아 인도로 온 한국 여자들이 사귀는 남자는
하나같이 서양인이다. 성자는 영국인 존과 결혼하고 주원은
이탈리아인 파올로와 약혼한다. 바꾸어 말하면, 서구 문명을
거부하고 인도에서 정신적 망명을 구하였던 존과 파올로는
인도인이 아닌 다른 서양인과 결혼한다. 그들은 인도의 예술과
정신은 좋아하지만 인도인은 좋아하지 않는다. 작가는 인도
여자와 결혼한 독일 남자의 무기력한 모습을 통해 그 사실을
뒷받침한다.

　　둘째, 인도로 간 여인들은 인도에서 살지 않는다. 그렇다고
한국으로도 되돌아오지 않는다. 결국은 영국이나 이탈리아에서
살게 될 것이다. 모르긴 해도 그 여인들은 어디에 살게 되든
인도인 흉내를 내거나, 인도를 팔아먹으며 살게 될 것이다.

1997. 3. 20.

유미리의 『풀 하우스』(고려원, 1997)를 읽다.

모두가 흠 있는 사람들 투성이인 이 소설의 등장 인물들은 죄다
콩나물로 비유되고 있다. 어둠 속에서 수분을 빨아먹으며 빛을
향해 가지를 뻗는.

1997. 5. 29.
서울행 기차에서 에프라임 키숀의 『피카소의 달콤한
복수』(디자인하우스, 1996)를 읽다.

『피카소의 달콤한 복수』는 수용자의 감상 능력을 미술의 한
부분으로 포용할 것을 환기하는 성과를 가지고 있는 반면,
좋은 예술을 판별하는 기준이 대중이라는 약점을 가지고 있다.
또한 이 책은 예술을 판단하는 주체는 평론가가 아니라 감상자
개개인이라는 새삼스러운 사실을 일깨우는 한편, 좋은 예술은
학습이 없어도 저절로 느껴지는 것이라는 우려할 만한 맹점을
가지고 있다.

1997. 6. 5.

『문명의 기둥』(푸른숲, 1997)을 읽다.

문명을 어떻게 정의하건 간에, 역사상 가장 위대했던 문명에는
하나의 공통점이 있다. 글쓴이는 서로 다르지만 로마와 중국
문명에 대해 한 장씩을 기술한 두 학자는 두 문명이 똑같이
개방성과 혼합·동화를 바탕으로 성립되었다고 말한다. 예를
들어 중국 문명은 전란으로 점철되어 있음에도 불구하고 그런
혼란을 통해 이민족의 다양한 문화와 접촉하고 다른 문화를
흡수할 수 있었다. 마찬가지로 로마 역시 고대 지중해 문명을
집대성함으로써 역사의 한 시기를 자기 것으로 만들었다.

개방성과 타문화에 대한 혼합·동화 능력이 곧 위대한
문명의 조건이라는 새삼스러운 분석은 이집트 문명과
메소포타미아 문명을 비교한 또 다른 필자의 논문에서 재삼
강조된다.

1997. 7. 10.

마루야마 겐지의 『밤의 기별』(하늘연못, 1997)을 읽다.

마루야마 겐지는 나를 행복하게 하는 작가이다. 그의 소설도
좋지만 나는 그의 이력이 좋다. 그래서 빤히 알고 있는
사항임에도 불구하고 그의 책을 읽기 전에 번번이 그의 약력을
다시 읽는다. 그래서 몇 달 전에 읽었던 아쿠타가와 문학상
수상작품전집을 통해서는 그의 취미가 모던 재즈라는 것을 알게
되었다. 내 개인적으로는 귀중하게 여겨지는 그 사실은 한국에
번역된 다른 책에는 소개되어 있지 않다. 뜻밖에도 이번에 읽은
『밤의 기별』에서는 재즈가 부정적으로 나타나고 있지만 그건
소설적 정황에서고, 내가 생각하기에 그는 기질적으로 재즈와 잘
어울릴 사람이고 함부로 취미를 바꿀 사람은 아니라고 생각된다.
예를 들어 청탁과 인기를 사절하고 자신이 쓰고 싶은 작품만
쓰기 위해 작가는 최소 생활비로서만 생계를 유지해야 한다는
그의 결심은 점점 연예인화되어가는 일본의 작가 풍토에서는
여간 희귀하지 않다.

1997. 8. 15.

변호사에게 약속한 대로, 작품의 해석을 도와주는 한편 법정에서 나오리라고 예상되는 판사의 질문에 대처하기 위한 답변을 작성한다. 시간이 지나면 잊히고 말 것을, 자청해서 일기에 적어놓고 남은 일생동안 자신을 괴롭히며 욕되게 할 것인가? 능욕을 견뎌라. 여기 초록해둔다.

아래의 '질문/답변' 가운데 질문 부분은 한국간행물윤리위원회의 심의에서 경고받은 사항과 기소 검사의 공소 사실, 그리고 1심 판결문을 통해 되풀이 거론된 사항이며 거기에 대한 답변은 계간 『상상』 97년 봄 호에 「『내게 거짓말을 해봐』에 대해 바로 말함」이란 제목으로 쓴 본인의 기본 입장에 살을 더한 것입니다(이하 「바로 말함」).

　문1) "자지", "좆", "보지구멍", "좆구멍" 운운하는 성기와 관련된 단어를 상스럽게 사용하는 까닭은 무엇인가?
　답) 「바로 말함」을 통해 본인은 "독자의 눈살을 찌푸리게 했을지도 모르는 '씹'이니 '뽁질'이니 하는 단어들은 문학이 기능적인 의사 전달이 아니라 부단 없는 스타일 선택이라는 것을 반증할 뿐이다"라고 기술했습니다. 문학이 기능적인 의사 전달이 아니라 스타일 선택이라는 것은 예를 들어 이런 것이지요. 저녁 이부자리에서 남편이 아내에게 하는 '우리 섹스 한번 하자'라는 말은 그들이 살았던 시대·연령·교육 정도·계급(층)·세계관·지역(사투리) 등등에 따라 얼마든지 달리 표현되어야 하고 작가는 바로 그 모든 것에 적합한 문체를

선택해야 합니다. 하므로 예의 그 표현은 '임자, 우리 아이 하나
만들까'에서부터 이 소설에서 상스럽게 묘사되었다고 하는
바로 그런 문체에 이르기까지 숱한 자장을 가질 수 있으며,
작가는 자기 소설에 알맞은 스타일(좁게는 문체, 넓게는 형식)을
그 가운데서 선택해야 합니다. 때문에 작고한 어느 평론가는
극단적으로, 작가들이 전범으로 삼을 수 있는 '좋은 문체란
없다'고도 말합니다. 누구나 배워서 따라할 수 있는 문체란 이미
죽은 문체로, 수사학이거나 과거시험에 속하는 것이겠지요. 만약
그렇다면 소설가들은 그들이 가장 어려워하는 "부단없는 스타일
선택"을 하지 않아도 좋겠지요. 아무 고민할 필요 없이 자신이
써야 할 문체나 문장을 체신부에 의뢰하면 될 테니까요. 표준
전보문을 만들듯이 체신공무원들은 그 일을 썩 잘해낼 겁니다.
이런 사정을 감안한다면 상스러운 표현으로 지탄받는 저의
단어 선택과 눈살을 찌푸리게 만드는 저의 문장은 적합하다고
할 수 있습니다. 저의 주인공들은 그런 상스러운 문체 선택을
통해 그들의 염세적인 세계관과 기존 가치에 적대적인 태도를
드러내며, 본인이 표명하고자 하는 자기모멸이란 주제를
수행합니다.

    문2) 38세의 유부남과 18세 된 여고생 간의 성교는
반사회적이고 부도덕하다. 문학사에 그런 전례가 있는가?
    답) (…) 연령을 뛰어넘은 사랑과 모험담으로 여성지에
오르내리는 위와 같은 예는 그들만큼 유명하지 않은 평범한
사람들에게도 심심찮게 벌어지는 일입니다. 그러니 제
주인공들에게 씌워진 반사회적이고 부도덕하다는 누명은 부당한

것이지요. 소설에서 일어나는 일이 현실에서 일어날 수 없을지는
몰라도 현실에서 일어나는 일이 소설에서 일어나지 않을 수는
없기 때문입니다. 실제 상황에서도 호기심을 불러일으키지만,
심한 연령차라는 갈등이 미리 주어져 있기 때문에 소설가들은
그런 처지의 연인들을 주인공으로 많은 소설을 써왔습니다.
뒤라스는 열다섯 살 난 프랑스 소녀와 12년 연상의 중국인
백만장자와의 육체 관계를 묘사한 『연인』이란 작품으로
문학상을 수상했고, 나보코프는 열두 살 먹은 의붓딸과 서른
일곱 살 난 대학 교수와의 파멸적인 육체 행각으로 전 세계 문학
애호가들의 주목을 받았으며, 그 주목은 문학권을 넘어 로리타
콤플렉스라는 용어와 범례로 정신분석학에 기여했습니다.

문3) 성교는 아니지만 이 소설에는 두 차례에 걸친
사제지간의 성교가 시도된다. 한 번은 고3생인 와이를 '주물탕'
놓는 미술 선생. 두 번째는 대학생이 된 와이가 국문과 교수와
구음하는 장면. 이런 것도 소설의 주제와 관련되며, 꼭 필요한
것이었나?
답) 어느 해(96년?)에는 학교 내에서 벌어지는 교사에
의한 성폭행에 대처하는 특별위원회가 이름을 내걸기도
했을 만큼 선생에 의한 여학생에 대한 성추행은 자주 벌어져
왔습니다. 하지만 저는 이 소설을 통해 선생들로 표상되는
기성인의 위선된 성 행태를 공격하고자 하지 않았습니다.
와이의 고등학굣적 선생과 대학 교수가 보여주는 두 예를
통해, 그리고 궁극적으로 와이가 도달하는 제이와의 관계를
통해 제가 드러내고자 하는 것은 소위 예술가들이 보여주는

난잡스러운 성 풍조이며(나보코프식으로 '보헤미안 스타일'), 그
난잡스러움을 통해 제가 이 소설에서 주장하는 바의, 자기모멸을
위해서였습니다. 와이를 탐하는 고등학교 선생은 영어 선생도
체육 선생도 아닌 미술 선생이라는 점, 또 국문과 선생이
연극연출가이기도 하다는 사실에 조각가 제이를 포함시켜놓으면
일단의 '예술가 조합'이 만들어집니다. 그야말로 부도덕하고
반사회적인 이 조합은 저의 전작인 『너에게 나를 보낸다』에서
'경산문화협회'라는 이름으로 이미 한 번의 회합을 가진 바
있습니다. '경산문화협회'의 회장인 현진발은 『주부수필』이란
잡지를 만들어놓고 사회 유한부인들에게 수필가가 될 수 있다고
유혹하여 허영심 많은 여자들의 괴발개발하는 수필을 실어주고
그달치 잡지를 몽땅 강매하는 사기꾼이고, 부회장인 백형두는
명색만의 극단을 만들어놓고 거기에 찾아오는 어린 학생들을
추행하는 성범죄자입니다. 이 난잡한 무리에 문인이 없을 수
없는데, 사무장직을 맡고 있는 이정박과 '경산문화협회'가
고문으로 영입하려는 한일남은 둘 다 표절 시비에 걸린 자입니다.
제가 여러 소설 속에서 그려 보인 일군의 예술가들이 보여주는
예술가상은 그들이 더 이상 사회의 정의나 도덕을 떠맡은
지사나 정신적 지도자가 아니라는 것입니다. 그래서 자본주의를
표상하는 은행원이라는 안정된 신분을 버리고 소설가로 나선
조사명은 당당하게 이렇게 말하는 것이지요. "나의 어머니는
작가에 대한 두 가지 선입견을 가지고 있었는데, 작가는
난봉꾼이라는 것과 거짓말쟁이라는 것이다. 나는 내 어머니처럼
일반인이 작가에 대하여 갖는 선입견이 타당하다고 생각하며,
작가가 되면 여자를 후리기 좋으리란 사실과 마음껏 거짓말 할

수 있다는 사실, 그리고 소설 쓰기가 보장하는 확실한 금전에 마음이 빼앗겼다." 제가 전작에 대해 이렇듯 장황하게 설명하는 것은 「바로 말함」의 서두에서 밝혔듯이 『내게 거짓말을 해봐』가 지금까지 제가 써온 소설들과 유기적·내적 발전적 연관을 맺고 있기 때문입니다. 이 사실은 사법부가 한 작가를 판단하는 데 가장 중요하게 고려되어야 할 사실로, 개개의 독자는 작가의 전 작품과 사상을 이해하면 좋지만 그렇지 않아도 아무 문제가 없겠으나, 적어도 사법부가 한 작가의 표현을 문제 삼아 제재키로 했다면 당연히 작가의 전 작품과 그것들 간의 유기적 연관은 물론이고 일관된 사상이 고려되어야 하기 때문입니다. 『너에게 나를 보낸다』에 나오는 '경산문화협회' 패거리는 물론 『내게 거짓말을 해봐』에 묘사된 미술 선생과 와이, 연극연출가 출신 국문과 교수와 와이의 성행위 시도, 조각가 제이와 와이의 성행위는 시대의 사표로서의 예술가로부터 추락한 현대의 예술가상에 대한 자기모멸을 목적으로 할 뿐, 선생으로 표상되는 기성 체제에 대한 풍자를 목적으로 하지 않습니다. 그렇기 때문에 이 소설은 학교 내에서 이루어지는 사제에 의한 성범죄를 탄핵하지 않는 대신, 이처럼 예술가 무리가 난잡스럽다면 때 묻지 않은 그들의 제자는 어디서 어떻게 탄생하는가에 대한 질문을 뿜어냅니다. 그것에 대한 답은 모든 선생을 거부하고 홀로 선 우리이지요.

　　문4) 구음, 난교, 계간, 가피학 성교뿐 아니라 변을 먹는 등의 변태적이고 도착적인 성행위는 반사회적이고 반도덕적일 뿐 아니라 일반적인 성적 수치심과 선량한 사회 풍속을 해친다.

답) 질문에 답하기 전에 몇 개의 전제가 필요합니다. 첫째, 소설 작품의 도덕성은 작품 내적인 당위성과 정합성에서 오는 것이지 작품 외적인 인준에서 오지 않습니다. 바로 그것이 탐미주의나 퇴폐주의, 초현실주의 등의 예술을 가능케 하는 조건일 것입니다. 둘째, 앞서의 전제가 무시되더라도 이 소설에 묘사된 행위로 인해 수치심을 당하는 것은 사회가 아니라 문학 독자이기 때문에 일반인이라고 확대 해석하는 것에는 무리가 있습니다. 이 경우 일반인이란 문학작품을 읽고 판단할 수 있는 사람을 가리켜야지 불특정 다수를 가리키거나 그것으로 위장된 보수적 윤리주의자를 가리켜서는 안 된다고 생각합니다. 셋째, 우리가 특정한 성행위를 변태적이고 도착적이라고 규정짓는 기준은 시대는 물론 문화권에 따라 유동적일 수 있다는 사실을 지적할 수 있습니다. 예를 들어 중세기 동안 서구 사회에서 처벌의 대상이 되었던 동성애나 계간 같은 것은 이제 기호와 차이의 문제가 되었습니다. 그런 성적 기호의 다양성이 서구의 상황만을 가리키지 않는다는 증거는 제가 올해 봄 우연히 읽은 한 여성지의 기사가 밝혀주고 있는데, 그 여성지는 한국의 남성들이 품고 있는 성적 환상에 대해 조사하면서 한국 남성들이 성교 시에 가장 하고 싶어 하는 열 가지 행위 가운데 아날섹스가 5위, 가벼운 피가학 성교가 7위에 올라 있는 것만 보아도 충분히 입증됩니다. 그렇다고 하더라도 제 소설은 그것을 미화하거나 강제하지도 않을뿐더러 좋은 것이라고 주장하거나 권고하지 않습니다. 제 주인공들은 그것을 행하면서도 역겨워하며, 피할 수 있기를 바랍니다. 그러면서도 제 주인공은 바로 그런 행위를 하기 위해 창조되었고 그 세계의 심리를 엿보기 위해 주인공이 되었습니다. 이런 전제를 염두에 두고 변태적이라 불린 몇 가지 행위를 설명해보겠습니다. 첫째, 제이가 와이의 변을 먹는 것은 많은 사람들에게 충격을 주지만 가만히 생각해보면 필연적인 이유만 있다면 똥을 먹는 자체가 그리 혐오스럽거나 당혹을 주는 것은 아닙니다. 목을 틔우기 위해 명창들은 똥물을 걸러 마시기도 하고, 전래의 민간요법에서 또한 그것은 불치의 병을 치료하기 위해 사용됩니다. 제 소설의 주인공인 제이의 경우 자신을 모멸하기 위해, 그리고 자신의 내면을 지배하는 아버지라는 가치를 격하하기 위해 그것을 행합니다. 와이의 변을 먹을 뿐 아니라 이 소설에서는 여러 차례 그것의 의미가 강조되고 있는데 예를 들어 제이가 와이에게 자신의 성기를 가리키며 "내 자지를 똥이라고 생각해"라거나 자신이 만든 조각을 "분뇨 예술"이라고 부르는 것 따위는 가부장적 한국 사회 속의 남성과 일반인으로부터 특별하게 대우받는 예술 종사자들에게 모멸을 안기는 효과를 냅니다. 둘째, 제이가 와이의 변을 먹는 행위와 함께 계간은 이 소설의 중요한 부주제입니다. 그 행위는 본문에서도 설명되고 있듯이 "여성에게 수치를 주려는 뜻보다 자신에게 모멸을 안기려는 쪽으로 이해"되어야 하며, 아무것도 하지 않는 것이 꿈인 제이의 소원을 이루게 해주는 수단입니다. 그래서 그 행위가 끝난 직후에 제이는 "만약 이 일 때문에 빨리 죽을 수 있다면 얼마나 좋을까"라고 말하는 것이지요. 또한 그 일은 자식을 낳기를 거부하고 완전한 무로 되돌아가려는 제이의 결심이 결정화된 것이기도 합니다. 셋째, 가피학 성교는 제이가 와이에게 성적 주도권을 넘겨주고 무로 돌아가기 위해 그리고 궁극적으로 "맞아 죽"기 위해 행해집니다.

위의 설명에서 알 수 있듯이 이 소설이 일반인의 성적 수치심과 미풍양속을 해칠 수 없는 명백한 까닭은 제 자신이 변태적 성을 찬양하기 위해 이 소설을 쓰지 않았을뿐더러, 그것의 실천 불가능성에 있습니다. 이 소설을 읽고 나서 자신을 모멸하기 위해 변을 먹거나, 에이즈에 걸리기 위해 계간을 하거나 혹은 맞아 죽기 위해 가피학 성교를 시도하려는 독자는 없을 것입니다. 이 소설의 압도적인 실천 불가능성은 독자에게 『내게 거짓말을 해봐』가 한 편의 소설임을 강력히 환기시킵니다. 그러면서 그 실천 불가능성에 다가가려는 사람은 먼저 모든 부와 명예와 같은 현실적 가치만 아니라 자신의 정신적 주체성을 반납해야 한다고 말합니다. 그리하여 그것을 실천한 사람은 거지 혹은 광인이 되며 그가 대면하게 되는 것은 무와 죽음일 뿐이라고 말합니다.

문5) "창을 통해 목욕하는 아버지의 나신을 자주 훔쳐보며 아버지의 가랑이 사이에 달린 우람한 것이 너무 탐이 났다고 말버릇처럼 하는 우리는 와이와 이부자리를 같이하는 날이면 남자를 자처했고, 그것을 입증하기나 하려는 듯 두 사람이 벌거벗은 자기 몸을 상대방의 손에 맡길 때 적극적인 역할을 맡아 했다"는 대목은 무엇을 뜻하는 건가?

답) 그 대목은 부녀간의 근친이나 두 여고생 간의 동성애를 암시하는 것이 아닙니다. 우리가 아버지의 나신을 보며 그의 성기를 탐냈다는 것은 소녀가 여성으로서의 신체적 특질을 받아들이고 여성의 신체를 자신의 정체성으로 삼기 전에 보이는 정체성 혼돈과 결핍을 나타내고 있으며 그 사실은 정신분석계에서 기정화된 상식입니다. 그 일화는 우리가

신화적인 여신성과 주체적인 성격을 강하게 가졌던 때문에
다른 소녀들이 쉽게 순응하는 여성의 정체성을 거부하고 가짜
남성을 시험하는 과정에서 나온 것입니다. 하지만 뒤에서 보듯
우리는 스스로를 파괴하는 통과제의를 통해 예술가로 당당한
홀로서기를 합니다. 와이와 우리 간에 벌어지는 동성 간의
접촉은 동성애라기보다는 피부 접촉에 능한 여성 간의 친밀감
표시 이상이 아닙니다. 저는 "그렇다고는 해도 두 사람의 관계는
아직 동성애로 발전한 것은 아니었다"고 확실히 밝혀놓고 있으며,
작중의 와이 역시 자신이 선택한 남자의 성기가 아닌 모든 것은
이물질이며, 이물질에 의한 강간이라고 분명한 태도 표명을
하고 있기 때문입니다. 그래서 와이는 "우리의 길고 가는 중지
손가락 첫마디가 와이의 꽃잎을 벌리고 들어오자 베갯머리에
구토를 해버"리게 됩니다. 우리와 와이 간의 신체 접촉 혹은
가짜 성교를 통해 제가 얻고자 했던 것은 두 사람이 똑같은 여성
형제라는 것을 강조하기 위해서였고, 두 여자가 동일한 여성성의
분화된 모습이라는 것은 훗날 리우데자네이로의 SM클럽에서
일하는 와이가 이제는 유명한 조각가가 된 우리에게 보내는 편지
말미의 서명을 볼 때 잘 드러나 있습니다. "진정한 여신이자 나의
정신적 어머니인 우리에게"라는 서명은 말 그대로 우리가 정신
세계의 여신이라면 와이는 SM클럽에서 남성을 호령하는 관능의
여신이라는 뜻이지요.

　　문6) 소설의 마지막에 나오는 다음의 대목, 즉 파리에
온 와이가 제이를 만나 호텔방에서 벌이는 도착된 행위 중에
와이가 엄지발가락에 로션을 발라 제이의 항문으로 밀어넣으면서

"이게 네가 바랐던 것이지?"하고 물었을 때 제이가 "나는 울며 그렇다고 대답했다. 어린 시절부터 나는 얼마나 아버지의 성기가 부러웠던가? 그리고 그가 나를 사랑해주길 얼마나 희망했던가! 그리스도가 하느님에게 그랬던 것처럼 모든 아들은 아버지의 영원한 신부였으니"라는 말은 무엇을 의미하는가?

답) 이 소설을 쓰는 데 세부를 형성해준 모턴 샤츠만의 『어린 혼의 죽음』이란 책은 아버지와 아들은 어떤 의미에서 부부 관계를 닮아 있다고 말합니다. "아이란 아버지의 입장에서 보면, 또 다른 면에서 여성과 같다"는 그의 전언은 그가 분석 대상으로 삼고 있는 기독교-서구 사회에서는 그리 낯선 것이 아닙니다. 신약성서에서, 그리스도는 곧잘 하느님의 어린양 또는 신부로 묘사되니까요. '어린아이를 학대하는 가족과 파시즘 사회'라는 부제가 붙은 모턴 샤츠만의 그 책에서 중요하게 제기되는 사항은, 억압적인 가장이 아이의 주권을 거세함으로써 그런 "상태의 아이는 보통 성인의 성생활에서 여성에 대해 실현되는 역할에 놓여 있는 것"이라는 주장이지요. 즉 억압적인 아버지는 아이의 정신계를 성적으로 침투한 것이나 마찬가지라는 것입니다. 그래서 권위주의적 가장과 억압적인 유아 교육은 자녀가 성인이 된 후에까지 정상적인 "성적 발달을 억압하고", "타인과의 생식적 관계"를 불가능하게 할 뿐 아니라 신의 위력을 가진 아버지는 신경 질환 가운데 있는 아들에게 "그가 여전히 어릴 때 아버지와 가졌던 형태의 관계 속에 묻혀 있"게 한다는 것입니다. 다시 말해 권위적인 가장 아래서 자란 아이는 성인이 되어서도 자라지 않는다는 것입니다. 바로 그런 상황에서 자란 제이는 가학적인 아버지에게 길들여졌던 그대로 피학 성교에 탐닉하게 되며,

생식을 거부하게 됩니다. 그리고 이 소설이 기소되는 데 결정적인
역할을 했을지도 모르는 어린 여주인공의 등장은 제이라는
인물의 성장과 성격을 살펴볼 때 필연적인 정합성을 가집니다.
까닭은 본문에 피력된 대로 "늘 무엇인가 잘못하고 있는 게
아닌가 하는 조바심 속에서 유년을 보냈고 독립적인 자아가
성장하는 것을 저지받는 억압적인 교육을 받았기 때문[에]
자존심과 자긍심을 한 번도 맛보지 못한 채 자란 제이가 성인이
되어 여자를 선택할 때 신체적이나 지적으로 자신보다 약하다고
생각되는 앳된 여자를 선호하게 되는 것은 당연한 일"기
때문입니다.

　　문7) 이 소설의 주제는 뭔가? 길고 강도 높은 성
묘사에도 불구하고 이 소설이 음란이 아니라는 주장은 어디서
비롯하는가?
　　답) 『내게 거짓말을 해봐』는 기왕에 써온 자기모멸의
주제를 총결산하는 것인 한편, 아무것도 하지 않는 것이 생의
소원인 제이라는 인물을 통해 다음과 같은 질문을 하고자
했습니다. 인류 고유의 책임과 축복이라고 믿어져온 생식과
노동은 여전히 우리들의 책임이면서 축복인가? 우리의 노동과
생식은 자본주의와 가부장제의 억압 아래 신음하며 오래전에
고유의 즐거움을 잃어버린 것은 아닌가? 때문에 아무것도 하지
않는 인간이 됨으로써 예술가로서의 사회적 몫과 금전적 대가를
포기함은 물론 삽입 성교와 2세 낳기를 거부하며 매저키스트로
살기를 원하는 제이의 희망은 소박하면서도 호전적인 것입니다.
이 소설에 대한 법원의 기소는 제 개인적인 생각으로는 길고

강도 높은 성 묘사에 대한 것이 아니라, 아무것도 하지 않겠다는 제이의 원대한 백일몽에 대해 내려진 것입니다. 제 소설의 주제와 의도는 이 소설에 쓰인 바대로의 형식과 묘사를 필요로 했습니다. 강조하거니와 한 작품의 외설 여부를 가리는 데 형식과 주제, 묘사와 의도 간의 관계를 고려하지 않는다면, 밀로의 비너스상 가운데서 음부만을 떼어내 외설이라고 고집하는 우스개도 가능할 것입니다.

문8) 당신은 음란물이 뭐라고 생각하는가?

답) 음란물이란 성적 흥분을 일으키기 위한 구체적이고 의도적인 고안물이지요. 예를 들어 권태기의 부부나 성 장애자 혹은 쾌락을 즐기려는 연인이 단순히 성적 흥분을 고조시킬 목적으로 찾는 비디오나 성 보조물, 스트레스를 해소하기 위해 찾아드는 누드잡지, 시간을 때우기 위해 심심풀이로 혹은 일부러 찾아보는 에로 만화나 소설 등등, 성 범죄를 일으킬 목적으로가 아니라 행복한 삶을 누리기 위해 음란물은 필요합니다. 제 생각에 음란물은 따로 있지 않고, 그것이 닿지 않아야 할 수중에 있을 때 음란물이 됩니다. 성인용 비디오가 청소년의 손에 닿는 그 순간 말입니다.

1997. 8. 19.

크리스토프 바타이유의 『다다를 수 없는 나라』(문학동네, 1997)를 읽다.

이 소설은 파격적인 광고 사진으로 주가를 높여온 베네통의 광고 사진 가운데, 신부와 수녀가 입맞춤하는 그 사진을 즉각 떠올리게 한다. 베네통의 의도가 어땠는지는 모르지만 이 작가에겐 성이 신과 대립하지 않으며, 때문에 수사와 수녀의 파격적인 성 묘사가 독신의 의도로 동원되지도 않았다. 그들의 성행위는 오히려, 신을 사랑하기 위해서는 꼭 수사나 수녀됨으로서가 아니더라도 가능한 게 아니냐고 묻는 듯하다.

1997. 9. 13.

정재서의 『동양적인 것의 슬픔』(살림, 1996)을 읽다.

한대(漢代) 이전까지 중국은 단일한 국가를 형성해본 적이
없으며, 다민족과 다문화로 이루어진 그들에게 한족의 중화
중심주의 자체가 허구라는 것이다. 저자는 그런 자민족 중심주의
대신 호혜에 바탕한 상호 소통을 제시한다.

　　며칠 후면 전국의 국도와 고속도로가 막히는 추석 연휴다.
혹자는 명절 때마다 벌어지는 민족 대이동을 두고서 '일천만의
귀향길을 막지 못하는 한 우리는 아직 근대 이전이다'라고
말한다. 이렇듯 전통과 현대는 함께할 수 없으며, 과연 동양에겐
서구식 근대화의 가능성만 주어진 것일까? 동양적인 것의
슬픔이 아니라 동양적인 것의 전망을 바라보려는 한국인에게 이
책은 꼼꼼한 필독을 요구한다.

1997. 10. 7.

미겔 데 세르반떼스의 『돈 끼호떼』(범우사, 1991)를 읽다.

세계 명작이라 불리는 것 가운데 어떤 작품은 그 이름에 값하는 이해의 크기로가 아니라 한낱 소문이거나 우화의 세계에 머물러 있다. 유소년기에 윤색판과 축약본으로 접했던 『걸리버 여행기』, 『레 미제라블』, 『로빈슨 크루소』 같은 것 말이다.

위의 책들이 유소년판으로 제작될 수 있었던 것은, 분명하고 호소력 있는 흥미와 감동을 골고루 갖추었기 때문이라는 것은 누구나 수긍하는 바다. 그렇다면 움베르토 에코의 『장미의 이름』이 같은 방식으로 배포되지 않는 까닭은 왜일까? 여러 설명이 가능하겠지만, 금세기의 윤색과 축약은 원작의 영화화가 얄밉도록 잘 맡아서 하고 있기 때문이다. 그 야만적 행위는 오늘날 많은 성인 독자를 유아식이나 받아먹는 젖먹이로 만들었다.

1997. 10. 23.

안드레아 드워킨의 『포르노그래피』(동문선, 1996)를 읽다.

폭력과 지배가 남성의 존재 기반이라면, 힘이 있는 사람이 힘을
사용하지 않는 것이 어떻게 가능한가? 불가능하다면 그것을
억제하고 완화하기 위해 어떤 기술이 필요한가? 거기에 대해
저자는 '포르노그래피 반대'라는 동어반복에 갇힌 해결책밖에
가지고 있지 못하다. 하지만 그 해결책은 포르노그래피가
사라져도 원인이 고스란히 남는 이상한 해결책이다.

1997. 10. 27.
루시엥 말송의 『재즈의 역사』(중앙M&B, 1997)를 읽다.

착각에 기인한 재즈와 고전음악 간의 이런 소통이 가능한 것은
특히 낭만주의기 이전의 고전음악과 재즈가 선율이 아니라
화성을 지향하고 있기 때문이라는 것을 알게 된 것은 훗날 어느
재즈 입문서를 읽고서였다.

　　이 책은 재즈광의 자긍심을 고조시켜주는 시적 발견으로
가득하다. "마일스는 날카롭고 건조한 이 지상의 북소리를
초월한 곳에 있었다. 그는 만유인력의 장에서 벗어나 있는
것이다." 내게 마일스는 항상 어려웠고, 4년차인 지금에사 겨우
느껴지는 연주가다.

1997. 11. 6.

안동에서 대구로 오는 버스에서 로자 룩셈부르크의
『러시아혁명/레닌주의냐 마르크스주의냐』(두레, 1989)를 읽다.

현실 공산주의의 거개가 몰락해버린 지금, 로자 룩셈부르크의
열정을 되새기려는 시도는 썰렁한 느낌을 동반한다. 그럼에도
불구하고, 우연히 펴든 이 책은 시대착오가 아니라 항용
시의적절함을 일깨우는 변치 않는 진실을 대변한다.

1997. 11. 28.

『조선일보』의 청탁으로 『햄버거에 대한 명상』을 쓸 무렵과 그 시집에 대한 오늘의 감상을 써 보낸다. 이 조잡한 글을 쓰고자 이틀을 불면에 시달렸다. 안 쓰면 그만이지만, 아직까지는 이게 내 직업이다. 초록해둔다.

지금은 시를 쓰고 있지 않지만 『햄버거에 대한 명상』을 쓸 무렵엔 꿈속에서조차 시가 보일 정도였다. 그러던 어느 날은 뮤즈가 시구를 흘려주는 대신 아예 진짜 허연 수염에 도포를 입은 노인이 나타나서 "네 이름을 장선맘으로 하면 필히 대시인이 되리라" 하곤 사라지셨다. 꿈에서 깨어난 즉시 선은 착할 '善'으로 내정해놓고 고개를 갸웃거리며 옥편을 찾아보니 굴레 '鐥'이란 잘 쓰이지 않는 한자가 있었다. 하지만 어떤 굴레로부터든 자유롭고 싶었고, 가명이 아닌 실명으로 살고 싶었다.

　　세계를 언어의 구성물로 보거나 심상의 힘으로 들여다보는 자질 대신 내게는 삶을 극화하는 능력이 있었고 이 시집은 물론 다음의 시집도 그런 특장을 보여준다. 그러나 아무런 꾸밈없는 삶이 자꾸 좋아지는 지금은 그 세계를 다시 생각하는 것만으로도 끔찍하다.

　　거기에 실린 시들은 숨을 한 번 들이마셨다가 내뱉은 순간에 모두 쓰였고, 그 뒤엔 더 할 말이 없었다.

1997. 12. 3.

헤르만 헤세의 『유리알 유희』(청하, 1989)를 읽다.

헤세의 소설의 특징은 여성이 존재하지 않는다는 것이다. 그 점은
그의 소설을 형이상학적이고 현실 초월적인 독일 문학 전통을
잇게 하면서, 모순되게도 반(反)괴테적이게 한다.

1997. 12. 9.

박영규의 『한 권으로 읽는 조선왕조실록』(들녘, 1996)을 읽다.

이 책의 세종실록 편 '과학혁명의 주창자 장영실' 제하의 글은
아산(牙山) 장(蔣) 씨의 시조에 대해 자세히 밝히고 있다.
장영실은 내가 쓰고 있는 성 씨의 시조다.

1997. 12. 10.

토마스 베른하르트의 『혼란/한 아이』(범우사, 1991)를 읽다.

하지만 분명한 것은, 작가의 세계관이 철저히 염세적이라는 것과 그에 따르는 반(反)스토익 정신이다. 읽어보면 안다.

1998. 3. 11.

드니 디드로 『라모의 조카』(세계사, 1998)를 읽다.

철학자는 체계를 마련하고 광인은 그것을 해체한다. 질서를
사이에 두고 두 사람은 그렇게 반목한다. 만날 수 없는 평행선과
같은 그들은 그러나 그것처럼 함께 가며, 역사의 어느 순간은
그들을 하나의 꼭짓점에 불러모은다.

1998. 3. 23.

이승하의 『그렇게 그들은 만났다』(엔터, 1998)를 읽다.

이 산문집을 읽으며 나는 오이디푸스와 삿갓시인 김병연을
생각했다. 자신의 생부인지도 모르고 아버지를 죽였던
오이디푸스와 같이 김병연 역시 자신이 쓴 시 속에 자신의
할아버지를, 모르고 한껏 조롱했다. 우리가 의식하건 안 하건
작가는 조금씩 오이디푸스이며 삿갓 쓴 김병연이다.

1998. 4. 7.

토마스 베른하르트의 『비트겐슈타인의 조카』(현암사, 1997)를
읽다.

오스트리아가 끝내 배척한 인물로 프로이트와 루트비히
비트겐슈타인을 꼽고 있다. 영국인들은 너무나 멍청하기 때문에
프로이트와 비트겐슈타인을 가지고 호들갑을 떤다는 것이다.
흥미로운 이 예는, 오스트리아 사람들의 보수성을 단적으로
드러내주며 작가가 자신의 조국을 그토록 증오한 까닭이 된다.
하긴 그의 조국도 작가의 증오에 조금도 밀지지 않는 대접을
했다.

1998. 5. 1.

밀란 쿤데라의 『정체성』(민음사, 1998)을 읽다.

『정체성』에 등장하는 주인공들은 자주 꿈을 꾼다. 뿐 아니라
작가는 이 소설의 제일 마지막에 이르러 지금까지의 이야기가
몽땅 꿈이었다고 말한다. 바로 그 순간 나는 장주의 호접몽을
떠올렸다.

1998. 5. 4.

윈턴 마살리스의 『재즈와 클래식의 행복한 만남』(삶과꿈,
1996)을 읽다.

우리나라의 음악 인구는 십 대에 편중되어 있다고 한다. 그래서
그들의 구미만 맞추는 댄스 음악이 가요계에 범람한다. 그게
이상할 것은 없다. 도리어 재즈를 듣는 십 대가 이상하다면 더
이상하기 때문이다. 정말 이상한 것은, 나이 듦에 따라 음악에
대한 기호가 재배열된다고 가정한다면, 재즈를 듣는 삼십 대나
사십 대도 댄스 음악을 즐기는 십 대의 수만큼 있어야 하는데
그게 아니라는 것이다. 즉 댄스 음악을 듣는 천 명의 십 대가
자라서 팝이나 록·가요에 한 오백 명 잔존하고, 클래식에 한 백
명, 국악에 또 한 백 명, 그리고 이백 명은 영영 음악 취미에서
기권한다 하더라도 한 백 명 정도의 지분은 재즈로 넘어와야
하는데, 현실은 그렇지 못하다.

1998. 5. 5.

롤랑 바르트의 『현대의 신화』(동문선, 1997)를 읽다.

우리는 축적된 신화의 창고로부터 우주의 법칙과 삶의 원리를
얻는다. 그러나 바르트의 이 책은 그런 전통적인 의미의 신화가
죽은 자리에 현대의 신화를 채운다.

1998. 8. 23.

헨리 데이빗 소로우의 『월든』(이레, 1993)을 읽다.

1854년에 초판이 나온 이 책은, 그 책이 쓰인 19세기와
20세기를 관통하고 몇 년 앞으로 다가선 21세기마저 통찰하는
괴력의 책이다.

　『월든』은 지혜가 가득한 책이다. 만약 한 문명이 스스로를
진정한 발전이라고 말하기 위해서는, 그 문명은 비용을 더 들이지
않고서도 예전 것보다 더 훌륭한 것을 만들어내야 한다는 그의
주장은 이 책을 우리 시대의 문명비판서로 끌어올린다.

1999. 12. 20.

이문열 평역 『삼국지』(민음사, 1988)를 읽다.

조조는 인간이다. 그런데도 독자들은 조조를 싫어한다. 동굴
속의 독자인 우리는 책이라는 가느다란 통로를 통해 인간의
그림자가 아니라 그림자 이상의 것을 바라보고 찾는다. 그래서
너무 인간적인 것은 항상 폄하된다.

이문열의 『삼국지』는 80년대라는 특별한 시대에 놓여
있었으며 그가 쓴 평문엔 당대의 관심사였던 민주(민중) 투쟁과
거리를 두고 거기에 응전했던 보수논객의 흔적이 뚜렷하다. 그런
반면 독자는 이미 민주니 민중이니 하는 당시의 맥락이 눈 녹듯
사라진 시대에 산다. 그러니 결론은 이렇다. 시대마다 고전이
새로 번역되고 해석되어야 하는 것처럼, 이문열의 『삼국지』는
새로 쓰일 때가 되었다.

1999. 12. 31.

올해도 작년과 같이 많은 책을 읽지 못하였을 뿐 아니라, 읽고도
독후감을 즐겨 쓰지 못했다.

2000. 1. 1.

새천년 해맞이를 한다고 많은 사람들이 바닷가로 떠난다던 어제, 아내와 나는 양산 통도사를 찾았다. 오후 다섯 시쯤 도착해서 숙박지를 정하고 두어 시간 잔 다음, 저녁을 해 먹고 열 시쯤부터 졸음이 쏟아져 다시 자기 시작한다. 며칠 전부터 불면증 때문에 한숨도 자지 못했던 것이다. 끊어지다가 이어지는 잠과 잠 사이의 허전한 눈뜸과, 얕은 잠 속의 황당무계한 꿈들. 아침도 낮도 아닌 어정쩡한 시간에 눈을 떴을 때, 이천 년, 새천년의 슬픔이 밝아 있었다.

배낭을 메고 평평한 통도사길을 따라 가는데, 처음엔 한적했으나 절 입구와 가까워지자 주차장에서 쏟아져 나온 일본인 단체여행객들로 일주문이 비좁다. 아내와 나는 통도사를 느릿느릿 구경한 다음 본절과는 좀 떨어져 있는 암자에까지 올라갔다. 거기서 시간을 좀 보내다가 본절로 내려오니 점심 공양 시간이다. 절밥을 먹고 절을 나서는 길에 기념품과 불교서적을 판매하는 직영상점이 있어 책 구경을 하다가, 신종원의 『신라 최초의 고승들』(민족사, 1998)이 두 눈을 번쩍 띄게 했다.

이 책이 내 눈에 번쩍 띄게 된 까닭은 작년 여름과 가을 사이에, 어떤 필요에 의해 김용옥의 모든 저작을 집중해서 읽게 되었을 때 『나는 불교를 이렇게 본다』(통나무, 1989)를 접하고 나서 신라의 초기 불교사나 삼국시대의 고대 종교사를 찾아 읽어야겠다는 생각을 하고 있었기 때문이다. 김용옥은 그 책에서,

뭇 고대 종교가 그렇듯이 신라를 비롯한 삼국 시대의 기층종교는
샤먼이라고 말한다. 신라 말기에 살았던 최치원이 신라문명의
기저를 논구하면서 삼교(三敎), 다시 말해 유·불·도(儒·佛·道)가
신라에 들어오기 전에 풍류(風流)가 있었다고 적었던 바 그
풍류가 곧 신라의 토착적 샤머니즘이란 것이다.

하지만 신라의 기층종교인 샤먼은 불교에 의해 표면적으로
패퇴하거나 융합된다. 신라가 여러 개의 호족국가로 존재했을
때에는 샤먼으로 족했지만, 강력한 중앙집권 국가가 되기
위해서는 불교와 같이 고등한 제도적 종교가 필요했다. 나는
풍류에 이어지는 이차돈의 비종교적이고 친위 쿠데타적인
순사에 대한 김용옥의 해석과 설명을 따라 읽으면서,
원시신앙으로부터 고등종교로의 이행은 문명의 발달에 따르는
것이 아니라 국가의 크기에 따르는 것이라는 재미난 생각을
했다. 부연하자면, 기독교가 6·25 이후 미국이라는 세력을 업고
한국에 성공적인 포교를 한 것과 같이 신라 역시 당대의 중국을
지배하고 있었던 수·당이라는 거대한 불교국가로부터 자유롭지
않았을 것이다.

『나는 불교를 이렇게 본다』를 읽으면서 나는, 이차돈의
죽음을 통해 강력한 중앙집권과 외세의 힘을 업은 외래
종교로서의 불교세력과 그들을 견제하는 호족세력과
기층종교로서의 샤먼의 갈등을 희곡으로 형상화하고 싶은
욕심이 일었다. 힘의 평화적 이양이란 상식적으로 모순이다.
그렇다면 역사는 그것들 간의 갈등을 기술해야 한다. 나는『신라
최초의 고승들』을 통해 그것을 기대했던 것이다.

대구로 돌아오는 버스에서 읽게 된 이 책의 머리말에

저자는 이렇게 쓴다: "(…) 절과 탑이 들어서고, 불상이 모셔지는 외형적인 변화보다 내면의 변화는 더욱 엄청난 것이었다. 우리 민족은 비로소 고등종교, 세계종교인 불교를 받아들이고, 동북아시아의 공통문자인 한자를 구사하여 문화적 보편주의를 표방하게 되었다. 그들에게는 귀신이 더 이상 외경의 대상이 아니며, 생사를 뛰어넘는 가르침, 즉 불·법·승·삼보에 최고의 가치를 두었다. 지리적으로는 마을마다 있는 성소(聖所)를 초월하여, 멀리 중국, 인도의 성지를 찾아 순례하게 되었으니, 바야흐로 세계인, 국제인이 된 것이다. 불교를 받아들인 것, 이 사실 하나만으로 전후의 차이가 이러하다."

본문 가운데 많은 사진이 들어가 있어 시선이 불안정해지기 쉬운 버스 속에서도 쉽게 읽을 수 있는 신종원의 이 책은, 신라사의 중고기(中古期)에 살면서 처음 불교를 익히고 전했던 원광(圓光), 안홍(安弘), 자장(慈藏)의 개인적 연대기와 그들이 활약했던 시절의 신라와 당대의 국제 정세를 적고 있다. 전 4장으로 이루어진 이 책의 2, 3, 4장은 세 사람의 고승에게 한 장씩 할애되었고 제1장이 내가 필요로 했던 불교 유입 이전의 신라의 신앙생활과 유입 이후의 불교와 기층신앙 사이의 충돌을 기술하고 있다. 저자는 신라의 샤먼에는 병을 고치는 무(巫=巫堂)와 천문이나 기상을 관측한 일관(日官)이 있었다고 말하면서 이 사회에 불교가 들어온 것은 하나의 혁명적인 사건이었다고 쓴다. 그러면서『삼국유사』에 나오는 '가야금통을 쏘아라'(射匣琴)라는 제하의 한 일화를 샤먼세력과 불교세력 간의 알력을 나타내는 대표적 사례로 꼽는다.(18-21쪽)

『나는 불교를 이렇게 본다』에서 김용옥은 "이차돈

처형사건은 종교적 문제가 그 테마를 이루고 있는 것이 아니라 순수히 정치적 사건"이며 "왕의 위세를 과시하는 일종의 모략적 고륙계(苦肉計)"였다고 말한다. 김용옥이 이차돈의 순교를 애써 순교로 인정하지 않으려는 까닭은 『나는 불교를 이렇게 본다』의 주제와 깊이 연관되어 있으므로 약간의 설명이 없을 수 없다. 김용옥이 한국의 근대 불교를 보는 관점은 아주 냉소적이다. 이승만이 만들어놓은 대처승 논쟁 이후 불교는 내적인 주체성은 물론 시대와 호흡하는 대중성을 잃어버렸다. 멀리로는 임진왜란과 사명대사, 가까이로는 전두환, 노태우 정권과 조계종의 밀월이 보여주듯이 불교는 스스로를 호국불교(護國佛敎)라는 환상 속에 가두었다. 기원에 대한 집요한 탐사자이며 과격한 해석가인 김용옥은 호국불교라는 한국 불교의 환상의 기원을 이차돈에게서 찾았고, 그의 죽음이 결코 종교적인 이유에서가 아니라는 것을 밝힌다. 그러니 꿈에서 깨어나라는 것이다.

그렇다면 이차돈의 죽음은 무엇일까? 불교를 위한 순교인가, 더러운 정치 놀음의 희생자인가? 『신라 최초의 고승들』 44-51쪽에는 불심이 돈독했던 법흥왕이 이차돈을 처형할 수밖에 없었던 사정을 설득력 있게 제시한다. 사학을 전공한 저자는 여러 지역에서 발굴된 비문에 쓰인 글을 비교하고 해독하는 수고를 통해, 이차돈이 죽기 3년 전만 해도 법흥왕은 '매금'(寐錦)이라고 불렸으며 매금이란 여러 귀족들의 대표에 지나지 않는 존재라고 밝힌다. 이차돈이 흥륜사 창건의 책임을 지고 순교했던 527년이 불교가 박해받은 해이자 공인된 원년이 된다는 것은 모순이라고 말하는 저자는 법흥왕 자신이

홍륜사 창건을 이차돈에게 명했음에도 불구하고 새로운 불사에 반대하는 신하들의 반대에 부딪혀 이차돈을 희생양으로 삼을 수밖에 없었던 것은 왕권의 한계였다고 말한다. 이차돈이 죽고난 7년 뒤인 534년에 와서야 신라의 왕을 대왕이라고 적은 금석문이 보인다는 것이다. 그러므로 이차돈의 죽음은 온전히 정치적인 것만도 아니며 그렇다고 종교적인 것만도 아니다.

원광에 대해 쓰고 있는 2장에서는 원광과 세속오계의 사상적 성격에 대해, 안홍을 다루고 있는 3장에서는 여러 문헌에 등장하는 안함(安含)이라는 고승이 안홍과 동일인물임을 밝히고, 4장에서는 불교 국가에서 차지하는 국사(國師)의 성격에 대해 풀이한다. 그리고 이 책의 186쪽에, 오늘 내가 들렀던 통도사에 왜 불상이 없는가를 설명한다: "5대 적멸보궁이란 통도사, 정암사 외에 영월 법흥사(원래 이름은 홍녕사), 설악산 봉정암, 오대산 상원사를 일컫는다. 이들 절에는 부처의 전신사리를 모셨기 때문에 대웅전에 불상을 모시지 않는 것이 특징이다."

신라는 삼국 중에서 불교를 가장 늦게 받아들인 나라다. 고구려는 372년, 백제는 384년 그리고 이차돈의 순교로 비로소 불교가 국교화되었다는 신라는 527년에 가서야 불교를 받아들인다. 요즘 말로 하자면 신라는 세계화가 가장 늦게 진척된 후진국이다. 그런데도 삼국 통일은 신라가 했다. 김용옥은 그 까닭을 『나는 불교를 이렇게 본다』 168쪽에 언급해놓았는데 나는 그것이 아주 그럴듯하다고 생각한다. 신라가 불교를 가장 늦게 받아들였다는 것은 그만큼 토착성이 강했다는 것이고 그 줏대(주체성)가 통일의 위업을 달성할 수 있었던 저력이자 동력이었다. 이 사실은 새로운 천년을 맞는 한국인에게 많은 것을 시사한다.

2000. 1. 5.

김광림의 희곡집 『사랑을 찾아서』(평민사, 1995)와 카뮈의
희곡집 『칼리굴라/오해』(책세상, 1999)를 읽다.

새해에 공들여 하고 싶은 것은 희곡을 쓰는 일이다. 그래서
올해의 독서는 희곡 읽기로 그 첫 단추를 끼우기로 하고 두 권의
희곡집을 읽는다.

2000. 1. 7.

헬무트 디틀과 파트리크 쥐스킨트가 함께 쓴 시나리오 『로시니
혹은 누가 누구와 잤는가 하는 잔인한 문제』(열린책들, 1997)를
읽다.

솔직히 말해서 나는 쥐스킨트를 좋아하지 않는다. 『향수』는
재미있게 읽었으나 나머지 작품들은 독자를 너무 무시한다는
생각이 들 만큼 교훈적이다.

2000. 1. 9.

우광훈의 『플리머스에서의 즐거운 건맨 생활』(민음사, 1999)을
읽다.

이 소설은 내면만 있고 외부는 없는 문학이 우리 문학에도
발생했다는 신고서다. 흥미롭게도 깊이가 제거된 표면 위에 온갖
시간과 공간, 인물과 사상이 납작하게 눌려 있다.

2000. 1. 12.

강준식의 『우리는 코레아의 광대였다』(웅진출판, 1995)와
최정간의 『해월 최시형가의 사람들』(웅진출판, 1994)을 읽다.

강준식은 이 책의 머리말에서 '숭명배청'(崇明排淸)의 기치를 들고
북벌 계획을 진행하고 있던 효종이 하멜 일행을 받아들이는 것을
계기로 서구 세계에 대한 정보와 그들의 과학 기술을 축적하고
개항에까지 나아갔더라면 우리 역사는 어떻게 바뀌게 되었을까
라는 질문을 던지고 있다.

　　서른여섯 명의 표류자들을 받아들인 조선 왕실은 벽안의
표류자들을 신기한 구경거리로 삼아 술잔치의 어릿광대로
이용했을 뿐 그들로부터 배울 수 있고 빼낼 수 있는 기술과
정보에 대해 눈감았다. 그래서 강준식은 조선에서의 13년간을
일지로 기록했던 하멜의 『하멜표류기』와 그것의 해제를
담은 이 책에다 다소 냉소적이고 자조적인 『우리는 코레아의
광대였다』라는 제목을 달았다.

　　조선이 일본으로부터 수입하는 많은 물품들은 네덜란드
상인이 일본에 판 것으로 확인되었고, 일본이라는 중간 상인을
제치고 직접 교역에 나서면 많은 이익을 볼 것으로 판단되었다.
하지만 그와 같은 계획은, 조선과 직접 교역에 나설 경우 일본
내의 네덜란드 상관을 폐쇄해야 한다는 일본 측의 엄포로
무산되었다.

　　이 책은 후천개벽을 향한 굽히지 않는 역정 때문에 일제에
의해 교란되고 회유될 필요가 있었던 동학이 여러 개의 파벌과
몇 개의 다른 이름으로 분교되는 우여곡절을 설명한다.

해월에겐 동희와 동호라는 두 아들이 있었는데 작은아들
동호는 독립자금 조달 사건으로 2년 6개월의 옥고를 치르고 난
뒤 폐결핵에 걸려 1923년 스물여섯 살의 나이로, 큰아들 동희
역시 만주와 블라디보스토크, 상해를 전전하면서 무장 독립을
노선으로 하는 고려혁명당을 결성한 뒤인 1927년 37세의
나이로 상해에서 병사했다.

2000. 1. 16.

송희복의 『영화 속의 열린 세상』(문학과지성사, 1999)을 읽다.

이 책에 실린 글들은 좀 두리뭉실하고 예각이 없어 보인다.
하지만 또 다르게 생각하면 근 10여 년 안에 쏟아져 나온 영화
관계 번역물들이 그만큼 현학적이었다는 뜻도 된다.

2000. 1. 23.
마일스 데이비스·퀸시 트루프 공저『마일스』(집사재, 1999)를
읽다.

이 책의 '라이브'감을 따라갈 저작은 아직 없었다. 흑인
저널리스트이자 작가이기도 한 퀸시 트루프와 마일스 데이비스
간에 이루어진 오랜 대담과 방계 자료를 바탕으로 쓰인
『마일스』는 마일스 데이비스의 자서전이기도 하지만 또한 '재즈'
그 자신의 자서전이기도 하다.

　　도발적이고 인상 깊게 선택된 "들어봐라" 식의 서두는 이미
이 책이 문법적이고 사회적인 예의와 관습에 연연하지 않겠다는
선언으로 들린다. 그래서 독자들은 보게 된다. "씨팔", "좆나게",
"그 새끼들"과 같은 점잖지 못한 욕설들을. 이렇듯 구술체로
일관된 이 책에는 흑인 계층과 음악인들이 쓰는 은어와 비속어가
대화의 간투사나 접속사처럼 쓰이는데, 마치 구어체란 문어체의
세계 속에 뛰어든 '재즈'라는 듯이 『마일스』는 그것을 음미하게
해준다.

2000. 2. 12.
데이비드 E. 카플란·알렉 두브로 공저 『야쿠자』(소, 1990)를 읽다.

한국의 '재벌'이 한국 땅의 고유용어이듯, '야쿠자' 역시 일본만의
고유용어이다. 이 책을 다 읽고 나면 야쿠자를 '깡패'라거나
'조직폭력단'과 같은 일반 명사로 고정해놓기 어렵다는 것을 알게
된다.

　　야쿠자는 어떤 일본인들에게 매력 있는 집단으로 여겨지기도
하는데 까닭은 야쿠자가 지닌 보수적 체질 때문이다. 일본인들은
야쿠자를 굳게 지켜오는 기리(의리)와 닌조(인정)에 감탄하며
사무라이 정신, '오야붕-꼬붕'과 같은 가부장적 가치에 매료를
느낀다. 하지만 그 매료의 심저에는 야쿠자의 반공 투쟁, 천황
숭배, 신도(神道) 신앙, 국수주의, 재무장과 군비 확충 주장 등에
동조하는 일본인들의 무의식이 깔려 있다. 강한 사회적 금기가
존재하는 사회에서 야쿠자는 그 금기를 수호하는 데 앞장서며,
형식적 민주주의가 득세하는 사회에서 야쿠자는 전체주의의 첨병
역할을 한다.

2000. 2. 22.

블라디미르 나보코브[나보코프]의 『로리타』(민음사, 1999,
세계문학전집30)를 읽다.

외국어 표기가 워낙 자주 바뀔뿐더러 역자나 출판사가 임의로
정한 규칙 때문에 『롤리타』냐 『로리타』냐, 혹은 나보코프냐
나보코브냐? 하는 문제는 성가시다. 특히 『장정일의
독서일기』라는 연속물 속에서 표기상의 통일을 기하려는 필자의
노력은 『장정일의 독서일기』 속에서 최초의 표기가 어떻게 되어
있는가를 끊임없이 뒤져보게 한다. 하여 방금 읽은 민음사 본
『롤리타』는 『로리타』가 된다.

중요한 것은 두 판본 사이에 단순한 외국어 표기상의
차이만 있는 게 아니라는 점이다. 민음사 본 『롤리타』 속에서
험버트가 '롤리타'를 처음 만났을 때 그녀의 나이는 열두
살이다(88쪽). 하지만 20년 전에 번역된 모음사 본에서 '로리타'의
나이는 열다섯 살로 둔갑해 있다(79쪽). '로리타'의 나이가
'롤리타'의 나이보다 세 살이나 상향 조정되어 있는 까닭을 굳이
말하지 않더라도 웬만한 독자는 그 의미를 짐작하실 터이다.

꽤나 지루한 소설이라서 한 달이 넘게 이 책을 읽고 있는
사이에, 국무총리실 산하 청소년보호위원회에서 다음과 같은
법을 입법화했다. 그것은 '청소년 성보호에 관한 법률'로서 특히
내 눈길을 끈 것은, 십 대 매매춘 관련자의 신상을 공개하겠다는
발상이다. 이미 국회를 통과한 그 법안은 시행에 앞서 신상공개
방법에 대한 아이디어를 공모했다고 하는데, 현실성 있게
검토되고 있는 제안으로는 관보(官報)와 동사무소 게시판에 싣고

직장에 알리는 것 등이 있다고 한다. 나 역시 십 대 매매춘을
반대하지만, 형평에도 어긋나고 야만스럽기 짝이 없는 이 따위
법은 십 대 매매춘보다 더 나쁘다고 생각한다. 이 법률을 만든
사람들은 한 사회가 유지되기 위해서 꼭 근절되어야 할 범죄로
십 대 매매춘을 꼽고 있지만, 평소에 나는 공무원 범죄와 음주
운전이 더 나쁜 범죄라고 미워해왔다. 하지만 그렇다고 해서 그
죄를 저지른 사람들의 신상을 관보나 동사무소 게시판에 실어야
한다는 생각을 해본 적은 없다. 그러니 십 대 매매춘자들만 한
가지 죄로, 금고형과 신상공개라는 두 가지 이상의 벌을 받아야
할 까닭은 없다고 생각한다.

　　신상공개라는 악법이 의도하는 바는 먼저, 당사자에게
치욕을 주어서 재범을 하지 않게 하고 나아가 사회에 경각심을
불러일으켜 십 대 매매춘을 근절하는 데 있지 싶다. 하지만
이 법은 연좌제(連坐制)와 하등 다를 바 없다. 가족 가운데
누군가 십 대와 매매춘을 했다면 그는 당연히 벌을 받아야
한다. 하지만 그에게 치욕을 주고자 동사무소 게시판이나 관보
등에 게재한다면, 그 집안의 가족 구성원 모두가 고통을 받게
되고 멸시를 받게 된다. 아버지의 죄를 그 집안의 어린 아들이나
딸이 함께 받아야 한다면 그것이 연좌제가 아니고 무엇인가?
신상공개법은 죄를 지은 사람과 그 사람의 가족을 분리해낼 어떤
장치도 갖고 있지 못하며, 설사 연좌제를 의도하지 않았더라도
그 효과는 동일하다. 웃기는 것은, 국가가 이렇듯 위헌의 소지를
저지르면서까지 신상공개법을 만들지 않더라도 발달된 오늘날의
매스컴은 십 대 매매춘자들의 신상을 적나라하게 추적해 밝히고
있다는 점이다.

죄를 지은 사람에게 벌이 따르는 것은 당연하다. 흔히
인과응보론에 따른 법 집행은 그러나 처벌이라는 사회적
효용을 만족시키면서 다른 두 가지 숙제를 함께 지는데,
교정(자기반성)과 재활(사회적응)이 그것이다. 하지만 교도소가
재범자를 양산해내는 것을 보면 우리나라의 법 집행이
처벌이라는 즉각적인 효용은 만족시키고 있을지 몰라도 교정과
재활에 대해서는 미숙하다는 것을 알려준다. 특히 이번에 입법된
십 대 매매춘자에 대한 신상공개법의 문제점은 처벌을 받고
나온 재소자의 재활을 원천 차단한다는 데 문제가 크다. 앞서
신상공개법의 의도를 당사자에게 치욕을 주어 사회의 경각심을
불러일으키는 데 있다고 밝혔는데, 다른 사람에게 경각심을
불러일으키기 위해 왜 당사자가 제3자에 의해 저질러질지도
모르는 똑같은 범죄의 형량까지 덤으로 부과받아야 하는지도
의심스럽지만 그와 같은 목적의 근저에는 '이 사람을 잘
봐두었다가, 찍어 놓고 보라'는 복수심이 깔려 있다. 하여
'집단적 이지매'에 의해 재활이 차단될 수밖에 없는 그 범죄자는
'인생을 종치는' 수밖에 없다. 그러니 좀 더 인간적인 법 집행을
생각한다면, 십 대 매매춘자들에겐 신상공개가 필요한 게 아니라
사형이 내려져야 한다고 나는 생각한다.

옛날, 법이 생기기 이전에는 복수가 법을 대신했다. '눈에는
눈, 이에는 이'라는 인과응보관에 기초한 복수는 나름대로 정교한
체계를 가지고 있었다. 나는 평소에 내가 그토록 미워하는
음주운전에 대해서는 복수가 허용되어야 한다고 생각해왔고,
고대인들이 고안해낸 복수의 복잡한 장치들을 적용해본 적이
있다. 예를 들어 음주운전자에 의해 아버지를 잃은 직계 존속은

아버지를 죽인 음주운전자를 죽일 수 있고 사회는 그것을
막아서도 안 되고 복수자를 처벌해서도 안 된다. 단 그 복수는
5년 안에 이루어져야 하며 5년이 넘으면 아버지에 대한 순수한
복수가 아닌 다른 이유나, 이해관계에 얽힌 또 다른 청탁이
개입될 수 있으니 복수라고는 '완전히' 인정되지 않는다. 그래서
형을 받기는 하되 그래도 일반적인 살인보다는 적은 형량을
받는데 시간이 많이 흐를수록 일반적인 형량에 다가간다.
아버지를 잃은 직계 존속의 나이가 너무 어려서 5년이 되어도
성인이 되지 못할 정도라면 성인이 되고부터 3년까지라는 시간이
주어진다. 직계존속이 없거나 있더라도 복수의 의무를 행하지
않아 친척이 대신할 때에는 그 촌수가 가까우면 가까울수록
순수한 복수로 인정되어 형량이 가벼워지고 촌수가 멀면 멀수록
일반 형량에 가까워진다. 나는 고대인의 복수법을 시험삼아
음주운전에 적용해보고, 차츰 다른 분야에까지 넓힐 것을
제안한다. 아시다시피 법이란 돈과 권력을 가진 편에 의해서
자의적으로 해석되는 경우가 많기 때문에 한쪽으로 기운
저울추의 균형을 잡는 데 고대인들의 지혜가 필요한 때도 많기
때문이다.

　　음주운전자에 대해서는 '이에는 이, 눈에는 눈' 식의 복수가
허용되어야 한다는 나의 주장에 혹 찬동하는 독자가 있는가?
음주운전자에 대해서는 복수가 허용되어야 한다는 나의 제안을
농담으로 되돌리지 못하는 사람은 십 대 매매춘 범죄자에 대한
신상공개법을 만든 사람들과 똑같은 수준의 '또라이'들이다.
사회적 자원을 보호할 뿐 아니라 '복수가 복수를 낳는' 항구적인
분쟁상태로부터 사회를 구하기 위해 근대인은 고대인의 복수를

폐기했다. 그러나 무엇보다도 인도적인 관점에서 복수가 나쁜 것은 그것이 범죄자의 교정과 재활을 원천 차단하기 때문이다. 내가 보기에 신상공개법은 우리가 몇천 년 전에 폐기했던 복수(복수심, 복수의 법칙)를 무의식에 깔아놓고 있으며, 그것이 개명화된 오늘날 법의 이름으로 선포되게 된 데에는 십 대 매매춘자들의 행위 앞에 붙여준 전략적 수사(修辭)에 힘입은 바가 크다.

신상공개법을 제안하고 추진한 장본인들의 인터뷰를 TV상으로 본 적이 있는데, 그들의 하나같은 공통점은 십 대 매매춘자들의 행위를 '짐승같은', '사람으로서는 할 수 없는' 등으로 표현한다는 점이다. 하지만 십 대 매매춘자들은 왜 사람이 아닌가? 그들이 사람이 아니라면 당신들은 뭔가? 내 생각으로는 인간이 상상하지 못하고 또 저지를 수 없는 범죄란 없다고 생각한다. 그래야만 우리가 겪고 있는 온갖 범죄를 해결할 수 있는 단서가 열린다. 십 대 매매춘자들을 '인면수심'이라고 몰아친다고 해서 인간세의 문제가 해결되는 것은 아니다. 인간을 인간으로 보지 않는 막가파적 수사가 신상공개법이라는 비인간적인 법을 만들었다. 아, 그들이 인간이 아니라는데 무슨 법을 만들지 못했을까?

2000. 3. 15.
정비석의『자유부인』(고려원, 1996, 2판)을 읽다.

이광수의『무정』은 자유연애가 계몽의 한 방법론이거나
실천으로 중요한 주제가 된다. 그리고 구태의연한 이 소설
『자유부인』속에서는 '댄스'가 자유라는 또 다른 목표를
성취하는 방법론으로 등장한다
　　　여주인공의 의식이『자유부인』을 쓸 당대의 상식과
이념성을 뛰어넘어 새로운 질문과 전망을 보여주지 못하고 그
사정 안에 머문 탓으로, 이 소설은 당대의 풍속을 전시하는
수준에 머문다. 이런 소설을 읽을 바에는 차라리 그 당시에
나왔던『선데이 서울』을 모아 읽는 게 풍속을 파악하는 데는 더
요긴할 게 아닌가.

2000. 7. 19.

알베르토 베빌라콰의 『에로스』(미래M&B, 1999)를 읽다.

이 이탈리아 작가는 에로스란 사랑하는 타인의 몸을 통해서
자기 자신을 완벽하게 실현할 수 있게 해주는 것이라고 말한다.

2000. 7. 28.

전재호의 『반동적 근대주의자 박정희』(책세상, 2000)를 읽다.

저자는 '박정희는 민족주의자인가?'라는 질문 자체가 우문이라고
말하며, 한 인물을 평가하는 기준으로 '민족주의(자)'를 내세우는
것은 합당치 못하다고 말한다. 까닭은 민족주의가 자기완결적인
이데올로기가 아니라 항상 다른 이데올로기와 배합해서만
자신의 구체적인 모습을 나타내기 때문이다. 때문에 박정희가
민족주의자라면, 그가 어떤 종류의 민족주의자였던가를 아는 게
그를 평가하는 시금석이 될 것이다.

2000. 8. 1.

책이라는 이름을 가진 출판사에서 출간된, 알폰스
쉬바이게르트의 『책』(1991)을 읽다.

일생 동안 이어질 어떤 일을 각별한 즐거움과 어렴풋한 각오를
가지고 몰두하기로 마음먹는 시기란 대부분 중학교 시절부터이기
십상이다. 우표 수집 취미든 펜팔이든 혹은 성적 페티시즘이든
초등학교 때부터 빠져들었다는 사람들을 흔히 보기 어렵고
설득력도 약하다. 하므로 나의 독서 취미 역시 그러하다고 해야
한다. 중학교 시절부터 책을 모으거나 읽는 일에 각별한 즐거움을
느끼기 시작했고, 일평생을 책을 사 모으든가(아니면, 책을
팔든지) 책을 읽는(아니면, 책을 쓰든지) 일에 바치게 될 것이란
어렴풋한 각오를 하게 되었다. 그런 내게 지난 6월은 잔인했다.

　　이번 독서일기는 5월에서 7월로 훌쩍 건너뛰었다. 까닭은
근 수십 년 동안 읽고 모은 책을 반 이상 내다 버리기로 작정을
했고, 6월 한 달 동안 하루걸러 밤샘을 하며 그 결심을 초과
달성했다. 몇 년 전부터 책을 버려야겠다는 생각을 해왔고, 더
오래전부터는 내 서가에 시집과 희곡집을 제외하고는 모두
버리리라고 생각하여왔으나, 아이러니컬하게도, 딴에는 가장 잘
안다고 시집과 희곡집이 만만한 퇴출 대상이 되었다. 그래서 내가
모르는 책들만 고스란히 더 많이 남게 되었다. 매일 아침마다
머리 높이로 버릴 책이 쌓였다. 알폰스 쉬바이게르트의 이 『책』은
책이 출간되었던 해에 읽었으나, 남자가 책으로 변신하고 그
책이 여성 독자를 강간하고 평론가들을 살해한다는 엽기적인
줄거리를 다시 읽고 싶어서가 아니라, 책을 버려야 하는 내

괴로움을 삭이고 또 대체 『책』은 책을 버리는 일에 대해 어떤 견해를 밝혀주지 않을까 하는 궁금증에서 따로 젖혀두었다가 오늘에야 재독하게 되었다. 『책』의 주인공 역시 애지중지하던 자신의 책을 모두 버린다. 까닭은, 자신의 운명이 될 단 한 권의 책을 만났기 때문이다. 행복한 경우이다.

"그는 거의 일주일에 한 번 꼴로 책을 샀고, 최근에 와서는 책을 사지 않고 보낸 적이 거의 없을 정도였다. 이런 식으로 책을 사 모은 결과 그의 서가는 온통 책으로 가득 들어차게 되었으며, 따라서 거의 빈틈이 없을 정도였다.": 좁아터진 집에 책을 쌓아두는 일은 미련하다. 그래서 자전거로 10분 거리에 있는 두류도서관을 처음 탐사했다. 흠, 이 정도면! 그래서 책을 버리기로 결심했다. 구(區) 단위의 그 도서관은 놀랍게도 내가 가진 책의 대부분을 소장하고 있었다. 1회 대출에 다섯 권, 열흘 동안 무료 대출이면 읽는 데 지장이 없다. 신간의 경우 신청서를 쓰면 심사를 해서 석 달 후에 구입한다고 하는데 내 욕구가 다 받아들여지지 않더라도 기대가 된다. 우리는 세금을 꼬박꼬박 내면서도 어떤 방법으로 그것을 찾아 먹을지에 대해서는 궁리하지 않는다. 도서관에 가서 부지런히 신간을 신청하는 것도 한 방법이다.

"(…) 비블리는 마음에 드는 책의 일부 페이지나 아니면 심한 경우에는 전부를 가위로 잘라내 짜깁기하여 책을 만들었다고 전해지는 볼테르의 야만성이 생각났다. 그가 죽기까지 그렇게 만들어낸 책은 자그마치 6,000권이나 되었다고 한다.": 야만스러운 짓이라곤 생각해보지 않았다. 월간 잡지나 계간지에 집중적으로 전제되는 장편이나 특집 기획들을 찢어서

제본소에 맡긴 다음, 나 혼자만의 판본을 만들어놓고 즐거워한
적이 없는 사람들은 이 기분을 모른다. 그렇게 만들어진
비서(祕書) 가운데 가장 흡족했던 것으로는, 『허구들』(녹진,
1992)이란 제목과 『바벨의 도서관』(글, 1992)이라는 제목으로
출간된 두 권의 보르헤스 단편집 가운데서 각각 부록으로
실려 있던 강연 모음과 에세이만을 찢어 한 권으로 제본시킨
책이다. 아직 책제목을 붙이지 않은 이 개인 판본을 만지작거릴
때마다 나는, 보르헤스가 이야기는 물론 세상을 그만의
방식으로 구성하면서 느꼈을 즐거움을 생각해본다. 『허구들』과
『바벨의 도서관』을 파기하게 된 까닭은, 위의 두 책이 출간된
뒤에 민음사에서 다섯 권짜리 보르헤스 단편집이 나온 반면
강연과 에세이를 묶은 책은 아직 나오지 않았기 때문이다. 누가
따라하지 않는 한, 아마 이 책은 세상에서 단 한 권밖에 없을
것이다.

　　"수염벌레, 느치, 좀벌레, 책벌레, 사상균 그리고 쥐가
도서관을 멍들게 한다. 습기는 종이를 부풀게 하며 곰팡이가
피게 한다. 햇빛은 종이를 퇴색시키며 누렇게 변질시킨다. 산
성분은 수많은 책의 노화를 촉진시키며 결국은 그 책이 먼지가
되게 한다. 그러나 책에게 이러한 적보다 더 고약한 것은 그 책의
내용이며 (…)": 책을 읽다가 재미없거나 화가 나면 마당에 나가서
시멘트 바닥에 책을 내처친다. 그러면 속이 시원하다. 누군가
내 책도 그렇게 할 거라고? 괜찮다. 내 책은 쓰레기다(내 것보다
더 훌륭한 시집들을 수천 권이나 버리면서 내 시집은 한 권도
버리지 못했다. 그게 훌륭해서가 아니라, 혹시 나를 참조해야
할 일이 있지 않을까 싶어서 자료 삼아 남겨 두었다. 그리고

그날 알았다. 업(業)이 뭐냐고? 다른 것은 모두 버려도 '나'는
버리지 못하는 것, 내가 '나'를 버릴 수 없는 것, 그게 업이고
그래서 윤회가 반복된다. 버려지는 훌륭한 것들보다 훌륭하지
못하면서도 내 것이기 때문에 1호 봉투에 넣고는 다시는
열어보지 않을 서랍 속에 숨겨둔 애물단지들! 숨을 거둘 때까지
처참하리라).

　　책을 버리고자 책을 고르면서 어떤 책을 버려야 하는지 또
왜 책을 버리는 일이 좋은지 심사숙고하게 되었다. 첫째, 명작을
버리는 데 인색하지 않아야 한다. 예를 들어 1류 급에 들어가는
밀란 쿤데라의 소설과 알려지지 않은 1.5급의 소설 가운데 한
권을 버려야 한다면 밀란 쿤데라의 것을 버려야 한다. 까닭은
『참을 수 없는 존재의 가벼움』은 도서관이나 도서대여점에
비치되어 있을 뿐 아니라 친구의 책장에 꽂혀 있을 수도 있으나,
알려지지 않은 1류와 2류의 경계선에 있는 소설은 필요해서
찾으면 없을 수 있다. 때문에 쿤데라처럼 대중적으로 알려진
명작을 좁은 집 안에 둘 필요가 없다. 둘째, 책은 독자에게
읽힘에 의해 '죽음/부활'을 동시에 하지만 많은 번역서들은
읽혀서 죽는 게 아니라 자연사한다. 한때 독서를 즐겼으나
지금은 독서로부터 멀어진 사람의 서가의 특징은 새로운 판본에
대해 관심이 없다는 것이다. 그래서 수십 년 전에 세로쓰기로
조판된 『이방인』이나 『젊은 예술가의 초상』 등이 책을 읽지 않는
사람의 훈장처럼 서가에 꽂혀 있다. 새로운 판본에 대한 정보를
접하거나 입수하는 즉시 옛 판본은 버려야 한다(나의 경우
열린책들에서 프로이트 전집이 나오는 것을 보고 오래전부터
가지고 있던 프로이트의 또 다른 전집을, 또 책세상에서

니체전집이 새로 준비된다는 소식을 듣고 청하에서 나온
니체전집을 곧바로 헌책방에 실어다 버렸다). 사람들은 컴퓨터는
업그레이드하면서 그동안의 연구 성과와 새로운 해석이 축적된
산물인 번역본에 대해서는 태무심하다. 셋째, 독서는 혼자 하는
것이란 사실을 명심해야 한다. 평론집은 물론이고 입문서 종류의
책이나 문학사 종류의 책은 가장 먼저 버려야 할 책이고 읽더라도
가장 늦게 읽어야 할 책이다. 셰익스피어를 읽는 게 중요하지
이글턴의 셰익스피어 연구서가 필요한 게 아니며, 브레히트를
읽는 게 먼저지 서사극에 관한 잡다한 책을 끌어 모으는 일이
의미 있지 않다. 입문서나 평론집을 읽느니 텍스트를 한 번
더 읽고 직접 그것을 쓰는 게 낫다(이 글을 읽고 있는 당신이
독서일기를 쓴다면, 그것은 언젠가는 출판될 수 있다. 예전에는
책을 한 권 내기 위해서 집을 한 채 팔아야 할 만큼 비용이 많이
들었으나 출판기술의 발달로 마음만 먹으면 책을 낼 수 있을
정도로 저렴해졌고 그래서 '커트라인'이 없어졌다고 할 만큼
출판의 관문이 넓어졌다). 이 원칙을 지키면 좁은 방을 두 배로
넓힐 수 있다. 방 안에 책이 가득하면 책이 귀한 줄 모르게 된다.
재미있게도 나는 드문드문 비어 있는 책장을 보면서 독서에 대한
갈증을 느끼게 되었다. 비어 있어야지 채우려고 노력하는 게
인간인 것이다.

6월에 버린 것은 책만이 아니다. 60여 점의 그림 가운데
반(은 친구나 선배에게 선물로), 3,000장의 재즈 CD 가운데
2,300장(은 중고CD점에)을 처분했다. 까닭은 20여 년
동안 살았던 집에서 곧 이사를 하기 때문에 짐을 줄여야 할
필요에서이기도 하지만, 이 나이가 되면 누구나 하는 일이

아닐까? 내년이면 마흔이다. 성현의 말씀으로는 40이면
불혹이라고 하는데, 불혹이란 좆이 서지 않아서 유혹에 빠질
일이 없다는 뜻이 아니고 좆대가 선다(주관이 선다)는 뜻으로,
다시 말해 아무한테나 꼴리던 것이 이제는 특정한 기호에만
꼴린다는 뜻으로, 자기밖에 모르는 고집쟁이의 길로 들어섰다는
말이다. 불혹이란 그래서 좋은 것만 아니다. 6월에 가려진 것들은
알량한 좆대의 희생물이다.

2000. 8. 9.

서정인의 『말뚝』(작가정신, 2000)을 읽다.

좀 상스러운 비유이지만, 자꾸 하자고 덤벼드는 정부(情夫
또는 情婦)가 두려워지는 것처럼, 완성을 본 작가의 문학관이란
호기심의 박탈 수준을 넘어 독자를 질리게 하는 뭔가가 있다.

2000. 8. 10.

복거일의 『국제어 시대의 민족어』(문학과지성사, 1998)를 읽다.

국제어란 지구상의 모든 인민이 습득해야 할 언어가 아니라,
국제회의에서 공식적으로 사용하는 언어다.

2000. 9. 20.
유미리의 『남자』(문학사상사, 2000)를 읽다.

[이 책의 해설자는] 유미리의 『남자』가 '하늘에서 툭 떨어지거나 땅에서 불끈 솟아오른' 개인이나 영감의 산물이 아니라, 웬만한 작가라면 한번쯤 자신의 성 편력기를 작성하곤 했던 일본 문학의 특수한 전통이라고 말한다.

　　몇 년 전에 있었던 대선 때의 이야기다. 후보자 세 명에게 가장 좋아하는 탤런트를 물었더니 하나같이 김혜자를 들었다. 그녀에게 매력이 없다는 것은 아니지만, 나는 그런 위선이 성에 관한 우리 사회의 경직도를 말해주는 것 같아서 씁쓰레했다. 정직과 호방함을 미덕으로 삼는다는 남성이 이럴진대, 여성 작가라고 별 수가 있었겠는가? 한국 사회여, 고백을 보호하자!

2000. 9. 30.

위화의 『허삼관 매혈기』(푸른숲, 1999)를 읽다.

단숨에 읽어 치운 『허삼관 매혈기』는 삶을 유지하기 위해 생명의 근거가 되는 피를 팔아야 하는 모순을 희비극적으로 묘사하고 있다.

　『허삼관 매혈기』를 자기 나라 말로 읽을 수 있었던 중국 독자들은 행복한 사람들이다.

2000. 12. 20.
제임스 링컨 콜리어의 『재즈 음악의 역사』(세광음악출판사,
1991)를 읽다.

세상에서 가장 행복한 일 가운데 하나는, 재즈 음악을 들으며
재즈에 관한 책을 읽는 일이다.

내가 보기에 바른 독서란, 이인삼각(二人三脚) 경기와 같다.
때문에 독자는 저자가 그 책을 쓰기 위해 펜을 내어 달렸던 그
열정의 속도와 같은 속도로 읽어내려가야 한다. 어떤 저자도
아침에 5분, 저녁에 5분 하는 식으로 책을 쓰진 않았으므로 그런
식의 독서는 이인삼각 경기를 파탄 낸다. 똑같은 책을 '자투리
독서'로 한 달이 걸려 읽은 독자와 한달음에 읽어치운 독자는,
엄밀히 말해 다른 책을 읽은 것이다. 동일한 책이되 두 사람이
받은 임팩트가 다르다는 것이다. '나는 그 책을 밤새도록 읽었다'
라든가 '나는 이 책을 들자마자 손에서 놓지를 못했다'는 경험은
그래서 소중한 것이다. 우리 인생은, 특히나 청춘은 그렇게
응축된 몇 개의 경험만을 나열할 수 있을 뿐인지도 모른다. 어떤
책을 들고 3일 이상 뭉그적거리면 그 책은 당신 손에서 죽은
거라고 봐야 한다. '피로 쓰인 책은 게으른 독자를 거부한다'는
요지의 말을 했던 니체의 생각에 나는 동감하고 있다.

저자의 재즈관을 한마디로 요약하면 이런 정도가 되지
않을까: 즉흥으로 규정지어지는 재즈는 형식이 부재한 음악이다.
그래서 많은 장르의 음악이 재즈의 빈 몸을 채웠고, 끝내
해결되지 않는 부분을 유럽의 전통음악(클래식)이 대신해
주었다.

2001. 1. 3.

폴 오스터의 『빵 굽는 타자기』(열린책들, 2000)를 읽다.

'젊은 날 닥치는 대로 글쓰기'라는 부제를 가진 이 책은 젊은
날의 폴 오스터가 단지 재능을 실험하기 위해 또 생계를
해결하기 위해 시와 시나리오, 평론, 희곡, 번역 등등의 글을
닥치는 대로 써대었던 이십 대와 삼십 대를 회상하고 있다.

2001. 1. 22.

폴 오스터의 『스퀴즈 플레이』(열린책들, 2000)와 이브 뢰테르의
『추리소설』(문학과지성사, 2000, 문지스펙트럼 6-004)을 함께
읽다.

자살인 줄 알았더니 타살이었다는 결론으로 진행되는
추리소설의 관행을 뒤집어, 타살인 줄 알았던 사건이 조사 과정
중에 자살로 판정되는 추리소설을 써보는 건 어떨까? 하지만
이 책과 함께 읽은 이브 뢰테르의 『추리소설』은 폴 오스터
이전에 그런 규칙 위반의 선구자가 여럿 있었다는 것을 적어놓고
있다(96쪽).

2001. 1. 23.
폴 오스터의 『우연의 음악』(열린책들, 2000)을 읽다.

카프카의 『성』에 등장하는 주인공은 성의 초대에도 불구하고
성으로 들어가는 권리를 얻지 못한다. 그것만으로도 카프카는
독자의 가슴에 상처를 내었다. 똑같은 유태인 작가 폴 오스터의
주인공들은 그들 손으로 성을 쌓고 그 속의 수인이 되는 것으로
카프카가 내었던 상처를 더 깊게 한다.

2001. 1. 26.

에코의 『나는 『장미의 이름』을 이렇게 썼다』(열린책들, 1992)를 읽다.

― 제목 짓기에 대해: "제목은 독자를 헷갈리게 하는 것이어야 하지, 독자를 조직하는 것이어서는 안 된다. 소설의 작가가 누릴 수 있는 위안 가운데 가장 으뜸가는 위안은, 자신은 전혀 의식하지 못하고 썼는데도 불구하고 독자의 이해를 통하여 전혀 다른 독법을 발견하게 되는 일이다. 학문적인 논문을 쓸 경우, 독자에 대한 나의 자세는 법관의 판단만큼이나 명쾌하다. 내가 하고자 하는 말을 정확하게 이해했는가, 혹은 하지 못했는가… 나는 이것을 명쾌하게 판단할 수 있다. 그러나 소설의 경우 상황은 전혀 다르다. 나는, 작가는 모름지기 타인에 의해 발견된 독법을 중요하게 여겨야 한다고 말하고 있는 것이 아니다. 내가 하고자 하는 말은, 설사 그런 것을 알았다고 하더라도 침묵을 지켜야 한다는 말이다. 침묵을 지킴으로써 다른 독자들에게도 텍스트 자체를 통해 문제 해석의 기회를 주어야 한다는 것이다." 제목은 다른 책의 존재와 '차별'을 짓고 내용을 '요약'하는 기능을 가진다고 흔히 말해지고 있으나, 에코는 두 번째 기능이 지나쳐서 설명적이 되는 것은 좋은 제목이 아니라고 말한다. 예를 들어『장미의 이름』에다 '장서관 살인사건'이라거나 '희극론에 대한 비밀'과 같은 설명적인 제목을 붙일 수도 있지만 그것은 독자를 헷갈리게 하지 못하므로 좋은 제목이 아니다. 에코가 '요약'이라는 두 번째 기능 대신 '혼돈'을 사주하는 까닭은 위의 인용문에 잘 부연되어 있다. "작품이 끝나면 작가는 죽어야

한다. 죽음으로써 그 작품의 해석을 가로막지 않아야 한다"는
그의 통찰에 따르면 설명적인 제목은 작가의 유언(遺言)으로
남아 독자의 자유로운 해석을 가로막는다.

　　— 꽤 재미난 일화 한 구절: "우리는 작가들로부터 어떤
영감에 쫓기면서 단숨에 써내려갔다는 이야기를 더러 듣지만,
이것은 거짓말이다. '천재는 1퍼센트의 영감과 99퍼센트의
땀으로 이루어진다'는 말은 진실이다. 꽤 유명한 자기의
시 이야기를 하면서(구체적으로 어떤 시였는지는 잊었다)
라마르틴은 어느 폭풍우 몰아치는 날 숲속에서 홀연 섬광 같은
영감을 받고 단숨에 원고를 썼다고 한 일이 있다. 그러나 사후에
발견된 원고에 따르면 그것은 수많은 수정과 교열을 거친 것,
불문학 사상 가장 '공들여 다듬어진' 작품인 것으로 드러났다."

　　— 상호 텍스트성에 가까운 에코의 저자관: "책이라고 하는
것은 끊임없이 다른 책을 언급하고 있다는 것, 이야기라고 하는
것은 끊임없이 이미 세상에 유포된 다른 이야기를 언급하고
있다는 사실이었다. 호메로스도 이것을 알고 있었고, 아리스토도
이것을 알고 있었다. 라블레와 세르반테스는 말할 것도 없다."

　　— 소설 쓰기: 에코는 "소설이라는 것은 첫 단계에는
말과 상관없는 것"이라고 말한다. 무슨 뜻인가 하면 시가
'언어를 붙잡으라, 그러면 주제가 뒤따라온다'는 식이라면
소설의 경우는 정반대로 '주제를 붙잡으라, 그러면 언어가
뒤따라온다'는 식이다. "소설에서 가장 중요한 문제는 소설의
세계를 구축하는 작업"이라고 말하는 에코는 소설의 세계가
구축되기 위해서는 먼저 자기가 쓰고 있는 소설의 제약 조건을
만들어야 한다고 말한다. "세계 창조의 작업을 자유롭게 하기

위해서는 제약 조건을 만들어 심어둘 필요가 있다. 시에서 이런 제약 조건은 음률, 각운, 율동의 형태로 시 속에 자리한다. (…) 그런데 소설에서는 주변 세계가 제한 조건이 되어준다. 이것은 리얼리즘과는 아무 관계도 없다. 따라서 전혀 비현실적인 세계, 가령 나귀가 하늘을 날고, 죽었다가도 키스 한 번으로 되살아나는 왕자가 나올 수 있는 세계이다. 그러나 순수하게 가능한 세계, 비현실적인 세계라 하더라도 소설로 존재하려면 처음에 정의된 구조에 따라야 한다." 소설의 시공간이 설정하고 있는 상황의 사실성과 개연성을 스스로 정하고 준수하기 위해, 다시 말해 에코가 『장미의 이름』을 쓰기 위해 정한 제약 조건은 "나는 중세에 '대해서' 쓰자고 결심하는 데 그치지 않고, 중세'에서' 쓰기로 결심했다"는 것.

　　— 좋은 작가, 좋은 작품, 좋은 독자: "새로운 독자층의 출현을 추구하는 텍스트와, 거리에서 얼마든지 만날 수 있는 독자들의 요구를 충족시키고자 하는 텍스트[가 있다]. 후자의 경우, 우리 손으로 들어오는 것은 효과적인 대량 생산 체제에 따라 쓰이고 조직된 텍스트이다. 이 경우 작가는 일종의 시장 동향 분석가가 되어 자기 작업이 환기시킬 결과를 작업의 과녁으로 삼는다. 이런 작가가 어떤 공식에 따라 작업에 임하는 것은 물론이다. 이런 작가가 쓴 소설을 모두 분석하고, 중요한 대목을 메모하여, 이름과 무대와 주요 등장인물의 성격을 살짝 바꾸어놓으면 또 하나의 소설이 되는 것이다. 그러나 새로운 소설, 전혀 다른 종류의 독자들을 염두에 두고 소설을 쓰려고 할 경우 작가는, 드러낸 요구를 분류하는 시장 동향 분석가가 아닌, '시대정신'의 흐름을 간취하는 철학자가 되어야 한다.

이런 작가는, 대중이 원하는 것을 쓰는 것이 아니라 대중이 '원해야 하는' 것을 드러내고자 한다. 설사 작가 자신이, 대중이 원해야 하는 것이 무엇인지 모르더라도 그렇게 해야 한다. 이런 작가는 자기를 독자에게 드러내는 것이 아니라 독자를 자기에게 드러낸다", "나는, 표면적으로는 대량 소비를 겨냥한 작품인데도 불구하고 현실 개선과 논쟁의 여지를 지닌 작품이 얼마든지 있을 수 있고, 겉으로 보면 상당히 도전적이고 독자를 분개하게 만드는 작품 중에도 실제로는 어떤 문제도 야기하지 못하는 작품이 있다고 믿는다."

— 포스트모더니즘에 대해: 에코는 포스트모더니즘이란 연대적으로 정의되는 개념이 아니라, 초역사적 범주를 가지고 있는 일종의 매너리즘이라고 생각한다. 그에게 포스트모더니즘은 매너리즘의 현대적 이름이다. 다시 말해 모더니즘은 1960년대 이후에 발견된 새로운 사조가 아니라 라블레에게서 찾아볼 수 있으며 호메로스까지 포함될지도 모르는 '반어, 초언어적 놀이'를 뜻한다. 그리고 매너리즘으로서의 포스트모더니즘은 같은 예술가 안에서 모던과 함께 공존한다. 예를 들어 제임스 조이스의 여러 작품은 모던 지향과 모던은 물론이고 포스트모던의 경계와 포스트모던까지를 포함한다. 에코는 모던과 포스트모던을 재미나게 설명하면서 모던은 놀이를 이해하지 못하는 사람을 거부하는 반면 포스트모던은 그것을 이해하지 못하는 채로도 받아들여지게 하는 유희적 요소를 갖고 있다고 한다.

2001. 4. 5.

마광수의 『광마일기』(행림출판, 1990)를 읽다.

사람들은 마광수를 읽지 않고서도 "아, 그 사람, 그런 글 쓰는 사람이잖아" 하면서, 안 읽고도 다 아는 것처럼 말한다.

2001. 4. 27.
최상천의 『알몸 박정희』(사람나라, 2001)를 읽다.

박정희의 독서 체험은 소박하다. 학창시절의 일제 교과서를 빼고
나면 그가 확실히 읽은 책이라곤 『이순신』, 『나폴레옹 전기』,
『알렉산더 대왕전』, 『플루타르크 영웅전』, 『삼국지』 이 다섯
권이라고 한다.

2001. 4. 28.

마르티니 추기경과 에코의 대담집 『무엇을 믿을
것인가』(열린책들, 1998)를 읽다.

에코는 공격적이고 추기경은 한껏 포용적이면서도 교부의 입장을
완고히 방어한다. 세속적인 철학자가 먼저 질문하고 신학자는
항상 거기에 답한다는 오래된 전통에 따라 앞의 세 서신은
에코가 질문자로 나섰고 마지막 서신만 순서를 바꾸어 추기경이
질문자가 되었다.

　　신을 믿지 않는 사람은 도덕의 절대 근거로 무엇에
의지하는가? 신이 자신의 잘못을 내려다보고 있을 거라고 믿는
신앙인과 달리 비신앙인은 자신이 은밀하게 저지르는 악행은
아무도 모를 거라고 생각한다면서 에코는 이렇게 쓴다:
"그러나, 여기서 간과하면 안 될 것이 있습니다. 비신앙인은
아무도 위에서 자기를 내려다보지 않는다고 생각합니다. 따라서
그는 이 세상에서 자기의 죄를 용서할 자가 아무도 없다는 것도
압니다. 만일 그가 악행을 저질렀다면, 그리고 그런 사실을
스스로 알고 있다면, 그의 고독은 무한할 것이고 그의 죽음은
절망적일 것입니다. 그래서 그는 오히려 신앙인보다 더 과감하게
죄를 고백하면서 남들의 용서를 구하고 죄를 씻으려 할 것입니다.
그는 그런 점을 마음속 깊이 깨닫고 있기에, 남의 용서를 구하기
전에 자기가 먼저 남을 용서해야 하리라는 것을 알고 있습니다.
그것을 어떻게 설명할 수 있을까요? 가책과 회한은 비신앙인들도
느끼는 감정이라는 사실을 인정하지 않는다면 말입니다."
에코답지 않은 궤변이다.

2001. 5. 11.

김정렴의 『아, 박정희』(중앙M&B, 1997)를 읽다.

이 책을 쓴 저자 김정렴은 1969년 10월부터 1978년 12월까지
9년 3개월 동안 대통령 비서실장을 지냈다. 9년이란 세월은
박정희가 1961년 5월 16일 군사혁명을 일으켜 1979년 10월
서거할 때까지 18년 5개월 동안의 통치 기간 중 그 절반을
대통령을 보좌하는 자리에 저자가 있었다는 사실을 가르쳐줌과
함께 박정희의 인사 행태를 드러내준다. 7년 6개월의 재임 기간에
일곱 명의 비서실장을 둔 전두환, 5년 동안 세 명의 비서실장을
둔 노태우, 4년 사이에 네 명의 비서실장을 기용한 김영삼에 비해
박정희는 18년 동안 단 세 명의 비서실장을 두었다. 그만큼 심복
정치를 했다는 말이다.

2001. 7. 17.

리처드 라우드의 『장 뤽 고다르』(예니, 1991)와 로날드 헤이먼의
『불안은 영혼을 잠식한다: 라이너 베르너 파스빈더 평전』(한나래,
1994)를 읽다.

이 책에 의하면 파스빈더는 양성애자였지만 본질적으로는
동성애자였다. 파스빈더와 애정을 나누었던 남자들 가운데
세 명은 그와의 관계 파탄 때문에 자살을 했다. 파스빈더는
어린 시절에 겪은 부모의 이혼과 무관심 때문에 독립적이고
통제 불능한 인격을 갖게 되었다. 그의 영화 속에 나타나는
반관습적이고 반사회적이며 주변인에 대한 세심한 애정은 어린
시절의 상실감과 연관 있으며 그의 일상을 얼룩지게 한 과식,
과음, 과로, 약물과 수면제 과용 등은 "어린 시절의 아버지 상이
없었기 때문에 그 스스로 빈자리를 채"울 수밖에 없었던 남자의
미숙한 인격을 보여준다.

　　고다르는 영화 속의 시각과 이야기성, 픽션과 다큐멘터리,
현실성과 추상성의 대립을 의식하고 그것들을 자신이 영향받은
헤겔의 변증법적 전개 속에 녹이려고 했다

　　모든 예술가에겐 숨기고 싶은 아킬레스건이 있다.
파스빈더의 멜로 드라마적 전개가 단기간에 많은 영화를
만들어야 했던 고민의 산물이었던 것처럼, 사색적이고 관념적인
성질이 강했던 고다르에겐 '잘 만들어진 이야기'를 고안해낼
재주가 없었다.

2001. 9. 22.

살림에서 나온 『에드워드 사이드 자서전』(2001)을 읽다.

사실 이 책은 사이드의 삶을 통해 중동과 서구라는 양 세계의
긴장을 조명하기보다, 무제한의 권력을 휘두르던 아버지와
아버지의 권력을 이용하여 아버지와는 또 다른 별개의 지배력을
행사하고자 했던 어머니 사이에서 자신의 정체성을 찾기 위해
안간힘을 썼던 집안의 '백치'에 대한 흥미로운 기록으로 읽힌다.

2001. 10. 8.

김훈의 『칼의 노래』(생각의나무, 2001)를 읽다.

원군의 모함, 백의종군, 거북선의 발명과 실전에서의 승승장구….
바로 그런 것들이 이순신이 주인공이 되는 소설의 주요 서사가
될 것이다. 하지만 김훈의 이 소설은 누구나 동원할 수 있는 그런
얄팍한 재료들을 거부한다. 물론 위의 재료들이 등장하기는
하지만 여기선 중요한 위치를 차지하지 못한다. 이 소설은
멀찌감치 피해간다. 역사소설이 갖는 국수주의와 영웅전
모두를. 대신 『칼의 노래』가 전하는 것은, '칼로서 흥한 자는
칼로 망한다'는 명제에 대한 사유와 칼 쥔 자의 운명에 대한
비틀기이다. 이 낯설고 이상한 소설은, 칼을 든 자는 적군과
아군이 모두 적으로 화하는 운명을 감당해야 한다고 말하는
듯하다.

2001. 10. 11.
조세핀 하트의 『데미지』(잎새, 1993)를 다시 읽다.

가장 인상적인 대목은 화자이면서 주인공인 내가 안나에게
"당신은 누구지?"라고 묻는 곳이다. 그 대답은 싱겁다. 그녀는
지독한 상처를 가졌고 그 때문에 위험한 관계 속에서만
욕정이 구동하는 여자다. 하지만 오이디푸스가 찾아내고자
했던 살인자가 자신이었듯이 그 질문은 인간의 이성과 의지를
신뢰했던 주인공의 삶이 자신의 믿음과 반대되는 방향으로
흘러가게 된 쪽으로 대답을 준다. "당신은 누구지?"라는 질문은
처음부터 "나는 누구지?"라는 질문에 다름 아니었던 것이다.

2001. 11. 28.

김정환의 『내 영혼의 음악』(청년사, 2001)을 읽다.

신문의 신간 소개와 광고를 통해 『내 영혼의 음악』의 출간
소식을 알게 되었을 때 나는 안동림의 『이 한 장의 명반』을
명반 가이드의 구약으로 삼고 김정환의 새 책을 명반 가이드의
신약으로 삼고자 했다. 까닭은 대부분 CD로 복각이 되어 있긴
하지만 안동림의 책은 LP 시절의 명반을 대상으로 했기 때문에
CD로만 출시되고 있는 최근의 음반에 대해서는 대책이 없기
때문이다. 그래서 한껏 기대를 품고 책값으로서는 조금 비싼
3만 2,000원 정도를 주고 『내 영혼의 음악』을 샀다(20퍼센트를
할인한 금액이 그 정도이니 실제의 액면가는 더 높다). 하지만
솔직히 말해 김정환의 이 책은 신약이 되기에는 하자가 있다.
우선 이 책은 그의 전작이었던 『음악이 있는 풍경』에 붙은
부록에 가깝다. 다시 말해 『음악이 있는 풍경』의 말미에 명반
목록을 작성해 붙인 게 바로 이 책이다. 나는 이 책을 30분간
훑어보고 2만 원에 사겠다는 친구에게 주어버렸다.

사족: 먼저, 기껏 음반 가이드를 두고 구약이니 신약이니 하는
표현을 한 것은 좀 거창하게 느껴지지만 실은 안동림의 책에서
빌어 온 것이다: "바흐의 〈평균율 클라비어 곡집〉을 '피아노의
구약성서'라고 하는 데 대해 베토벤의 〈피아노 소나타 전집〉은
'피아노의 신약성서'라고 부른다." 하지만 이번 기회에 나는,
구약만 있다면 신약은 각자가 만드는 것이라는 생각도 하게
되었다.

2001. 12. 8.

베빈 알렉산더의 『위대한 장군들은 어떻게 승리하였는가』
(홍익출판사, 2000)를 읽다.

이 책에 실린 열 개의 사례 가운데 마지막 장을 장식하고
있는 '더글라스 맥아더: 1950년, 한국전쟁에서의 영광과
좌절'은 동족상잔의 우리 비극을 예로 하고 있기 때문에 가장
흥미로웠는데, 그 가운데서도 중공군의 참전에 대한 간략한
비화는 주목을 요한다. 당시 미국은 중공을 소련의 위성
국가라고 확신하고 있었으나, 스탈린이 한국에서 세계대전이
일어나는 위험을 감수하지는 않으리라고 믿었다. 하여 압록강
근처에 중공군이 집결되고 있는 것을 무시했다. 중공이 소련의
위성국가라는 부정확한 평가는 미국으로 하여금 대만으로
패퇴한 장개석의 국민당 정부와 동맹관계를 맺게 했고
최소한 중립적 관계가 될 수 있었던 중공을 적으로 만들었다.
인천상륙에 이어 압록강 근처까지 진군해 온 미군의 존재는
중공의 입장에서는 대만해협을 봉쇄한 채 대만을 보호하고 있는
미국의 또 다른 압박책으로 보였다.

　　인천상륙작전 이후 중공은 "미군 병력이 38선을 건넌다면
중화인민공화국(중공)은 한국에 개입할 것이지만, 한국군
단독으로 그렇게 한다면 개입하지 않을 것이라고" 알렸으나
맥아더는 그것을 무시했고, 중공은 '지원자'만 한국에 보낸다는
기만적인 결정을 통해 한국 참전을 개시했다. 따라서 중공은
미국에 직접적으로 포고하지 않을 수 있었고, 미국은 만약
중공이 직접 위협을 받는다고 느끼게 되면 소련이 개입할지도

모른다고 두려워했기 때문에 중공의 그런 결정은 "중공에 대한
미국의 공격을 방지했으며 미국의 이해에도 부합되었다." 일본의
만주 점령과 중국 침략을 경험하면서 중공은 한반도가 일본과
중국 사이의 완충지대로 남기를 바랐으나, 미국의 잘못된
중공 정책이 중공군의 참전을 불렀다. 분명 더 많은 문건을
찾아보도록 만드는 이 대목은, 인천상륙작전에 성공한 미군이
한국군에게 38선 이북으로의 진군을 맡겼다면 중공군이
참전하지 않았을 것이라고 주장하는 듯하다.

2002. 1. 5.
아나이 닌의 『모델』(도서출판 펀앤런, 1999, 펀앤런북스 002)을
읽다.

음란물 간행에 대한 우리나라 검열기관(자기들은 검열기관이
아니라고 한다)의 기준은 고무줄과 같다. 1996년에 나온 이 책이
판금 조치를 받았다는 소식은 들어본 바 없는데, 이 책과 거의
같은 해에 출간된 열음사의 책은 판금 조처를 받았으니 영문을
알 수 없다. (…) 이 작은 책은 누군가가 '피레네 산맥 저쪽에서의
범죄인 것이 피레네 이쪽에서는 아무렇지도 않다'고 꼬집었던
법과 풍습의 막강한 상대성을 다시금 생각나게 해준다.
　　여성으로서는 드물게 하드 코어에 가까운 에로 소설을 쓴
아나이 닌은 당시에는 물론 아직까지 매우 특별한 존재다. 그녀가
사용하고 있는 포르노적 기상(奇想)은 이제와서는 흔한 것이
되었지만 그녀의 존재 자체는 에로 문학이나 포르노물에 대해
여성주의적 '편견'을 가진 사람들에게 몇 가지 난제를 남겨 준다.

2002. 1. 7.

아서 라이트의 『중국사와 불교』(신서원, 1994)를 읽다.

이 책의 결어를 통해 저자는 중화주의에 찌든 중국인들이 "중국은 윤리적·문화적 침략자를 흡수해버렸다"고 곧잘 뼈기는 '중국문화 흡수론'이나 '중국문화 동화론'을 정면으로 반박하고 있다.

　　문체를 살펴보면, 중국 문체는 간결체이고 친숙한 자연물로부터 은유적 표현을 빌려오며 구체적인 이미지를 선호하는 반면, 인도어의 문체는 만연체이며 은유에 있어 과장이 심하고 추상적인 개념이 많다. 중국 문학에서—심지어 도교 고전에서조차—상상력의 범위는 인도의 화려한 문체에 비해 훨씬 제한되고 보다 사실주의적이다.

　　중국인들은 각 개인의 인성을 상세히 분석하는 면이 적었던 반면, 인도인들은 심리학적 분석을 고도로 발전시켰다. 시간과 공간의 개념에 있어서도 현격한 차이를 나타냈다. 중국인들은 시간과 공간 모두를 유한한 것으로 생각했고, 시간을 일생, 세대 또는 정치적 시대의 개념으로 파악하였다. 반면 인도에서는 시간과 공간을 무한한 것으로 여기며, 인생의 단위를 넘어 우주적 영원성 속에서 시간을 파악하였다.

2002. 1. 10.

1999년에 나란히 출간된 왕영관의 『혹형: 피와 전율의 중국사』(마니아북스)와 김문학의 『반문화 지향의 중국인』(이채)을 읽다.

[김문학은] 서문을 통해 중국인과 그 문화에 대한 한국인과 일본인의 의식 속에는 어마어마한 고전들과 사서오경 그리고 '중화 문명'이란 휘황한 중국 문화에 짓눌린 콤플렉스와 동경이 혼재되어 있다고 말한다.

저자는 일찍이 그렇게도 찬란한 문화를 만들어낸 중국이 근세에 적응하지 못한 데에는 '과학'과 '민주'적인 의식을 받아들이지 못하게 한 과거제도도 한몫을 했다고 말한다. 한자 문화권 가운데 과거제도를 받아들인 한국과 베트남이 중국과 같은 처지를 면하지 못한 반면 유독 과거제도를 받아들이지 않은 일본은 별 탈 없이 서구 문명 수입에 성공했다며, 중국 문화 속에는 아직까지 "과거제도의 독재사상과 관료의식"이 잔존해 있다고 쓰고 있다.

2002. 1. 14.

미타무라 타이스케의 『환관』(나루, 1992, 재판 1995)을 읽다.

저자는 환관이라는 황실의 최측근 세력을 중심에 놓고 그
측근들이 황제를 좌지우지할 수 있었던 구조를 파고드는데, 바로
그 점 때문에 이 책은 우리나라의 현대사는 물론 현재의 정치
구조와 정치 문화를 들여다보는 데 유용한 모범을 제시해준다고
본다. 청와대 어디에도 환관은 없지만, 권력이 선호하고 또 거기에
기생하는 측근은 어느 시대든 있을 것이기 때문이다.

저자의 재미난 후기가 보여주듯이 21세기에도 환관과
같은 존재가 존재한다. 어느 조직에서나 한두 명씩 있는 '예스
맨'(yes man)이라고 불리는 측근들은 단지 거세를 하지 않았을
뿐 환관과 같다. 그리고 환관이 권력자의 측근이 되어 정치를
좌지우지하던 명나라와 같은 상황이 우리 근대사에도 있었다.
횡적인 의사 결정 구조를 모조리 수직적으로 편재한 제왕적
대통령 박정희는 중앙정보부라는 환관에 의해 자신의 눈과 귀가
막혔을 뿐 아니라, 정보부장에게 죽임을 당했다. 그 자신에게는
비극이지만, 중국의 여러 황제들이 환관에게 직접 죽임을
당하거나 환관의 모략으로 폐위를 당했다는 사실을 알고 나면
독재자의 우둔함이 느껴지는 대목이다.

2002. 1. 15.

정인갑의 『중국문화.COM』(다락원, 2002)을 읽다.

서방을 부지런히 베껴온 우리나라의 근대는 이제 그것을
완수하기도 전에, 그토록 단절하고자 애썼으나 실제로는 한
번도 단절된 바 없었던 동양적 가치(유교의 가부장, 충효, 전통
숭배 등등)를 향해 유턴하는 것이 아니라 떳떳이 '커밍아웃'하는
것인가? 이 책을 쓴 정인갑은 현재 세계적으로 일어나고
있는 '중국 붐'은 허구라고 말하면서 청말과 중화민국 초기에
주은래나 등소평, 노신 등이 구국의 사명을 지고 민족의 미래를
개선해보겠다고 서양을 배운 것과 대조적으로 중국의 외국
유학생들에겐 그런 의식이 없다고 말한다. 동학서점(東學西漸)을
말하기엔 낯간지러운 데가 있다는 말이다.

2002. 2. 4.

클라스 후이징의 『책벌레』(문학동네, 2002), 조세핀
하트의 『질투』(잎새, 1996), 쥴퓨 리반엘리의 『살모사의
눈부심』(문학세상, 2002)을 읽다.

『살모사의 눈부심』은 위대한 걸작이다. 앞서 팔크 라인홀트라는
『책벌레』의 주인공은 현대의 저작물은 모두 '쓰레기'라고
말했지만, 이 소설은 그만큼 쉽게 발견할 수 없는 현대의
고전이다. 광기와 폭력이 아니면 유지될 수 없는 권력의 뒷면이
사실은 우둔함에 가득 차 있다는 사실을 새삼 폭로하고 있는 이
소설은 황홀하게 아름답다.

2002. 2. 11.

민음사에서 출간될 우광훈의 작품집 『유쾌한 바나나 씨의
하루』에 발문을 쓰다.

그 날[우광훈의 전작 『플리머스에서의 즐거운 건맨 생활』을
읽은 1999년 어느 날] 일기장에 나는 이런 독후감을 썼다.
"『플리머스에서의 즐거운 건맨 생활』 이후로 우리는 어쩌면
작가를 두 부류로 간단히 나누는 법을 배우게 될지도 모른다.
소설을 쓰기 위해 내 육체가 점거하고 있는 현실을 대강
리필해서 사용하는 작가와, 적극적으로 가상공간부터 만드는
작가. 영화감독을 예로 들자면 전자는 로케이션을 고집하는
감독이고 후자는 스튜디오 세트를 잘 이용하는 편이라고
해야 할 것이다. 그런데 그게 어느 정도냐 하면, 로케이션인지
스튜디오인지 도저히 구분할 수 없을 만큼"이라는 것이다.

2002. 3. 3.
여섯 명의 일본 현역 추리소설가가 쓴 추리소설집
『여문신사』(동하, 1994)를 읽다.

이 소설집 가운데 최고의 백미는 우노 고이치로의 표제작
「여문신사」다. "여기에 두 장의 문신이 새겨진 인피가 있다"로
시작하는 이 소설은 우리가 흔히 '왜색'(倭色)이라고 말하는
일본식의 미학과 정조가 흠뻑 배어 있다.

소설의 화자이자 필자인 주인공은 어느 '문신(文身)의
장인'이 만든 인피를 구경하기 위해 도쿄 대학 의학부 특수 표본
진열실을 방문한다. 사법 해부의 권위자인 모리타 요시아키
박사의 안내로 구경하게 된 두 장의 인피 가운데 하나는 여자의
것이고 또 하나는 남자의 것이다.

진짜 이 소설은 '일본식 탐미주의의 끝'을 보고자 덤빈다.

2002. 4. 3.

소동파의 『마음속의 대나무』(태학사, 2001, 태학산문선 202)를
읽다.

이 책에 실린 마흔세 편의 소품 산문들은 종류가 일정하지 않다.
책에 붙인 서문도 있고 편지도 있으며 전기, 기행문, 묘지명
등 다양하다. 그 가운데는 흔히 우리 시대의 말로 에세이라고
불리울 글도 있다. 중국에서는 그것을 기문(記文)이라고 하는
모양인데 소동파는 앞서 말했던 명색의 좌천(실제로는 유배)
시기 이후로는 문학성에 치중한 작품들을 많이 썼다고 한다.

　「글쓰기」: "옛날에 글을 짓는 사람은 글에 능한 것을 '좋은
글'로 여긴 것이 아니라, 쓰지 않을 수 없어 쓴 글을 '좋은 글'로
생각했다. 산천의 구름과 안개, 초목의 꽃과 열매도 충만하고
울창하게 되어야 밖으로 드러나듯이, 마음속 생각이 충만하면
글은 저절로 써진다." 아, 내가 쓴 글 가운데 과연 몇 편이
"쓰지 않을 수 없어" 쓴 글일까? "쓰지 않을 수 없어" 쓰며 또
"충만"하여 쓰기 위해, 이 직업을 버리고자 얼마나 조바심했던가!

2002. 4. 10.

황간의 『주자행장』(을유문화사, 1975, 을유문고 189)을 읽다.

유교사회의 저술은 확실한 목적과 형식 아래 쓰인다고 알고
있는 나로서는, 행장의 정확한 형식을 알지 못하지만, 이 책을
보면 한 사람의 일생이 일목요연히 기술되어 있는 것을 알 수
있다. '가문과 학업'을 시작으로 관직과 의론(議論), 사상과 저서,
유언(遺言), 가족에 대해서 소상히 밝혀놓은 것은 물론이고
'일상생활과 인격'에 대해서도 언급하고 있는 것이다. 행장을 보면
주자는 그가 필생 동안 따르고 가르침을 받으려 했던 공자와
같이 "관직에 나가서도 요직"을 차지한 적이 없었다. 그는 약
50여 년 동안 네 황제를 섬겼으나, 겨우 9년 동안 지방 관료로
봉직했고 겨우 40일간을 조정에 있었다. 하지만 그의 사후,
중국은 물론 한국과 일본에 이르는 동아시아는 그가 만들어놓은
'패러다임' 속에 유지되었다.

　　모든 고전이 그렇듯이 『주자행장』 또한 지리함과
밋밋함으로 읽는 이를 괴롭힌다. 하지만 몇 번이고 곱씹어
읽는다면, 주자라는 사람을 통해 전통 유자(儒者)들의 원래
모습이 어떠한 것인지를 엿볼 수 있다.

2002. 4. 15.
서현섭의 『일본인과 에로스』(고려원, 1995)를 읽다.

한국인들은 일본을 일본 그대로 놓고 보지 않는다. 한국인들은
일본을 볼 때 '한국에는 있으나 일본에는 없는 것'을 찾아낸 다음,
일본을 어떤 '결핍태'로 묘사한다. 그래서 한국인은 일본인을
얕잡아볼 수밖에 없다.

2002. 5. 28.

비크람 세스의 『언 이콜 뮤직』(문이당, 2000)을 읽다.

이 소설은 고전음악을 좋아하는 소설가라면 누구나 한번 써보고
싶은 작품으로, 4중주단을 '집단 주인공' 삼아 전개된다. 연주의
주도권을 두고 단원들 간의 갈등은 물론이고 레퍼토리 선정을
두고 대립하는 단원들과 매니저, 매니저와 레코드 업계 그리고
평론가 간의 미세한 신경전은 음악 애호가를 마냥 즐겁게 한다.

2002. 6. 3.

밀란 쿤데라의 『향수』(민음사, 2000)를 읽다.

그의 소설은 언제부터인가 '또 한 편'이라고 말하지 못할 정도로
서로 비슷해지고 있다. 까닭은 에세이스트로 관여하는 그의 존재
때문이다.

2002. 8. 28.

이시카와 히로요시의 『마스터베이션의 역사』(해냄, 2002)를
읽다.

'땅에 쏟다'라는 뜻을 가진 '오나니'라는 말의 유래는 「창세기」
38장에 나온다. 그 이후 서구 기독교 세계에서는 '정액＝생명의
원천'이라는 등식이 성립되어, 마스터베이션은 간음보다 더
큰 대죄로 여겨져왔다. 티소의 그 책[『오나니즘』]이 발간되기
전까지 마스터베이션은 신학적·도덕적 비난의 대상에 그쳤으나,
의학이 가세함으로써 도덕적 죄책감에 더해 '죽음에 이르는
불치병'이라는 오랜 악명을 얻게 됐다.

2002. 8. 30.

윌리엄 스타이론의 『소피의 선택』(성훈출판사, 1992)을 읽다.

『소피의 선택』을 읽으며 새삼 알게 된 사실은, 유대인이 워낙
많이 희생되었기 때문에 나치의 멸종 계획이 유대인만을
목적으로 한 것처럼 오해되고 있지만 실은 그렇지 않다는
것이다. 나치는 모든 인종의 우열을 등급으로 매겨놓았고, 그들이
생각하는 열등 민족을 유럽 내에서 몰살하려고 했다. 유대인
600만, 폴란드인 200만, 세르비아인 100만이 희생되었고
많은 집시들과 러시아인도 거기 포함되었다. 흥미로운 것은
유럽 내에서 나치 독일 다음으로 유대인을 핍박했던 나라와
인종은 폴란드(폴란드인)였다. 하지만 아주 역설적이게도
나치 독일이 유대인 다음으로 싫어한 인종은 폴란드인이었다.
그럼에도 불구하고 아우슈비츠를 비롯한 집단 수용소의
대부분이 폴란드에 있었던 것처럼, 나치의 유대인 학살 정책에
폴란드인이 적극 협력한 것은 "폴란드인들도 상당히 극렬한
증오의 대상"이지만 유대인이 "그들 자신을 궁극적인 말살로부터
막아주는 방파제 역할"을 한다고 믿었기 때문이다.

2002. 9. 3.

심재관의 『탈식민시대 우리의 불교학』(책세상, 2001, 책세상문고
우리시대 031)을 읽다.

우리 불교가 근대화되기 위해서는 '대학'과 같은 제도나
'문헌학'이 아니라, "전통적 배움의 방식이 복원되어야 한다"고
말하는 저자의 결론은, '뒤로 가는 근대'와 같이 무척 역설적이다.

2002. 9. 10.
대쉴 해미트의 『몰타의 매』(시공사, 1996)를 읽다.

추리소설이나 서부극 같은 전형적인 남성 서사는 여자를
배제한다. 그런데 어쩌자고 많은 남성 평론가들은 범죄소설
속에 등장하는 '유혹하는 악녀'의 역할을 과대하게 강조했을까?
그것은 유혹에 약한 남성의 내면을 역설적으로 강조하고,
또 폭력적인 남성의 세계를 여성에게 전가시키기 위해서가
아니었을까? 유혹이 성립되기 위해서는 먼저 피유혹자의 도덕적
우위와 갈등이 전제되어야 한다.

2002. 9. 15.

시오노 나나미의 『나의 인생은 영화관에서 시작되었다』(한길사, 2002)를 읽다.

「죽은 시인의 사회」를 본 많은 관객들은 키팅 선생의 열정에 찬사를 보내며 그런 선생이 성공하지 못하는 융통성 없는 교단과 창의력이 말살된 교육을 비난하기 쉽다. 하지만 시오노 나나미는 키팅을 경탄의 눈으로 바라보면서도 그의 비현실적인 교수법을 문제 삼는다. 키팅식의 교수법은 가르치는 쪽이 자신의 머리로 생각해야 하고 게다가 학생들의 잠재된 욕구를 자극해야 하기 때문에 커리큘럼 순으로 소화해나가는 일반적인 교사와 달리 쉽게 지칠 수밖에 없다고 말한다. 한 반도 아닌 대여섯 개의 반을 그렇게 가르친다는 게 불가능하기 때문에 학교의 선생들은 아주 여유만만하게 "그들 자신의 존재를 부정하는 듯한 그 영화를 태연히 학생들에게 보여줄 수 있었"다고 말하는 저자는, 학교 교육은 '뼈대'를 세우는 데 목적이 있으며, 학교에서 기대할 수 없는 '피와 살'은 학교 이외의 장소에서 보충할 수밖에 없다고 말한다. 그러면서 "교과서 이외의 책이 존재하는 이유는 키팅 선생적인 것을 갈구하는 사람이 끊임없이 존재했기" 때문이며, 바로 그것이 "교과서 외의 책이 출판되는 이유"라고 말한다. 그래서 "키팅 선생에게 공간을 제공해줄 학교는 없다. 그는 작가가 될 수밖에 없지 않을까 하는 생각마저 든다"는 결론은 퍽이나 수미일관하게 여겨진다.

어떤 문장을 쓰거나, 어떤 주장을 할 때에도 시오노 나나미는 머뭇거리지 않는다. 내가 이 책을 읽으며 감탄했던 것은 그 때문이다. 보라, 그녀는 이렇게 쓴다: "인간이란 나이를 먹을수록 많이 보고 느껴야 한다. 젊은이의 감수성이란, 정신적인 나태에 빠진 어른들의 일시적인 항복 상태의 징표에 지나지 않는 것이 아닌가 하는 생각도 든다. 예민하고 깊은 감수성은 진실로 어른들에게만 허락되는 신의 선물이 아닐까." 아아, 얼마나 확신에 찬 발언인가! 이 문장의 끝에는 일말의 주저함을 보여주는 물음표조차 없다! 1937년생인 그녀는, 이처럼 자신만만하게 살았던 것이다.

2002. 10. 17.

제임스 리어단의 『올리버 스톤』(21세기북스, 2000)을 읽다.

이 책을 읽으면 미국에 대해 잘 몰랐던 사실 하나가 또렷이
감지된다. 멍청하고 위선적인 미국의 인기 방송인도 말했다시피
미국은 계급 사회며 인종적 차별이 당연시되는 사회일 뿐 아니라
보수와 진보, 우파와 좌파의 입장이 첨예하게 드러나는 사회라는
것이다. 예를 들어 톰 크랜시의 친CIA 영화 두 편에 출연한 적이
있는 해리슨 포드는 「JFK」의 대본을 받기를 아예 거절했다.
뿐 아니라 폴 뉴먼, 진 해크먼, 마론 브란도 가운데 누구는 이
영화의 메시지에 동의하지 않았기에 출연하지 않았다. 주연을
맡은 케빈 코스트너. 그도 원래는 보수주의자였으나, 대본을 읽고
영화에 참여하면서 생각이 바뀐 경우다.

　　꼬리에 꼬리를 무는 사족: 「킬러」가 개봉되었을 때 그
영화의 폭력성을 문제 삼으며 소송에 가까운 강한 법적 문제를
제기한 작가가 있었다(어떤 종류와 수준의 소송인지 기억이
확실치 않다. 그러나 필설에 그치는 비난의 수준은 훨씬 넘었다).
지금 이 글을 읽는 사람들도 의아해하겠지만 처음 그 보도를
접했을 때는 나도 그 이름을 보고 무척 아연했다. 다름 아닌
스티븐 킹이었기 때문이다. 영화화되었던 스티븐 킹의 대다수
소설들을 보면 그 역시 폭력을 팔아먹는 데 뛰어났다(그렇기는
해도 앞의 두 작가[이원호, 김진명]와는 비교할 수 없이 작가적
천분이 뛰어난 사람이라는 것을 인정해야 한다). 이 책을 읽고
나서는 두 사람의 정치적인 입장이 달랐던 게 아닌가 하는
생각이 든다.

2002. 10. 29.
파트릭 모디아노의 『신혼여행』(동아출판사, 1992)을 읽다.

똑같은 주제라도 모디아노는 좀 다른 방식으로 쓴다. 그의
주인공들은 자기 자신을 알기 위해 스스로 현실의 미아가
되는데, 다른 작가의 소설에서는 보통 한 주인공이 문제 되지만
그의 소설 속에서는 그 일이 늘 집단적으로 혹은 쌍으로
이루어진다. 예를 들어 이 소설 속에서 장은 자신의 회고록을
쓰기 위해 가정과 일로부터 몸을 숨기지만, 그 회고록은 젊은
날 우연한 기회에 자동차를 얻어 탔던 잉그리드라는 여인의
회고록과 구분이 되지 않는다. 장과 잉그리드는 가출을 염원하고
있었으며, 잉그리드의 남편인 리고와 장은 부모로부터 유기된
청소년기를 공유한다.
    자아 찾기를 주제로 삼는 많은 현대 소설들은 추리
소설적인 요소를 갖추고 있다. 모디아노의 소설은 아예 그
바탕에 범죄소설적인 장식들을 배치해둔다.

2002. 11. 8.

최하림의 『김수영 평전』(실천문학사, 2001)과 김명인의 『근대를 향한 모험』(소명출판, 2002)을 읽다.

김수영이 말년을 앞두고 쓴 "비참의 계수가 다른 데로 옮겨 갔다. 부르주아와 프롤레타리아의 대립은, 선진국과 후진국의 대립으로, 남과 북의 대립으로, 미·소의 우주 로케트의 회전수 대립으로 대치되었다. 오늘날 우리가 가장 골몰해야 할 가장 큰 문제는 인간의 회복이다"(1964), "우리의 시의 과거는 성서와 불경과 그 이전까지도 곧잘 소급되지만, 미래는 기껏해야 남북통일에서 그치고 있다. 그 후에 무엇이 올 것이냐를 모른다. 그러니까 편협한 민족주의의 물레바퀴 속에서 벗어나지를 못한다. 우리의 미래에도 과학을 놓아야 한다"(1968)라는 구절은 현대 세계에 대한 시인의 직관을 보여주는 성찰적 잠언으로도 읽히지만, 김명인에게 그의 "지나친 앞서감"은 오히려 근대(현대)에 대한 인식 부족으로 비쳐진다: "부르주아와 프롤레타리아의 대립보다 중요한 대립들이 등장했다는 것, 이제 문제는 인간의 회복이라는 것, 그리고 남북통일의 전망은 근시안적이라는 것 등은 그의 현실 인식이 억압적 현실에 의해 굴절된 결과이거나 아니면 그의 현대에 대한 집착이 주관적인 비약을 낳았거나 둘 중의 하나, 혹은 둘 모두로부터 비롯된 것이라고 할 수 있다." 김수영의 너무 앞서감에 비과학적이라는 인장을 찍을 사람이 김명인 말고 누가 있을까?

2002. 11. 9.
『문화일보』에 연재될 『삼국지』를 위해 '작가의 변'을 쓰다.

『삼국지』를 읽어보지 않은 사람은 물론 『삼국지』를 읽은
사람들조차 『삼국지』가 그냥 옛날이야기라고 오해하고 있는
경우가 많다. 까닭은 워낙 재미있게 쓰였기 때문이다. 하지만
원래 『삼국지』는 나관중의 소설이 아니라 한말(漢末)에
중국 땅을 놓고 각축을 벌였던 위·촉·오(魏·蜀·吳) 세 나라의
역사를 기록했던 진수(陳壽)의 저작을 일컫는다. 다시 말해
조선시대의 역사를 기록한 것이 『조선왕조실록』인 것처럼,
진수의 『삼국지』는 소설이 아닌 역사서다. 그래서 중국에서는
진수가 쓴 것을 그냥 『삼국지』라고 부르고 그것을 바탕으로 한
나관중의 소설은 『연의(소설) 삼국지』라고 명기한다. 하지만
우리나라에서는 반대로 소설을 『삼국지』라고 하고 역사서는
『정사 삼국지』라고 부른다.

현재 서점에서 월탄 박종화를 비롯한 기라성 같은 우리
작가들의 『삼국지』 번역본과 평역본이 나와 있다. 21세기 들어
처음으로 새롭게 쓰일 『삼국지』를 위해 나는 그 판본들을
모두 읽어보려고 했다. 하지만 그것을 포기했다. 까닭은 내가
『삼국지』를 쓰려는 소설가이지 판본 연구자는 아니라는
생각에서였지만, 근본적으로는 과연 정역과 평역만이 최선인가에
대한 의문 때문이었다.

『삼국지』는 자구 하나하나가 번역되어야 할 책이 아니라,
의도가 해석되어야 할 책이다. 앞서 잠시 소개했던 것처럼 진수의

『삼국지』경우라면 정확한 번역본이 거듭 나와야겠지만 소설
『삼국지』의 경우 역사서와는 사정이 매우 다르다. 예를 들어
"얼음 언 장강 위로 겨울바람이 불어친다"라는 어구에 정확을
기한들 무슨 의미가 있겠는가. 소설이란 그 시대를 거울삼아
현실의 의미를 묻는 작업이기 때문에 당대에 대한 이해와 인간
심리에 대한 탐구가 선행되어야 한다. 다시 말해 번역도 평역도
아닌 해석이라는 뜻이다.

    더욱 중요한 것은 나관중이 쓴 『삼국지』라는 원판 자체가
심하게 비틀어져 있기 때문에 정역이 무의미한 부분이 많고,
몇 마디 주관적인 평설을 달아놓는 것으로 해결이 되지 않는
근원적인 결점이 있다는 것이다. 흔히 칠실삼허(七實三虛)라
불리는 나관중의 『삼국지』는 삼국시대의 사실과 사료를
바탕으로 작가의 상상력과 민간에 떠도는 민담을 당대의 소설
형식으로 형상화한 것이지만, 원말(元末) 명초(明初)에 완성된
나관중 본의 배면을 강력히 지배하고 있는 것은 주자(朱子)의
성리학적 세계관이다.

    그런 탓에 『삼국지』에 등장하는 어떤 인물은 괜찮은
인물인데도 불구하고 터무니없이 희화화되거나 사소하게
지나치고 어떤 인물은 겉과 속이 다른 무능력자인데도
영웅시되거나 중시된다. 예를 들어 『삼국지』를 읽지 않은
사람들조차 조조(曹操)를 악의 화신으로 알고 유비(劉備),
관우(關羽), 장비(張飛), 제갈량(諸葛亮)을 충의지사로 알고 있다.
하지만 『삼국지』에 나오는 그런 묘사는 실제 인물과 역사적
사실에 근거한 것이라기보다, 의리와 대의명분이 선악의 기준이
되는 춘추사관(春秋史觀)이 고스란히 반영되어 있다.

『삼국지』를 일관하고 있는 춘추필법(春秋筆法)은
등장인물의 성격을 선인(청류, 유학을 배운 사대부)과 악인(탁류,
환인과 외척)으로 정형화하고 이분법화함으로써 인간 내면에서
모순되게 약동하는 욕망을 바로 읽지 못하게 한다. 그리고 더
큰 문제는 당대의 왕권을 보호하기 위해 만들어졌던 세계관적
제약으로 인해 소중하게 해석되어야 할 역사적 사건이 잘못
기술되고 있다는 점이다. 대표적인 사실로, 한나라 패망의
발화점이 되었다고 하는 황건농민군을 사문난적(斯文亂賊)으로
기술하는 것이 그렇다. 당대의 유교적 세계관으로 보면
농민반란이 악의 축이었겠지만, 그것을 당대 민중의 개혁의지로
읽지 않는 한, 『삼국지』는 물론 전체 역사를 바로 알지 못하게
한다. 중국의 역사는 연속된 농민혁명의 역사이며 모택동의
공산혁명 역시 그 연장선상에서 파악해야 한다는 것이
현대중국사의 정설이기 때문이다.

　　춘추필법 또는 춘추사관이 황실 내부에서 작동할 때는
청류와 탁류로 나뉘지만, 그것이 중화주의로 발현될 때는
한족(漢族)이 청류가 되고 이민족이 탁류가 된다. 때문에
한족 출신이 아니었던 동탁(董卓)과 여포(呂布)는 실제의
능력과 선정에도 불구하고 의리도 없고 예절도 모르는 야수로
묘사되었다.

　　이런 허물은 물론 나관중 개인의 것이 아니라 그가
살았던 시대의 한계라고 해야겠기에, 21세기에 쓰이는 새로운
『삼국지』가 오늘의 관점을 반영해야 한다는 것은 당연한 일이
될 것이다. 내 생각으로는 그런 작업은, 자국의 문화유산이라는
압도적인 무게에 짓눌린 중국인이 하기보다 비중국인이 더

잘해낼 것으로 여겨진다. 그러기 위해서는 우선, 먼 옛날 먼 땅에서 왔으되 너무 오래되고 친숙하여 마치 '우리 것이라고 착각'하고 있는 바로 그 '착각'을 떨쳐버려야 한다. 그럴 때에 600년 이상 지속된 『삼국지』의 오류가 현대적인 시각으로 재해석될 수 있으며, 그런 해석을 통해 우리가 껴안은 통일이라는 절박한 과제와 중국의 세기가 될 것이라는 21세기를 동시에 조감할 수 있을 것이다.

2002. 11. 28.
레지 드브레의 『지식인의 종말』(예문, 2001)을 읽다.

『지식인의 종말』 가운데 가장 음미할 부분은, 책을 매체로
삼았던 최초의 지식인들과 달리 (드레퓌스 논쟁을 점화한 에밀
졸라의 팸플릿을 상기해보라!) 텔레비전과 같은 첨단 미디어가
지식인들의 존재 방식을 근저에서 변질시켰다는 논거이다.

　　이 책의 슬프고도 처참한 결론은 이렇다: 지식인의
정체성이 뭐냐구요? 지식인인지 아닌지를 판별할 수 있는
명확한 기준이 뭐냐구요? 아직까지도 그런 걸 찾으시다니
참 순진하시군요. 한국을 예로 들어 설명해줄게요. 지식인의
정체성이란 또 지식인인지 아닌지 판별할 수 있는 기준이란, 그
사람이 '좆스러운' 신문에 글을 실을 수 있느냐 없느냐를 말하는
겁니다. 골이 텅텅 비어 있거나 잘못된 생각을 하고 있는 교수,
문인 떨거지라도 그 신문에 글을 실을 수 있으면 그 사람은 벌써
지식인이지요!

　　이처럼 언론에 기생해 있는 것이 지식인이라면, 저자의
역설처럼 아예 "최후의 지식인보다 최고의 언론인이 훨씬 낫다."

2002. 12. 5.

범우사에서 출간된 곽말약의 『역사소품』(1997, 범우문고 114)과
황의백의 『삼국지의 지혜』(1995, 범우문고 140)를 읽다.

황의백의 『삼국지의 지혜』는 『삼국지』에 대한 한국 남성 독자의
독법이 경영 전략이나 인재 관리와 같은 처세와 조직에 관한
지침과 접속돼 있다는 사실을 다시 한 번 상기시켜준다.

2002. 12. 15.

푸른역사에서 출간된 장석만·고미숙·윤해동·김동춘 대담집
『인텔리겐차』(2002)를 읽다.

'마르크스 보이'들의 '근대 비판과 새로운 한국사 구성'으로
읽히는 이 대담집은 한국의 근대사가 민족주의와 역사적·경제적
발전론에 의해 추동되었다는 것에 대체로 동의한다. 독재가
횡행하고 있던 70-80년대에는 민족주의와 역사의 합법칙적
발전을 신뢰하는 마르크스주의 아래 진보주의와 저항세력이
결집했으나, 사회주의 몰락 이후 민족주의는 물론 그것과
연대했던 마르크스주의 역시 타파되어야 할 근대의 한
양식이라는 문제의식이 생겨난다.

2003. 1. 5.

에드워드 사이드의 『도전받는 오리엔탈리즘』(김영사, 2001)을
읽다.

[사이드는] '무지와의 충돌'이라는 제하의 1부에서 미국과
미국의 지도자들은 이슬람에 대하여 단 하나의 이미지만을
가지고 있다고 비판한다. 미국의 아랍·이슬람에 대한 지식은
"늘 욕망으로 가득 차 있고, 복수심에 불타고, 폭력적이고,
비이성적이고, 광신도와 같다"는 판에 박힌 극도의 부정적인
이미지에 의해 채색되어 있다. 그리고 그런 왜곡은 중동에 대해
알려고 하지 않는 미국인들의 지적·문화적 오만과 나태에 의해
꾸준히 재생산된다.
　　　사이드는 문명 간의 '충돌'을 필연적인 재앙이라고 말하는
헌팅턴의 문명론을 관념론이라고 반박하며, 문명이란 충돌보다
'상호간의 교환'에 의해 유지되어왔다고 말한다.

2003. 1. 26.
윤광준의 『소리의 황홀』(효형출판, 2001)을 읽다.

이 책이 출간되자마자 나는 서점에서 이 책을 사 들었다. 그리고 글을 쓰는 시간 틈틈이 이 책을 펼쳐 들고 '오디오 삼매경'에 빠져들었다. 정말 거의 한 달 동안이나 그랬다.

남에게는 있고 나에게는 없는 것을 부러워하는 삶은, 단연코 불행한 삶이다. 그는 무엇을 해도 행복하지 않은 사람이다. 그럼에도 불구하고 이 책을 쓴 사람의 직업은 무척 부럽다. 오디오 평론가인 그의 집에는 최신·최고급의 오디오가 리뷰어용으로 들락거린다. 하지만 미루어 짐작컨대, 책을 읽고 의무적인 서평을 써야만 하는 사람의 독서가 즐겁지 않듯이, 시청기(試聽期)를 써야만 하는 오디오 청음 또한 고역일 게 뻔하다. 솔직히 말하면 내가 진짜 부러웠던 것은, 오디오 평론가라는 직업이 아니다.

나는 오래전부터 족보 있는 탄노이를 가지고 싶었다. 하지만 내가 살고 있는 아파트의 넓이가 탄노이를 울릴 만큼 크지 않아서 5년 넘게 '집을 짓고 나서'라고 말해왔다. 그러던 어느 날의 대오각성. 리스닝룸의 평수를 넓히자는 건 이미 '집 정신'이지 '오디오 정신'이 아니다!

부기: 이 책을 도서관에서 빌려 와 다시 읽었던 날 밤, 나는 내가 커다란 JBL 스피커 속에서 잠들어 있는 꿈을 꾸었다.

2003. 2. 25.
샤오메이 천의 『옥시덴탈리즘』(강, 2001)을 읽다.

이 책을 발견하고 '옥시덴탈리즘'의 뜻을 찾아 야후의 영어사전을
검색하니 '서양식', '서양 기질', '서양 숭배'라고 간단히 쓰여
있다. 하지만 정작 숙독을 한 이 책이 말하는 옥시덴탈리즘은
그렇게 간단치 않다. 그럼에도 불구하고 간단히 개념화해본다면,
'서양에 의해 구성된 동양'이라는 오리엔탈리즘의 반대편에
옥시덴탈리즘이 있다. 즉 '동양에 의해 구성된 서양'인 것이다.

서양의 오리엔탈리즘 담론은 태생부터 제국주의적 담론
전략으로 다듬어졌으며 근동(近東)을 비롯한 동양 지역을
침탈하기 위해 행사된다. 반면 옥시덴탈리즘은 "세계 제패보다는
국내에서의 정치적 반대파를 억압"하는 데 그 목적이 있다.
오리엔탈리즘은 수출용이고 옥시덴탈리즘은 내수용인 것이다.

이 책의 가장 흥미로운 부분은 옥시덴탈리즘을
'관변 옥시덴탈리즘'(official Occidentalism)과 '반관변
옥시덴탈리즘'(anti-official Occidentalism)으로 나눈
대목이다. 중국의 정치권력과 이데올로기적 국가기구가
자신을 강화하고 정당화하기 위해 서양을 타자화(제국주의)할
때, 중국의 반체제론자들 역시 서양에 대한 자기 나름의
타자화(민주주의)를 통해 저항의 근거를 마련했다.

2003. 3. 14.

여연구의 『나의 아버지 여운형』(김영사, 2001)을 읽다.

서중석의 책[『비극의 현대지도자』(성균관대학교 출판부, 2002)]은 그[여운형]를 의회제에 의한 사회 변혁을 꿈꾼 사회민주주의자로 보고 있다. 여운형은 좌우합작을 성사시키기 위해, 1946년 한 해 동안 무려 다섯 차례나 북한으로 밀행하여 김일성과 회담을 진행했다.

그의 밀행을 미국 측에서 알고 있었다는 사실은 그의 죽음이 미국 측의 정보 누설이나 공작에 의한 것일 수도 있다는 짐작을 하게 만들지만 밝혀진 것은 아무것도 없다.

김윤식이 쓴 『이광수와 그의 시대』(솔, 1999)를 읽어보면, 이광수가 민족개조론을 외칠 때 당대의 많은 사람들은 이광수의 말을 안창호의 복화술로 여겼다는 말이 나온다.

사족: 어린 여연구[여운형의 딸]가 아버지에게 "어쩌면 그렇게도 정세 판단을 못할까요?"라고 묻자 여운형은 "김구가 반탁하는 것은 이승만과 다르다. 몰라서 그러니 욕하지 말고 깨닫게 도와줘야지"라며 그의 고지식과 이승만의 단정 야욕을 구분 지었다.

2003. 4. 12.

안나 마리아 지그문트의 『영혼을 저당잡힌 히틀러의
여인들』(청년정신, 2001)을 읽다.

나치의 여성 정책 핵심은 '출산'이었는데, 까닭은 더 많은 순수
아리아인과 동부 개척 이주(독일 민족의 생활공간 확장) 그리고
전쟁을 위한 인구 증가가 당면한 목적이었기 때문이다.

이 책의 저자는 어떡해서 다큐멘터리 영화의 거장인
레니 리펜슈탈에 대해 그저 '나치의 여자' 정도로밖에 여기지
못했을까?

나치의 압도적인 남성우월주의 속에서 거둔 레니
리펜슈탈의 조그만 성공과 해방을 그저 '나치의 여자'로 비난하는
것은, 여성이 당해야 하는 당연한 이중의 수모일까? 어쨌거나
현재와 미래를 보수적인 방법으로 극복하려는 시도 가운데
학술·연구 분야에서 보인 퇴행과 여성의 잠재력과 정신적인
능력을 거부한 것은 나치에게는 치명적이지만 연합국에는 안도의
결과를 가져왔다.

2003. 4. 20.

장준하의 『돌베개』(청한문화사, 1997)를 읽다.

장준하는 『사상계』의 발행인이자 박정희 정권에 저항한 불굴의
정치인으로 잘 알려져 있으나, 이 책은 그가 일군을 탈출하여
광복군이 되고 또 광복 후 김구의 비서로 활약한 청년 시절을
회고하고 있다.

　　『삼국지』에 "제비도 못 넘는다"던 파촉령을 이미 쇠잔해진
육체로 기어 넘으며 장준하가 깨달았던 "다시 못난 조상이 되지
않기 위하여"라는 전언은 장준하의 삶에 두 가지 큰 마디를
만든다. 일본 패망 이후 김구의 비서로 서울에 환국했으면서도
해방 정국에서 김구와 결별한 게 첫 번째이고, 박정희가 군사
쿠데타를 일으켰을 때 그것을 '질서의 확립'으로 환영했다는 것이
두 번째이다.

2003. 4. 26.
이섭의 『에로스 훔쳐보기』(심지, 1996)를 읽다.

모히카 족이 동성애와 오럴섹스를 즐긴 까닭은 이렇다:
"지배계급은 늘 인구를 적정한 수로 조절하고 균형을 잡아야
하는 절대 과제를 정치적으로 수행해야만 했다. (…) 모히카 족이
선택한 산아제한의 방법은 동성애를 널리 유포시키고 정책적으로
장려하는 것이었다. 또한 될 수 있는 한 남녀 간의 사랑도 아이를
갖지 않도록 유도해야 했기에 오럴섹스를 권장하게 된다."

사족: 시간 날 때마다 한 편씩 읽으려고 했던 이 책은, 워낙
흥미로운 그림들과 감칠맛 나는 해설 덕에 한순간에 모두 읽어
치웠다.

2003. 4. 28.
이병주의 『대통령들의 초상』(서당, 1991)을 읽다.

이 책은, 운 좋게 만나지 못했다면 있는 줄도 모르고 넘어갈
뻔한 기서(奇書)이다. 이 책을 기서라고 부르는 까닭은 한마디로
곡학아세(曲學阿世)의 전형을 보여주기 때문이다.

박정희를 히틀러와 같은 인물이라고 말하는 까닭은 5·16에
대한 필화로 1년 넘게 감옥살이를 했던 사감(私感) 때문이다.
자신의 곡학아세를 다시 곡학하다니! 기서의 정체는 여기에 있다.

2003. 7. 25.

고미숙의 『열하일기, 웃음과 역설의 유쾌한 시공간』(그린비, 2003)을 읽다.

이 책은 조선조 지식인의 내면을 들여다보고 나아가 고전 읽기의 새로운 전형을 만들어내고자 하는 일석이조의 목표를 갖고 있다.

박지원의 『열하일기』는 조선 역사와 지성사에 두 가지 커다란 영향력을 남겼다. 첫째, 연암을 비롯한 연암 주위의 인사들의 연행록은 기존의 연행록 계열에서 벗어나, "청 문명의 역동성을 있는 그대로 제시함으로써 소중화라는 도그마에 찌든 당대 지성사에 북학의 호흡을 불어넣는 역할을 수행하였다." 둘째, 박지원의 『열하일기』는 1792년에 있었던 정조의 문체반정(文體反正)의 중심에 있었다. "문체란 한 시대가 지니는 사유 체계 및 인식론"을 고스란히 담고 있는 형식이자 매개이면서 "내용을 '선규정하는' 표상의 장치"이다. 다시 말해 한 시대의 정형화된 문체를 익힌다는 것은, 그 시대의 통치 이념을 내면화하고 체제에 순응되어가는 것을 의미한다.

이 책의 말미에 실린 보론 '연암과 다산: 중세 '외부'를 사유하는 두 가지 경로'는 본문만큼 흥미롭다. 연암 박지원과 다산 정약용은 조선 후기사를 빛낸 두 천재들이면서 항상 '실학'이라는 테두리에 함께 묶인다. 하지만 두 사람은, 다산 만년에 연암의 『열하일기』에 스쳐 지나듯이 언급된 것 말고는 어떤 글을 통해서도 서로의 존재에 대해 언급한 바가 없다. 두 사람이 같다고 생각하는 것은 후세 사람들이 가공한 '실학 담론' 속에만 존재하지, 실제로 두 사람은 서로 모른 척했거나 경원했다. 연암이 표현 체계의 전복을 통해 견고한 중세 체제에 구멍을 뚫고 체제를 회의하고자 했다면, 다산은 거대한 중세 체제를 대체할 수 있는 또 다른 거대 체계를 구축하기 위해, 경학의 근본을 다시 일으키는 것으로 죽어가는 중세를 되살리려고 했다.

2003. 11. 20.
리처드 솅크먼의 『미국사의 전설, 거짓말, 날조된
신화들』(미래M&B, 2003)을 읽다.

건국의 아버지들이 신화로 채색되기 시작한 것은 고작
1920년대부터라고 지적한다. 이 책에는 그 까닭이 설명되어
있지 않지만, 제1차 세계대전을 통해 고립주의를 털어낸 미국이
자신의 선조를 '자유와 민주'라는 미국식 가치로 채색할 필요가
있었을 것이다.

2003. 12. 10.
왕경우의 『화교』(다락원, 2003)를 읽다.

화교들은 고향을 떠나 온 유럽인들이 자신들을 '이주자'라고
생각한 것과 달리, 언젠가는 중국으로 되돌아갈 '체류자'라고
여긴다. 중국인들이 본의 아니게 본토를 벗어나서 동아시아로
진출하게 된 두 계기는, 명나라가 청에게 패망했을 때(1644)와
국민당 지지자들의 대탈출 때(1949)이다.

2003. 12. 15.

마이클 파렌티의 『비주류 역사』(녹두, 2003)를 읽다.

"미국의 명성에 손상이 가는 그 어떤 것도 배제"되어 있는 대신,
"미국이 한 모든 일이 공정하고 정의"로운 것으로만 묘사된다.

2003. 12. 17.

구승회의 『논쟁: 나치즘의 역사화』(온누리, 1993)와
노르베르트 레버르트와 슈테판 레버르트가 함께 쓴 『나치의
자식들』(사람과사람, 2001)을 읽다.

우리들은 일본의 전후 처리에 비해 독일의 전후 처리를 턱없이
높이 평가하고 있다. 하지만 오늘 읽은 두 책은 우리의 믿음이
반일 감정에서 나온 신화에 불과하다는 것을 말해준다.

2003. 12. 26.

『문화일보』의 『삼국지』 연재를 마치며, 작가의 변을 쓰다.

모두들 아시겠지만, 진수(陳壽)가 쓴 정사 『삼국지』와 달리
나관중이 완성한 소설 『삼국지』가 유비를 턱없이 높이고 조조를
심하게 깎아내리는 '존유폄조'(尊劉貶曹)의 텍스트가 된 까닭은
간단합니다.

　조조는 환관들과 외측들 간의 권력 투쟁으로 거덜나버린
한(漢) 왕조를 멸망시키고 새로운 왕조를 세우려고 한 반면,
유비는 천명을 받은 어린 천자를 받들어 한 왕실을 다시
부흥시키고자 노력했습니다.

　그 때문에 조조와 그를 따르는 무리는 악인이 되고 유비와
그의 형제들은 충의지사가 되었습니다. 하지만 현대인의 눈으로
보면 조조야말로 실사구시를 구사했던 개혁적인 정치가며,
유비는 시대착오적인 보수주의자에 가깝습니다.

　물론 현대인의 가치판단으로 1,800여 년 전에 살았던
사람들이 믿었던 가치와 이념을 일방적으로 재단할 수는
없습니다. 그러나 워낙 많은 한국인들, 특히 남성들이 이
소설을 무슨 통과의례처럼 읽기 때문에 『삼국지』에 나타나는
근왕주의(勤王主義)와 성리학에 기초한 춘추필법(春秋筆法)은
깊은 주의를 요합니다.

　유비의 모습을 보면서, 천명을 받은 군주에게 무조건
복종하는 게 충의라고 착각하게 되면 우리는 그만큼
불행해집니다. 예를 들어 1980년대 초, 자신들의 주군이던

박정희가 만들어놓은 유신체제를 지속하기 위해 탱크를 몰고
한강 다리를 건너왔던 일단의 정치군인들을 생각해보십시오.
그들은 겉으로는 한실 부흥을 외치면서 내심으로는 새 왕조를
꿈꿨던 유비처럼 13년간이나 정권을 찬탈하고 개인적 야욕을
채웠을 뿐 아니라, 오늘까지 풀리지 않는 지역감정의 씨앗을 이
땅에 뿌려 놓았습니다.

『삼국지』는 절대군주 시대의 대중적 교설이면서, 오만한
중화주의를 은닉하고 있습니다. 나관중은 이 소설 전체를
통하여 한족과 주변 민족을 분명히 구분하며, 한족은 우월하고
주변 민족은 한족의 문화적 감화를 받아야 할 야만인으로
묘사합니다. 바로 이 때문에 한족이 아닌 동탁과 여포는
무식하고 포악한 인물로 폄하됩니다.

『삼국지』가 얼마나 교묘한 중화주의 텍스트인가는
제갈공명이 남만(南蠻)의 왕 맹획을 일곱 번 사로잡았다고 일곱
번 풀어준 칠종칠금(七縱七擒)의 일화에서 확연히 드러납니다.

한 번도 아니고 일곱 번씩이나 적장을 풀어준 제갈공명의
재기와 인덕에 감탄했던 독자라면, 이제 이 일화가 중국인들에게
어떤 방식으로 읽힐지에 대해서도 생각해보아야 합니다. 여기엔
주변 국가를 다스리는 중국인들의 오랜 노하우가 응축되어
있습니다.

『삼국지』는 전두환, 노태우는 물론이고 주군의 실정을 목숨
걸고 탄핵하기보다 맹목적으로 따르기로 작정한 장세동이나
허문도와 같은 잘못된 정치적 멘탈리티를 가진 인물들을
양산하는 배양지가 될 수도 있습니다. 때문에 저는『삼국지』를
새로 쓰면서 존유폄조는 균형감 있게 시정돼야 한다고

생각했습니다.

　　또 21세기가 중국의 세기가 될지도 모른다는 진단이 세계 각처에서 나오고 있는 지금, 『삼국지』에 등장하는 동이족과 고구려인이 미개인이라고 멸시를 받으며 조조군에 의해 도륙 나는 것을 방치해서는 곤란하다는 생각도 했습니다.

　　어느 민족이 자신이 가장 즐겨 읽는 소설을 통해 스스로를 능멸한다는 말입니까? 때문에 저는 『문화일보』에 연재했던 『삼국지』가 단순한 번역이나 번역에 토를 다는 평역을 훨씬 뛰어넘는, 새로운 해석이 되도록 노력했습니다.

　　모든 일이 그렇듯이 열 권의 『삼국지』를 쓰고 출간을 기다리는 지금, 시작할 때의 원대한 포부가 얼마만큼 깊이 추구되었고 완성되었는지는 확신할 수 없습니다. 흔히 『삼국지』를 칠실삼허(七實三虛)라고 하지만 삼실칠허(三實七虛)였다는 것은 큰 난관으로 다가왔고 여러 가지 갈등을 낳았습니다.

　　하지만 이제 와서는 그런 난관이 없었다면 『삼국지』를 새로 해석하고 쓰는 일이 단순노동처럼 권태로웠을 것이란 여유마저 부려봅니다. 그것보다 더 저를 괴롭혔던 것이 있습니다. '적과 싸우고, 패해서 무릎을 꿇고, 은전을 받은 뒤에 새로운 주군을 위해 생명을 바쳐 싸운다'라는, 도저히 친숙해지지 않는 무시무시한 남성적 서사가 꿈속에서까지 저를 괴롭혔습니다.

　　두 권 분량의 『삼국지』를 연재하면서 삽화를 통해 많은 영감을 주었던 김태권 화백에게 무한한 고마움을 느끼며, 그동안 성원해주신 독자 여러분과 신문 연재를 통해 속도감 있는 문체를 만들 수 있는 기회를 준 『문화일보』에도 감사의 말을 전합니다.

2004. 11. 20.

원고를 정리하다가, 몇 년 전에 썼던 희곡 「일월」(日月)의 작품
설명서를 발견했다. A4지에 인쇄되어 있는 이 글은, 이 작품으로
모 기관의 지원금을 받아 공연을 하려던 극단을 위해 썼던
것으로, 지원금 신청 시 요식 서류의 하나였다. 여기 전재해둔다.

---

1) 작품의 시대적 배경과 창작 의도

이 희곡은 기원전 221년, 중국을 최초로 통일했던 진(秦)나라를
시공간적 무대로 삼고 있다. 사마천이 쓴 『사기』(史記)에
의하면 진 제국을 건설한 진시황제에게는 40여 명에 가까운
공자(왕자)와 공주가 있었다고 한다. 그 가운데 필자의 주목을
끈 것은 첫 번째 아들 부소(扶蘇)로, 그는 앞서 말한 『사기』에
단 두 차례 언급되어 있다. 첫 번째 대목은 아버지 진시황에게
강력한 중앙집권 국가를 만들기 위해 시행 중이던 분서갱유
정책을 완화해달라고 아뢰고, 그 즉시로 아버지의 진노를 사서
당대의 명장 몽염(蒙恬) 장군이 이민족과 싸우고 있던 북쪽의
만리장성으로 쫓겨나는 순간이다. 두 번째 등장은 진시황이
갑자기 죽자 환관의 신분으로 막대한 권력을 행사하고 있던
조고(趙高)가 흑심을 품고 진시황의 유서를 날조하여 부소에게
자진을 명령할 때이다. 부소가 등장하는 두 대목은 한 집안의
장자이면서 아버지의 유고 시에 황제의 직위를 이어받을
황세자에 대한 기록으로는 너무 미미할 뿐 아니라, 의아스러운
데가 있다. 상식적이지 못한 이 기록은, 두 가지의 의문을 낳는다.
왜 진시황은 정책상의 고언을 하는 자신의 첫째 아들을 멀리
유배 보낼 수밖에 없었으며, 어떻게 그의 아들 부소는 가짜

유서를 받고 자진할 만큼 유약했던 걸까?

　　진시황에 대한 평전을 썼던 서양의 한 역사가는 진시황이
갑작스레 죽음을 맞이했을 때, 그의 많은 아들 가운데 가장
어질고 무용이 뛰어났던 부소가 수도 함양에 부재했던 까닭이
진 제국의 빠른 멸망을 재촉했다고 한다. 그런 가정은 분명
『사기』로부터 암시를 받은 것으로, 진시황이 국토 순행 중에
얻은 갑작스러운 역병으로 함양에서 멀리 떨어진 곳에서 죽게
되었을 때 서둘러 "함양으로 와서 장례를 치를 채비를 하라"는
짤막한 유서를 써서 부서에게 전달토록 했다. 다시 말해 국장
치를 준비를 부소에게 맡기는 것으로 사실상 왕위를 물려준
것이다. 하지만 불행하게도 그 자신이 황제의 자리에 오르거나
그것이 불가능할 때는 황제의 후견인이 되어 권력을 휘두르고
싶었던 환관 조고는 그 유서를 가로채어 "수년째 변경에
있으면서도 땅을 넓히지 못했으니 불충하기 짝이 없다"는 이유로
부소의 자진을 명령하는 가짜 유서를 조작해 보냈다.

　　『사기』에 의하면 부소는 그 편지를 받고 나서 울면서
자신의 내실로 들어가 자살을 하려고 했다. 그런 황세자를
말린 것은, 진시황이 부소에게 "잘 감독하라"고 명했던 몽염
장군이다. 다시 『사기』를 따르자면 몽염 장군은 부소에게 "한
사람의 사신이 편지를 가지고 왔다고 해서 곧 자살하신다면
어떻게 그 진위를 알 수 있겠습니까? 다시 용서를 간청하시고
그 뒤에 자살해도 늦지 않습니다"라며 만류했다고 한다.
진시황 평전을 썼던 역사가의 말을 빌면 몽염은 여러 군주국을
평정해서 진시황에게 바친 명장이다. 그는 또 진시황의 명을
받아 함양으로 통하는 여러 군사 도로를 만들었을 뿐 아니라

만리장성을 설계하고 건설을 진두지휘한 능력자이며 붓을
창안한 신화적 인물로도 역사에 등장하다. 그만큼 출중했기
때문에 환관 조고는 진시황의 유서를 조작할 때 부소와 몽염 두
사람에게 똑같은 까닭을 들어 문책성 자진을 명령했던 것이다.

　「일월」의 필자로서 흥미로웠던 점은, 사마천의 표현에
의하자면, 숱은 공자들 가운데서 가장 어질고 무용에 뛰어났다던
부소와 후대의 역사가에 의해 가장 능력 있는 장군일 뿐 아니라
제국의 일선 지휘자였던 몽염이 진시황 곁에 없었다는 것이다.
다시 말해 진 제국과 진시황의 불행은 그의 갑작스러운 죽음도,
그의 유고 시에 부소나 몽염과 같은 인물이 수도에 없었다는
것도 아니다. 바로 그의 생전에 그들처럼 능력 있고 어진 측근을
곁에 두지 못했다는 것이 비극이라면 비극이다. 대신 진시황을
위요(圍繞)한 것은 조고와 같은 흑심 많은 환관이나, 제국이
내적으로 분열해 신음하든 말든 냉혈한 계산으로 분서갱유를
실천한 승상 이사(李斯) 같은 자들뿐이었다.

　몽염을 차치하고서라도, 몽염에 대한 감시를 명목으로
사실상으로는 자신의 핏줄인 장자를 멀리 유배 보낸 진시황의
심리는 어떤 것이었을까? 희생양에 대한 한 권의 책을 썼던
문학이론가가 그 해답의 일부를 주고 있다. 통일국가를 건설하기
위해 많은 피를 흘렸을 뿐 아니라 중앙집권 정책을 완수하기
위해 고안된 법치와 만리장성 축조와 같은 대형 공사로 백성의
원성과 반발을 축적했을 게 뻔한 진시황으로서는 그들의 증오와
폭력을 잠재울 희생양이 필요했는데, 그 이론가의 말을 빌리자면
이상적인 희생양이 되기 위해서는 두 개의 조건을 충족해야 한다.
희생양은 그 값어치가 클수록 좋으며, 복수의 방법이 차단되어

있어야 한다는 것이다. 위의 두 조건을 낱개로 보면 그럴듯하지만, 연결해서 생각하면 서로 상충되는 모순을 가진다. 희생양의 값어치가 크면 클수록 원성이 높은 백성에게 효과가 있을 게 뚜렷하지만, 값어치가 큰 희생양일수록 복수나 저항을 꾀할 수 있는 만만치 않은 물리적 힘을 갖추고 있을 것이기 때문이다. 하지만 자신의 아들이라면 두 개의 상충되는 조건이 해결된다고 진시황은 보았다. 충과 효라는 이중 구속에 놓인 아들이 아버지에게 복수의 칼을 갈지는 않을 것이니 말이다.

「일월」의 의도 가운데 하나는 『사기』에 짤막하게 언급된 부소의 유배와 죽음을 통해 역사 속에 숱하게 점철되어 있지만 우리가 간과하고 마는 희생양의 존재를 탐사해보고자 하는 것이었고, 이 작품을 쓰게 된 최초의 목적은 '진시황은 왜 정책상의 고언을 하는 첫째 아들을 유배 보낼 수밖에 없었던 걸까?'라는 질문에 답하는 것이었다.

2) 주제

진시황이 자신의 장자를 유배한 까닭에 대한 그럴듯한 답을 찾아보겠다는 것이 「일월」을 쓰게 된 최초의 목적이었으나, 그 질문은 작품을 쓰기도 전에 『희생양』의 저자에 의해 해소되고 말았다. 르네 지라르에 의해 해소되지 않은 점이라면, 진시황의 마음속에 부소를 다시 부를 마음이 있었다는 것이다. 다시 말해 부소의 유배는 백성의 원성을 눈가림하기 위한 방편일 뿐 엄밀한 의미의 희생은 아니었다. 그런데 부소는 아버지의 연기 혹은 정치술을 다 이해하지 못했다. 그래서 사자가 가지고 온 가짜 편지를 확인도 해보지 않고 자진해버렸다. 진짜든 가짜든 희생양에게는 또 그만한 대가가 내려져야 질서가 산다. 그럴 때 왕위는 부소에게 내려진 유배의 당연한 대가가 될 텐데도, 그는 그것을 눈치채지 못했다.

첫 번째 의문은 간단히 해소되었지만, '어떻게 진시황의 아들 부소는 가짜 유서를 받고 자진할 만큼 유약했던 걸까?'라는 두 번째 의문은 그대로 남았다. 유생들이 흙구덩이에 산 채로 매장당하는 것을 차마 볼 수 없어서 아버지 시황에게 직언을 했을 뿐 아니라 무용에도 뛰어났다던 부소. 『사기』에 그 나이가 정확히 명기되지 않아 20세에서 30세 사이로 추정되는 그는 적어도 그 나이만큼의 왕도(王道) 수업을 받았을 것이다. 그런데 사자의 편지 한 장을 받고 울며 내실로 뛰어 들어가 자진했다던 『사기』의 한 대목은 진시황의 입장이나 희생양 이론이란 시각과는 다른, 부소의 편에서 자신과 그의 아버지 진시황을 바라보는 또 다른 시각을 마련해준다.

부소는 나약했던 것이 아니라, 아버지 진시황으로 상징되는 권력이라는 악귀를 부정한 것이다. 「일월」에서 부소는 권태로운 유배를 견디기 위해 저술 활동을 하는데, 그는 프레이저가 쓴 『황금의 가지』를 수천 년이나 앞당겨 쓰면서, 왕이 되기 위해서는 선왕(先王)을 죽여야 하며 왕이 된 자는 자신의 후계자에 의해 늘 생명의 위협을 받으며 끝내는 후계자에게 죽임을 당하고 마는 주술적인 권력의 속성을 갈파한다. 이런 시각에서 보자면 진시황이 부소에게 유배를 내린 것은 희생양이 필요해서였기도 하지만 장자이자 왕위 계승자인 부소에게 위협을 느끼고 그를 견제하기 위해서였다고도 할 수 있다. 자신의 오른팔이나 다름없었던 몽염 장군을 함양에 두지 않고 이런저런 책무를 맡겨

변방으로만 겉돌게 한 것도 그와 같은 맥락이다.

아버지로부터 변방으로 내쳐짐을 당하는 순간 명민한 부소는 자신이 희생양이라는 것을 눈치챘을 수도 있고, 동시에 아버지가 자신을 경계하고 있다는 것을 깨달았을 수도 있다. 부소는 자신의 안위를 위해서 아들마저 희생양으로 삼을 뿐 아니라 아들을 견제하기까지 하는 권력의 세계가 환멸스러웠을 것이다. 그래서 그는 스스로 권력과 만리장성 안의 세계를 버리고 지상이 아닌 선계(仙界)의 왕이 되고자 불로장생약을 만드는 과학적 실험에 몰두하며 아름다운 문장을 쓰는 저술가가 되고자 한다. 하지만 그는 불로장생약을 만드는 데는 실패하고 서양의 연금술이 그러했듯이 엉뚱한 것을 만들어낸다. 부소는 불로장생약이 아니라 훗날 중국의 3대 발명품이라 불릴 화약·종이·나침반 같은 것을 미리 발명해서 아버지가 있는 함양으로 보낸다. 그것들이 제국을 더욱 넓히고 튼튼히 하는 데 요긴하게 쓰일 것이라는 편지를 동봉해서 말이다. 그리고 아름다운 문장을 쓰려던 소망으로 붓을 들기만 하면 자동기술적으로 프레이저의 『황금의 가지』와 같은 권력의 무자비한 마성과 마키아벨리의 『군주론』과 한 자도 틀리지 않는 무시무시한 통치술을 적어낸다. 아무리 부정해도 그는 이미 또 다른 아버지이고, 권력이며, 제국이었다.

과학과 저술이라는 수단을 통해 제국·권력·아버지로부터 도망하려고 했던 부소는 자신이 부정하려던 모든 것의 핵심이 남성성이라는 것을 직감적으로 알게 되고, 불로장생의 선약(仙藥)을 실험하다가 여성으로 성전환되는 약을 우연히 발견하게 되어 스스로 여자로 변신한다. 그리고 자신이 새로

선택한 아버지이자 남편인 몽염과 애정을 나누는 것으로
제국·권력·아버지로부터 도망하는 것과 함께 자기부정과 변신을
완성하게 된다.

　　작품 속에서 남성성에 대한 부소의 부정은 항상 달과
연관된다. 그래서 여성으로 변하는 선약을 먹고, 베토벤의
'월광'에 맞춰 스트립을 추며 "아아, 몸이 변한다! 흘러라, 흘러라
월광아!"라고 말한다. 달이 여성성과 연관된다면 태양은 남성성과
연관되어, 조고가 파견한 자객과 부소의 협객이 싸우는 장소는
"황사가 몰아치는 뜨거운 태양 아래"가 된다. 달과 해의 첨예한
부딪침은 희곡의 제일 마지막에 묘사되는데, 첫 번째 사자의
편지를 받고 먼저 자살한 부소가 영계(靈界)의 불사신이 되어
자신보다 뒤에 자진한 몽염에게로 와서 "몽염, 일어나라! 어서
가자, 만리장성 밖으로!"라고 불러일으켰을 때, 몽염은 부소를
따라 감옥을 나서다가 새벽달이 기울면서 새로 떠오르는 해를
보고 취한 듯이 움직이지 않는다. 이 장면에 제목이 가리키는
바, 곧 「일월」의 주제가 집약되어 있다. 부소가 만리장성 안의
세계, 다시 말해 남성성으로 대표되는 불사(不死)의 세계를 달
속에서 찾았다면, 생애에 한 번도 패배해보지 않았던 남성성의
또 다른 화신인 몽염은 여전히 만리장성 안의 세계, 고작 사면을
구걸하다가 끝내 자진하지 않을 수 없었던 좁디좁은 감옥의
수인(囚人)으로 태양을 훔쳐본다.

3) 형식
다섯 개의 장으로 나뉘어 있는 「일월」은 건국과 진시황의 죽음
뒤에 닥치는 멸망에 이르기까지 진 제국을 대표할 수 있는

대표적인 인물이 망라되어 등장한다. 1장에서는 진시황과 승상 이사가, 2장에서는 몽염 장군이, 3장에서는 부소가, 4장에서는 조고가 중심인물이 되어 이야기를 진행한다. 그리고 마지막 장인 5장에서는 진나라로부터 1,200년을 훌쩍 뛰어넘어 원(元)나라 시대의 극단이 등장해 부소의 죽음을 다시 한 번 정리한다. 연극의 진행 과정이 공개됨은 물론 배우가 관객에게 직접 설명하는 방식까지 서사극을 닮았지만, 토의를 목표로 하거나 이화효과(異化效果)를 극대화하려 하지 않는다는 점에서 「일월」은 서사극이 아니며, 오히려 적당한 감정이입과 환상 효과를 목표로 한다. 까닭은 이 희곡이 원대(元代)에 형성되고 만개했다는 중국 고유의 연극인 잡극(雜劇=京劇)에 대한 존경을 품고 있기 때문이다. 중국 전통의 미학은 주관과 객관을 종합하는 데 비해, 브레히트는 잡극으로부터 무대를 객관화하는 기술만을 취했다.

　「일월」의 필자가 고심한 것은 멀리 유배를 와 있으면서도 왕위에 미련을 떨치지 못한 부소의 자기부정이 주제가 되고 있는 3장으로, 거의 모노드라마에 가까운 주관성은 변방에 유폐된 황태자의 광기와 변신의 노력을 효과적으로 담아내기 위해서였다. 그리고 그런 광기가 개연성이라는 외줄타기를 아슬아슬하게 감내해야 하는 문학적 상상력의 역사적 재구성이라는 고리타분하고 재미없는 작업을 벗어나 관객에게 즐거움을 줄 수 있으리라고 믿어서였다. 문학적 상상력의 역사적 재구성이란 것이 '문학적 상상력'에 무게가 실린 작업이 아니라 자료와 역사적 편린에 의한 '역사적 재구성'에 무게가 실린 작업일 때, 『사기』에 하찮게 등장하는 부소를 복원하는 일은 의미도

흥미도 없는 일이 되고 만다. 또한 많은 경우 '문학적 상상력'이
아니라 '역사적 재구성'에만 급급히 또는 고분히 따르기 때문에
이런 유의 작품은 무미건조해진다. 기원전 213년, 중국의
북쪽 변방으로 유배된 진시황의 아들에 의해 이미 중국의
3대 발명품은 물론이고 축음기가 발명되고 베토벤의 여러
음악이 작곡되었다는 가상이나 일본의 지리적 발견 등은 그런
무미건조함을 가시게 하려는 고안이었음을 밝힌다.

2005. 2. 22.

대한축구협회에서 출간하는 월간지 『축구 가족』에 실을 수필을 쓰다.

나이 40이 넘으면 사전에 실린 모든 단어에 대해 자신만의 추억을 말할 수 있는 정도는 된다.

2005. 2. 23.

임진모의 『우리 대중음악의 큰 별들』(민미디어, 2004,
대중예술산책 4)을 읽다.

이 책을 읽으면 우울해진다. 신곡 발표가 여의치 않고 무대를
얻기가 어렵다는 사실도 문제이지만 진짜 문제는 새로운 음악
팬을 만나거나 만들어낼 수 없다는 것이다.

2005. 3. 19.

조영남이 쓴『친일 선언: 맞아 죽을 각오로 쓴』(랜덤하우스코리아, 2005)을 도서관에서 빌려 와 세 시간 만에 읽었다.

'친일파'라는 말은 어느 한 시기를 통해 특정한 의미가 생성된 '역사적 개념'이다. 이 용어는 과거에나 현재에나, 일제 36년 동안 식민 세력에 빌붙어 우리 민족의 존재와 우리 민족에 의한 국가의 존립 가능성을 능멸하고 부정한 집단을 가리키는 데 한정되어 쓰이고 있다. 그러므로 일본 만화영화나 J-팝, 일제 컴퓨터게임을 즐기는 청소년이나, 나처럼 오뎅에 뜨거운 사케를 즐기는 사람을 친일파라고 몰아붙이는 것은 어불성설이다.

실제로 일본 만화영화나 J-팝을 즐기는 현재의 젊은이들은 기성세대의 기우와 달리 일본의 대중문화뿐만 아니라 전 세계의 모든 대중문화를 통틀어서 좋아하고 있으며, 결정적으로 그들은 '물 타기'에 급급한 '원단 친일파'들이 신봉하는 것처럼 일본이 주도했던 36년 전의 대동아공영권을 신조로 삼거나 내선일체를 한국의 식민지 근대화로 용인하지도 않는다.

2005. 4. 23.
황지우의 희곡 『오월의 신부』(문학과지성사, 2000)를 읽다.

이 작품의 서두와 말미는 '똥'으로 시작하고 '방귀'로 끝난다.
작가가 거듭 그 모티브를 사용하는 의도는 늘 엄숙하게 말해지는
광주민중항쟁을 일상으로 끌어내리면서, 동시에 성화(聖化)하기
위해서이다. 다시 말해 광주민중항쟁은 하늘에서 떨어진 고귀한
영웅이 아니라, 공포 앞에서 '똥 싸는' 극히 연약하고 보잘것없는
인간들이 치른 것이다.

2005. 4. 26.

조영래의 『전태일 평전』(돌베개, 2001, 2차 개정판)을 읽다.

내게 가장 인상적이었던 대목은, 전태일이 평화시장 재단사들을
규합해서 만들었던 모임의 이름이었다. 전태일은 근로기준법에
여덟 시간만 노동하도록 되어 있음에도 불구하고, "우리는 그것을
몰랐으니 바보가 아니었느냐"면서 모임을 '바보회'로 정한다.
지혜로워지기 위해서는 먼저 "자신들이 바보라는 것을 자각해야
한다"고 생각한 것이다. 그리고 아주 불길하게도, 이 깨달음은
그를 분신으로 이끌어간다.

　　그는 많이 봐줘 봤자 고작 중학교 1학년 정도의 학력밖에
지니지 않았지만, 마르크스가 평생 런던의 왕립도서관을
출입하며 벼렸던 노동의 원리와 변증법을 혼자서 깨달았다.

2005. 4. 27.

J. D. 샐린저의 『호밀밭의 파수꾼』(민음사, 2001)을 읽다.

오늘 읽은 이 번역본이 단연 최고이다. 어느 판본에서도 앤톨리니
선생이 애무한 그 부분이 '귀두'였다고 명시되지는 않았던 것
같다.

2005. 5. 1.

'5·18 광주'를 바라보는 여러 가지 담론이 있다. 1980년 5월 18일에서 5월 27일까지, 열흘간의 전모는 아직 아무것도 밝혀진 게 없으며 사실 이전의 소문으로만 이야기될 때 광주는 전설이다. 그런 반면 광주에 관한 사실은 낱낱이 밝혀졌으며 피해 보상과 명예 회복이 충분히 이루어졌다고 믿는 사람들에게 광주는 교과서를 통해서 학습되는 역사일 것이다. 하지만 전설과 역사, 이 모두를 거부하면서 광주의 아픔은 아직 사라지지 않았으며 광주가 추구하고자 했던 의미와 가치는 계속해서 탐구되고 발전되어야 한다고 주장하는 사람들에게 광주는 현재진행형이다.

2005. 5. 15.

리처드 파인만의 회고록 『파인만 씨, 농담도 잘하시네!』
(사이언스북스, 2000)와 다치바나 다카시의 『우주로부터의
귀환』(청어람미디어, 2002)을 읽다.

솔직히 과학책에는 손이 잘 가지 않는다. 이 책에서 저자는 현대
서구 문화의 특징으로 인문과학과 자연과학 사이의 단절과 소통
불능을 아프게 꼬집고 있다. 물리학자는 셰익스피어를 이해하지
못하고 문학비평가는 상대성원리를 설명하지 못하기 때문에,
케임브리지 대학 교수 식당에서 만난 인문과 교수와 과학 전공
교수는 서로 말이 통하지 않는다는 것이다.

　　『우주로부터의 귀환』이 일본에서 출간된 게 1983년이니
벌써 20년도 더 전이다. 그래서 질투와 절망을 함께 느꼈다.
우리나라에서는 이런 기획이 지금도 가능하지 않다. 이 책이
재미있는 것은, 우주 비행의 기술적 문제보다 우주를 처음 대면한
인간의 내적 체험을 추적하기 때문이다.

2005. 5. 17.

페터 회의 『여자와 원숭이』(까치, 1999)를 읽다.

어제 읽은 『다니』에 의하면 침팬지와 인간이 대강 1.6퍼센트의
유전자 차이로 서로 다른 종으로 분화하기 시작한 때는 약
700만 년 전이라고 한다.

2005. 5. 23.
랜덤하우스코리아로 자리를 옮긴 함명춘 형의 요청으로, 곧
계약하게 될 『서울 금병매』에 관한 '개요' 내지 '창작 의도서'를
쓰다.

요즘 '문학의 죽음'이라는 말을 많이 한다. 또 아무리 좋은 글을
써도 '소설이 팔리지 않는다'며 자조하는 작가들과 출판인들도
많다. 문학이나 소설의 퇴조에는 득세하는 영화나 인터넷, 게임의
영향력을 무시할 수 없다. 하지만 유독 왜 한국에서만 변화하는
독서 환경의 피해를 더 심하게 겪는 것일까? 문학이나 소설의
죽음을 읊조리는 작가들이 반성해야 하는 점은 없는 것일까?
    소설이 한국사회에 충격을 주고 또 독자들이 환호한 때가
두 번 있었다. 일제 식민지 시대와 1970년대가 그렇다. 첫 번째
시기에 나온 게 『무정』을 비롯한 이광수의 숱한 소설들이었으며,
채만식과 염상섭이 그 뒤를 이어 한국 소설을 만개했다. 두 번째
시기는 『별들의 고향』으로 대표되는 최인호와 조선작, 조해일,
박범신 등의 1970년대 작가의 등장이다.
    한국 소설이 위력을 발휘한 두 시기의 시대적 공통점은
'격변기'로 정리될 수 있으며, 그들의 소설적 특징은 하나같이
'세태소설'이었다. 『무정』을 단 한 마디로 '자유연애' 개념을 처음
퍼뜨린 소설이라고 설명할 때, 또 『별들의 고향』을 '호스티스
소설'이라고 거칠게 폄하할 때, 두 시기의 대표작이 관통하는
소설적 특징은 바로 세태소설이다.
    2000년대 초입의 한국은 식민지 시대나 산업화가 막
완성된 1970년대보다 더 격심한 변화를 겪고 있다. 전통적인

가치관과 가족 형태는 물론 국제 환경마저 이전 세기와는
비교할 수 없이 다른 세계를 우리는 살아야 한다. 그런데도
그런 사회현상과 밀착한 세태소설은 아직 나오지 않았다. 순수
작가들은 내면 탐사에 집중하느라 독자들이 살아 숨 쉬는
세태를 외면했고, 그 커다란 틈을 이원호 같은 작가가 나서서
메우고 있는 형편이다.

　　이광수, 채만식, 염상섭은 물론이고 발자크나 도스토옙스키
같은 세계의 문호들은 모두 세태소설을 썼다. 한때 인기를 모았던
일급 소설가 쿤데라의 모든 작품 역시 그랬다. 그런 뜻에서 내면
탐구나 가상현실은 우리 문학의 '컬트'가 되어야 하지 주류가
되어서는 안 된다. 나는 오랫동안 작가주의를 자처하는 한국의
젊은 소설들을 읽으면서 이런 반문을 해왔다. '요즘 작가들은
신문의 사회면을 전혀 읽지 않는군.' 그래서 나는 『삼국지』를
쓰는 바쁜 시간 중에, 언젠가 한번은 이용할 요량으로 신문
사회면을 꼼꼼히 스크랩해 두었다.

2005. 5. 24.
정윤수의 『축구장을 보호하라』(사회평론, 2002)와
닉 혼비의 『피버 피치』(문학사상사, 2005)를 읽다.

『축구장을 보호하라』를 읽으며 좋은 축구 관련 서적 한 권을
읽게 되었다는 기쁨과 함께, 정윤수라는 멋진 글쟁이 한 명을
발견한 놀라움도 크다. 이 책은 2002년 한일 월드컵의 열정을
담은 '추억의 앨범'이면서, 종횡무진 하는 인문학적 깊이와 사회적
성찰로 적어나간 축구에 관한 '모든 것'이 독자에게 기쁨을 주는
미문에 담겨 있다.

　　『피버 피치』를 쓴 닉 혼비는 축구 중독자가 아니라, 엄밀히
말하자면 아스날 중독자이다. 이 사람은 아스날 팀이 없어지면
다시는 축구장 근처에도 얼쩡거리지 않을 사람이다.

사족1: 2002년 한일 월드컵 이후, 내가 가장 좋아하는 선수는
차두리이다. 내 세대까지만 해도 서양인의 당당한 체구에
콤플렉스를 가지고 있다. 그걸 한방에 날려 보낸 사람이
차두리이다.

사족2: 『피버 피치』에서 보면, 축구 경기장에서 가장 선망을
받는 남자는 여자 친구를 데리고 온 사람이라고 한다.

2005. 6. 14.

한일공통역사교재 제작팀의 『조선통신사』(한길사,

2005)와 한중일3국공동역사편찬위원회의 『미래를 여는

역사』(한겨레신문사, 2005)를 읽다.

2001년, 비록 채택률 0.039에 그치긴 했지만, 소위 새로운
역사를 만드는 모임(새역모)이 펴낸 후소사판 역사교과서는
동아시아를 소란하게 했다. 일본군이 전쟁에서 승리한 것은
백인의 식민지 지배에 시달리던 현지 사람들의 협력 때문이며,
일본의 전쟁 목적은 자존·자위와 아시아를 구미의 지배에서
해방시키기 위해서였다는 허무맹랑한 소리로 주변국의 반발을
샀다.

또한 그 교과서는 임나일본부설과 임진왜란, 대한제국
병합과 식민 통치 등에서 무려 스물다섯 군데의 왜곡과 누락으로
한국 정부와 시민단체의 항의와 수정 요구를 받았다. 이에
일본의 한 신문은 새역모의 역사교과서 검정과 채택에 반대하는
한·중 정부와 여론에 대해 '교과서 검정과 채택은 일본 국내
문제이며, 교과서 채택 저지 운동을 하는 것은 내정간섭'이라는
사설로 불편한 심기를 드러냈다.

한 나라의 국사(國史)는 자국의 정체성이나 '국민 만들기'와
직접 관련된다. 때문에 타국의 국사교과서에 간섭하는 것은
내정간섭일 수 있다. 하지만 그렇다고 해서 역사 기술의 자민족
중심주의가, 여러 나라의 기억이 얽혀 있는 역사적 사건을
자의적으로 구성해도 된다는 말은 아니다. 여러 나라를 관통하는
하천이 그 강을 함께 쓰는 여러 나라의 공공재인 것처럼, 공공의

감각과 상식 또는 국제적 소통과 합의를 얻지 못한 역사적
재구성은 유독물질을 하류에 방류하여 분쟁을 일으키는 것이다.

바로 그런 염려 때문에 1982년 최초의 교과서 파동 때
일본은 '근린 제국 조항'을 역사교과서 검정 기준 가운데 하나로
설정했고, 그 조항을 근거로 한국을 비롯한 동아시아 국가들은
일본에 항의할 수 있었다. 거기엔 "이웃한 아시아 여러 나라
간에 근·현대사의 역사적 현상을 언급할 때는 국제 이해와 국제
협조의 견지에서 필요한 만큼의 배려를 해야" 한다고 명시돼
있다.

새역모와 그 주변에 포진한 우익 인사와 자민당 내의 강경
보수 인사들이 후소사판 역사교과서를 통해 획책하는 것은,
자학 사관의 극복을 통해 '전쟁을 할 수 있는 나라'를 만드는
것이다. 이미 일본은 국외 파병을 감행하여 방어 목적의 자위대
원칙을 파기했으며, 전쟁을 금지하는 평화 헌법을 고치기 위한
시도도 심심찮게 외신을 타고 있다. 더욱 섬뜩한 것은, 러일전쟁
100돌이던 작년의 일본 분위기였다. 대중소설이긴 했지만,
러일전쟁을 모델 삼아 국가 전략을 짜야 한다는 주장도 나왔다.
100년 전에는 일본이 조선을 놓고 러시아와 싸웠다면, 이제는
자기 목을 겨누고 있는 흉기(한반도)를 놓고 중국과 일전을 해야
한다는 거다.

일본 우익의 자학 사관 극복 원년이, 역설적이게도
동아시아의 자민족 중심주의 역사를 해체하는 원년이
되어버렸다. 참여 주체나 필진은 다르지만 한 달 간격으로
나란히 출간된 한일공통역사교재 제작팀의 『조선통신사』와
한중일3국공동역사편찬위원회의 『미래를 여는 역사』는, 2001년

새역모 파장에 대응하고자 자발적으로 모인 한·중·일 역사학자와
교사들의 공동 결과물이다.

앞의 책은 조선통신사가 조선의 조공 사절이 아니라
문화 사절단이었음을 분명히 하면서, 일본이 조선통신사를
불필요하게 여기게 된 시점과 개국 직전의 선택을 분석한다. 한편
뒤의 책은 근대국가의 역사에서 중요시되는 민족이나 근대화
담론을 벗어나, 인권과 평화 같은 인류 보편의 가치를 동아시아
연대 앞에 제시하고자 한다. 하지만 중국의 6·25 참전 같은 문제
앞에서 중국의 일국사(一國史)를 철저히 보호하고 있다. 고대와
전근대사가 아예 생략된 것을 약점으로 여길 독자도 있겠지만,
시간이 먼 과거의 역사일수록 근대국민 국가관이 조작적으로
투영되기 일쑤라는 고대사의 상식을 알기에, 근·현대사부터
차근히 맞추어가는 것이 오히려 괜찮다고 본다.

2005. 6. 27.
전봉관의『황금광시대』(살림, 2005)를 읽다.

골드러시라고 하면 우리는 1849년 캘리포니아에서 벌어진, 바다 건너의 이야기로만 생각한다. 하지만 우리나라에도 골드러시가 있었다. 일제 금 산출 장려가 금광 열풍을 크게 고무한 사실도 맞지만 1930년대의 조선의 시대상도 무시할 수 없다. 당시의 조선은 전통 질서가 붕괴되고 세계 자본주의 체제에 막 편입하고 있을 때였다. 이것을 직시해야만, 금이나 금광이 아닌, '금광 출원증'이란 광업권 증서가 이 사람 저 사람에게 팔려 다니며 몇백 배씩 부풀려진 '투기' 상황을 이해할 수 있다.

2005. 7. 2.

서울대행정대학원통일정책연구팀의 『남과 북 뭉치면
죽는다』(랜덤하우스코리아, 2005)를 읽다.

이 책은 인간이 그렇게 선한 존재가 아니거니와 경쟁이 없는
사회에는 정체와 퇴보만 있을 뿐이라는 반사회주의 교의를
되풀이하면서, 개인의 이익 추구가 공동선(共同善)을 가져온다던
'보이지 않는 손'이 오래전에 '더러운 손'이 되었다는 사실은
쏙 빼놓는다. 자본의 무제한적인 독점과 전횡이 이루어지는
신자유주의 광풍 속에서, 퇴출의 칼날을 맞는 피고용자들은
언제나 '노력과 책임이 부족하며 도전정신이 없는 미성숙한 사회
인자'로 치부된다. 그것이 기세 좋게 "사회주의적 인간"을 두들겨
팬 저자들의 흰 손에 묻은 핏자국이다.

2005. 7. 17.

정두희의 『조광조: 실천적 지식인의 삶, 이상과 현실
사이에서』(아카넷, 2001, 증보신장판)를 읽다.

조광조는 죽고 난 뒤, 유교 이념을 구현하기 위해 목숨을
바쳤던 '순교자'로, 조선왕조의 유교 문화를 발전시킨 '초석'으로
추앙받지만 당대의 평가는 상반되었다.

　　그는 '공자 말씀'을 무기로 사사건건 왕과 훈구 세력을 함께
압박했다. 중종은 조광조를 이기지 못해 조선왕조 건국 때부터
있어왔던 소격서(昭格署, 기우제를 지내는 도교 관련 사당)를
폐지할 수밖에 없었고, 중종반정으로 조정의 주류가 된 훈구
세력은 위훈삭제(僞勳削除) 공세를 받고 전전긍긍했다.

2005. 7. 25.

리영희·임헌영의 대담집 『대화: 한 지식인의 삶과 사상』(한길사, 2005)을 읽다.

이 책을 읽으며 크게 깨우친 것이 있다면, 지성인의 자주성과 세계성에 관한 것이다. 리영희 선생의 모든 글이나 사고의 기본 전제는 '한국에 관한 글을 쓰면서 세계(문제)를 아울러 생각하고 세계(문제)에 관한 글을 쓰면서 동시에 한국을 생각한다'는 점이다.

2005. 8. 4.
라츠네프스키의 『칭기스한: 그의 생애와 업적』(지식산업사,
1992)을 읽다.

___

이 책을 읽고 난 뒤 원나라 혹은 몽골 역사에 대해 정확히 알 수
있는 것은, 역설적이지만 '몽골족에게는 신빙할 만한 역사서가
없다'는 것이다.

2005. 8. 10.

존 키건의 『전쟁과 우리가 사는 세상』(지호, 2004)을 읽다.

집으로 돌아와 단번에 읽어 치운 이 책에 대한 소감은 '분(糞) 밟았다'고밖에 더 할 말이 없다.

전쟁을 할 수 있는 권리를 국가(정부)에게만 부여하는 것은, 원래 유럽 제국주의자들이 만든 악법이다. 흔히 전쟁 포로에 대한 인도적 보호 장치라고 알려진 제네바협약은, 이를테면 정식으로 군복을 입고 견장을 갖춘 정규군만을 전쟁 포로로 예우한다. 이것이 의미하는 바는, 부당한 외세의 무력에 굴복한 나라에서 벌어진 민중 투쟁이 모조리 범죄자에 의한 범죄행위로 간주된다는 것이다. 강대국들끼리 정해놓은 '그들만의 리그' 속에서 약소국가의 민중 투쟁은 한낱 불량배의 그것으로 격하된다.

2003년 미국과 영국 등 연합군이 이라크를 상대로 벌인 전쟁에서 개전 초기에 미국의 포로가 된 이라크군은 현재 유엔이 정한 국제전쟁포로재판소가 아닌 쿠바에 있는 관타나모 미군기지에 구금되어 있다. 미 국방성에 의하면 이들은 전쟁 포로가 아니라 범죄자이다. 까닭은 교전 당사국이었던 미국에 의해, 이라크가 '국가'로 인정받지 못했기 때문이다.

영국은 제2차 세계대전 이후 한 번도 추악한 전쟁에 가담한 적이 없었다고 공표하는 이 책은, 아주 놀랍게도 영국이 자랑한다는 BBC 라디오의 강연물이라고 한다.

2005. 8. 14.

박성래의 『레오 스트라우스: 부활하는 네오콘의 대부』(김영사,
2005)를 읽다.

네오콘(neoconsevertive, 신보수주의자)이 설명될 때마다
거론되는 인물이 있다. 레오 스트라우스(Leo Strauss).
네오콘에게 끼친 그의 사상적 영향력이 얼마나 컸으면, 아예
'레오콘'이라고까지 부를까?

　　나치가 득세하기 직전, 세계에서 가장 민주적인 헌법을
가졌다는 바이마르공화국의 혼돈은 일부 지식인들에게 '신 없는
세계의 당연한 결과'로 비쳤다.

2005. 8. 28.
라인홀트 노이만 호디츠의 『칭기스칸』(한길사, 1999)을 읽다.

민족주의의 발호를 억압하고자 했던 소련은 칭기즈칸을
압제자로 평가한 반면, 중국은 칭기즈칸을 "몽골 부족들을
하나로 만들면서 분열된 중국의 통합에 간접적으로 기여"했다고
평한다.

2005. 8. 29.

잭 웨더포드가 쓴 『칭기스칸, 잠든 유럽을 깨우다』(사계절, 2005)를 읽다.

칭기즈칸이 고작 10만에 불과한 몽골 전사를 거느리고 중국은 물론이고 아랍과 유럽의 일부까지 정복할 수 있었던 비결은, 사냥과 유목으로 다져진 전투 기술과 군사적 기율 때문이었다. 거기다가 칭기즈칸은 정보전(情報戰)과 이간계(離間計)에 능했다. 흔히 한족(漢族)과 같은 정주민들이 쓰는 전술이라고 알려진 그것들이 실제로는 유목민들의 전매특허였다는 사실은 새롭다.

2005. 9. 7.

장하준의 『사다리 걷어차기』(부키, 2004)를 읽다.

영·미의 주류 경제학자들은 자신들이 후진국일 때의 역사적
경험을 기억하려 들지 않을 뿐 아니라, 역사적 접근 자체를
거부한다. 그들은 애덤 스미스가 『국부론』(1776)을 발표한
이래로 줄곧 자유방임주의를 위해 선전(善戰)해온 듯이
왜곡하면서, 그것이 자국의 성공 비결이었다고 주장한다. 하지만
사실은 꽤 다르다. 일례로 영국의 섬유 산업이 유럽 대륙을
물론이고 식민지 인도보다도 낙후했던 18세기 전반, [영국은]
높은 관세에다 수입 금지 처분에 이르기까지 온갖 보호 정책으로
국내 산업을 육성했다.

2005. 10. 26.

장영희의『내 생애 단 한 번』(샘터사, 2000)과『문학의 숲을
거닐다』(샘터사, 2005)를 읽다.

저자의 에세이는 아주 평범한 소재를 평이하게 서술해가다가,
끝부분에 이르러 주제의 확대와 반전이 이루어지곤 한다. 그래서
단편소설을 읽는 것 같은 재미를 준다.

　　이 두 권의 책에 실린 에세이의 많은 경우는 저자 자신의
인간적 약점과 누구나 조금씩 가지고 있는 것으로 보이는
이중성을 고스란히 드러낸다. 특히『내 생애 단 한 번』에 실린 글
가운데「못 줄 이유」,「겉과 속」,「미안합니다」는 앞서 지적했던
단편소설적인 재미와 함께, 자기 '마음의 장애'를 드러내는 것으로
독자의 마음마저 움직이는 명편이다.

2005. 11. 1.

『누가 왕을 죽였는가』(푸른역사, 1998)라는 제목으로
초간되었다가 최근 제목을 바꾸어 재간된 이덕일의『조선 왕
독살사건』(다산초당, 2005)은, 스물일곱 명의 임금 가운데
독살설에 휘말린 여덟 건의 사례를 연구한다.

　　개혁을 시도하다가다 수구파에게 독살된 절대 계몽
군주라는 '정조 신화'를 대중에게 널리 알린 사람이 이인화이다.
그가 쓴『영원한 제국』(세계사, 1993)은 오늘의 선진화된
유럽 국가는 봉건시대 말기에 하나같이 강력한 절대왕정기를
거쳤다는 사관(史觀) 아래, "홍재유신이 실패함으로써 우리
민족사는 160년이나 후퇴했다. 우리의 불행은 정조의 홍재유신
대신, 박정희의 10월유신을 경험"할 수밖에 없었던 사실을
안타까워한다.

　　사전처럼 곁에 두고 보는 이이화의『한국사 이야기』는
정조 사후 꾸준히 나돌았던 독살설을 노론 벽파에게 오랫동안
소외되어 울분에 빠져 있던 영남 남인과 일부 소론이 지어낸
것이라며 배척한다.

　　유봉학의『정조대왕의 꿈』(신국문화사, 2001)은, 정조
독살설이 솔깃한 까닭이 "자주적 근대화에 실패했던 원인"을
통속적으로 해명해주기 때문이라고 말한다.

　　정조의 정치와 개혁 정책에 관한 가장 폭넓고 냉철한
평가는 박현모의『정치가 정조』(푸른역사, 2001)에 기술되어

있다. 실제로 정조가 죽던 재위 24년째 대왕은 "연신(筵臣)
중에 나와 나이가 같은 자는 소년이나 다름없는데 나는 정력이
이러하니 이상하지 않은가"라며 피폐해진 육신을 슬퍼했다.

근대를 맞이하기 위해 절대왕정기가 '필수 코스'라고 믿어온
우리의 서구 중심주의를 재고하게 해준다. 오늘의 관점으로든
당대의 관례로든, 사대부들보다 정조가 오히려 보수적이었던
것이다.

2005. 11. 15.

다카하시 데쓰야의 『야스쿠니 문제: 결코 피할 수
없는』(역사비평사, 2005)을 읽기 전에, 박수태의 『일본의
신사』(살림, 2005, 살림지식총서 193)를 읽었다.

다카하시 데쓰야는 천황이 야스쿠니를 특권화하고 격을 높이게
된 까닭을 여러모로 분석한다. 그 가운데 하나는 "유족의 불만을
진정시키고 그 불만이 결코 국가를 향해 터지는 일이 없게
하"려는 것으로, 자식을 잃은 유족의 슬픔은 '국가적 의례'를
거침으로써 "슬픔에서 기쁨으로, 불행에서 행복으로" 바뀐다.
그런 감정의 연금술을 통해 야스쿠니는 "천황과 조국을 위해
죽기를 원하는 병사들을 끌어내"려는 좀 더 긴급한 목적을
달성한다. 그래서 저자는 야스쿠니를 "대일본 제국 군국주의의
지주(支柱)"라고 적시한다.

전몰자를 위한 국립 추도 시설은 어느 나라에나 있고,
전몰자에 대한 추도는 그 나라만의 권리일 텐데, 일본만 이런
항의를 받는 까닭은 무엇일까? 그것은 수상의 야스쿠니
참배가 "전사자에 대한 애도를 넘어서 전쟁 그 자체의 성격"과
전후의 "전쟁 책임" 문제를 되풀이해 묻기 때문이다. 특히
문제가 되는 것은 야스쿠니에 합사된 열네 명의 A급 전범으로,
그것은 일본이 승전국의 '세리머니'일 뿐이라고 억울해하는
극동국제군사재판(일명 도쿄 재판)을 전면 부정하는 행위이다.
그 사실이 일본의 역사 왜곡과 더불어 위안부와 징용자 처리 등
해결되지 않은 피해 보상을 기다리고 있는 인접 국가의 분노를
사고 있다.

이 책의 가장 드높고 빛나는 부분은, 국가가 군사력을 보유하고 있는 한 전쟁은 피할 수 없고, 전사자를 추모하기 위해 전 세계 어디에서나 제2의, 제3의 야스쿠니는 계속 만들어질 것이라고 말하는 대목이다. 이 지점에서 야스쿠니라는 특수한 문제는 인류 보편의 숙제가 된다.

2005. 12. 14.

김형수의 『문익환 평전』(실천문학사, 2004)은 작년에 출간된
평전 가운데 꼭 읽어보고 싶었던 책이다.

모든 위대한 사람들의 내면에는 고향이 있다. 북간도는
생활공간이자 해방의 전초기지였고, 아직까지 만주를 우리
땅이라고 여기는 조선 백성이 살고 있던 역사의 땅이었다.
안중근이 문 씨 집안의 식객으로 있으면서 사격 연습을 했다는
일화가 웅변해주듯, 어떤 계파를 막론하고 무슨 일 하나 북간도
구성원들의 도움을 받지 않으면 안 될 정도로 망명자들의
공동체는 20년 만에 엄청난 사회를 구축해버렸다.

2006. 3. 1.
이우환의 『시간의 여울』(디자인하우스, 2002)을 읽다.

나는 이 반가운 책을 사흘 전에 헌책방에서 찾아냈다. 원래 이
책은 1994년 같은 출판사에서 같은 제목을 달고 출간되었으나,
이번에는 번역자를 바꾸고 여섯 편의 산문을 더했다.

　　화가의 산문을 읽을 때는 나쁜 버릇이 발동한다. 글에서
화가의 예술관이나 논리, 방법론 등을 찾아내려고 애를 쓰게
된다는 말이다. 의식하지 않으려고 해도 '종환'(鐘幻)이나
'아크로폴리스와 돌멩이' 같은 글을 읽게 되면 저절로 이우환의
그림을 떠올리고, 글과 그림 사이에 가느다란 점선을 긋게 된다.
'과연 화가는 이런 독법을 원할까?'라는 생각을 하게 된다.

2006. 4. 8.
오스카 와일드의 『도리언 그레이의 초상』(황금가지, 2003)을
읽다.

이 소설을 다시 읽기 위해, 대구시립중앙도서관엘 갔다. 그런데
책을 빌리러 간 도서관 정문의 광장에서 '굉장한' 것을 봤다.
이제 갓 고등학교를 졸업했거나 재학 중일 것 같은 20여 명의
여학생들이 4열로 도열해 있고, 그 학생들 앞에는 그보다 겨우
두어 살 더 먹었을 여학생 세 명이 자기들끼리 무엇인가를
의논하고 있다. 그런데 지각을 한 여학생 한 명이 급히 와서 선배
여학생 세 명에게 90도로 절을 하고 나서 먼저 도열해 있는
학생들 자리로 간다. 여자 일진회인가? 궁금하여 물어본즉, '영화
동아리'란다.

　　그 여자 후배는 물론이고 그 선배 여학생은 자기 부모에게
90도로 인사를 할까? 집에서도 하지 않는 일을 동아리의
선배에게 한다? 저런 관습을 누가 만들었나? 다 어른들
잘못이다. 학교에서 군대에서, 직장과 사회에서, 어른들이 만들고
본을 보이지 않았다면, 저럴 리 없다. 2006년 4월 8일, 토요일
오후 1시는 잊을 수 있다. 하지만 대구중앙도서관에 갈 때마다
나는 우울해질 것이다.

2006. 7. 6.

조셉 콘래드의 『암흑의 핵심』(민음사, 1998)을 다시 읽다.

커츠 대령으로 분한 말론 브란도가 "나는 공포의 맨얼굴을 보았다"고 음울하게 속삭이는 「지옥의 묵시록」의 원작이 바로 『암흑의 핵심』이다.

'암흑의 핵심'은 19세기 유럽의 식민주의자들이 겁탈하고 있는 아프리카 대륙이면서, 동시에 수천 년간의 문명화나 고등 종교 또는 과학기술로도 개선되지 않고 진화되지 않은 인간의 '어두운 마음'(작품의 원제 *Heart of Darkness*를 상기할 것이다)이다.

2006. 9. 15.

2001년 『열정』과 『유언』을 선보인 이래로 솔 출판사에서는
『이혼전야』(2004), 『결혼의 변화』(2005) 등 산도르 마라이의
주요 작품들을 연속해서 발간하고 있다.

　　그가 "위대한 유럽 작가의 재발견"이란 언론의 격찬을
받으면서 토마스 만, 프란츠 카프카, 로베르트 무질 같은
거장들과 비견되기 시작한 것은, 작가가 마지막 망명지인
미국에서 89세의 나이로 자살하고 난 뒤의 일이다. 산도르
마라이의 부활을 알린 신호탄은 1998년 이탈리아에서 발간되어
단번에 10만 부가 팔린 『열정』. 마르케스의 『어느 예고된 죽음의
연대기』만큼 강력한 흡인력을 가진 이 소설은, 언뜻 보면 흔한
치정 이야기이다.

2006. 10. 2.

줄리 테이머의 『THE LION KING: 브로드웨이 신화
탄생』(지안출판사, 2006)을 읽다.

내가 이 책에서 가장 흥미롭게 본 부분은, 배우들이 동물로 변한
자신의 캐릭터를 어떻게 연기해야 하는지에 대한 것. 여러 종류의
동물로 분장한 배우는 "자기 연기 속에 동물과 인간의 양면성"을
담아내야 했다. 다시 말해 동물의 양식화한 몸짓만으로는
관객과의 내면적 공감대를 형성하지 못한다. 사실적이고
정형화되어 있으며 과장된 동물 묘사만으로는 부족하기 때문에,
거기에는 인간의 정취가 묻어나야 했다(동물들의 '의인화' 연기?).

2006. 10. 3.
모옌의 『탄샹싱』(중앙M&B, 2003)을 읽다.

'탄샹싱'은 단향형(檀香形)의 중국식 발음으로, '박달나무
형벌'이란 뜻이다. 역대 중국 왕조의 형부에서 사용된 혹형
가운데 혹형으로, 이 감상문에서는 설명을 생략한다. 대신
임신부나 노약자는 물론이고 심약한 독자에게는 이 소설을
금한다. 선정적인 광고 효과를 노리기 위해서가 아니라, 출판사는
반드시 위와 같은 경고를 '띠지'로 만들어 책표지에 둘러야 한다.
    모옌의 『탄샹싱』은 '중국인은 구경꾼이다'라는 노신의
정의를 정면으로 뒤집는다. 주인공들 하나하나가 모노드라마
배우와 같은 도취에 빠져 있기는 하지만, 그들은 더 이상
구경꾼이 아니다. 그들은 자신들의 온갖 행동거지가 역사에 길이
남을 것을 확신한다.

마썬의 『중국 현대연극: 100년의 역사』

(한국외국어대학교출판부, 2006)를 읽다.

나는 약간 좌절을 느꼈다. 1930년대에 쓰인 희곡 가운데 이만한
희곡이 어디 있던가? 세계문학을 통틀어도 이 4부작에 비견할
작품은 흔치 않을 것이다. 그럼에도 불구하고 나는 서구인의
눈으로 중국 문학을 보고 있었다. 다시 말해 내가 일찍이
가오싱젠(高行健)을 읽은 것은, 노벨문학상이라는 서구의 품질
보증을 확인하고서이다.

　　중국이나 대만의 연극사 모두 중국 현대극의 효시를
1906년 춘류사가 공연한 「춘희」로 잡고 있는데, 무척
흥미롭게도 이 작품은 중국 땅에서가 아니라 일본에서 유학 중인
중국 학생들에 의해 도쿄에서 공연됐다.

　　일본 신극의 역사는 1894년 청일전쟁 때, 서구를 숭상하던
일본 청년들이 서양 현대극을 들여와 군대의 사기를 북돋우기
위한 목적으로 공연을 하면서부터이다. 일본의 신파극이나
그로부터 영향받은 한국과 중국의 신파극들이 모두 자기 전통과
매정히 단절하고 오늘과 같은 형태의 서양극을 한 것으로
착각하고 있지만, 3국의 신파는 모두 전통 연극의 탯줄을 완전히
잘라내지 못한 개량 신파였다.

2006. 10. 21.
무라카미 하루키의 『무라카미 라디오』(까치, 2001)를 읽다.

유치원생 작문만큼 유치하지는 않지만, 일급 작가가 쓸 만한
에세이는 분명 못 된다.

　　나는 아주 오랫동안 "내 소설은 쓰레기"라고 공공연히
말하고 다녔다(지금도 생각은 그렇게 한다). 그런데 그런 말을
한 10여 년쯤 하고 보니, 내 소설만 아니라 사람까지 쓰레기가
되는 거였다. 소설은 그 사람의 인격이고 평가 기준이 되는 건가,
아니면 자기 문학을 보호하기 위해 자신의 인생을 총알받이로
삼는 건가?

2006. 11. 15.

이달 13일, 몇 년이나 출간을 질질 끌어온
『공부』(랜덤하우스코리아)가 나왔다. 아래는 어느 경제 신문사와
했던 지면 인터뷰. 어떤 질문이었는지는 독자의 상상에 맡기고,
나의 답변만 초록한다.

1. 워낙 공부 하면, 각종 시험하고만 연관되는 청소년기를
지나왔던 탓에 이 단어를 지긋지긋하게 여기지만, 실은 공부란
배우고 깨달으며 삶의 길을 열어가는 '평생 친구' 같은 거죠.

2. 특별히 역사에 관심이 있었던 게 아니라, 오늘의 한국
사회라는 현실을 들여다보려니까 자연스레 역사에 조회하지
않고는 아무것도 알 수 없더군요. 시사나 사회 현안을 다룰 때
종종 겪는 소통상의 혼란은, 역사에 대한 정확한 지식이 없을 때
생기더군요.

3. 책을 읽다 보면 자신이 책을 선택하는 경우보다, 책이
책을 소개하거나 새로운 질문과 숙제를 내는 경우가 많습니다.
저는 그 흐름을 즐깁니다. 모든 책을 다 진지하게 대하지만, 제가
한사코 피하는 책은 요즘 쏟아지고 있는 『의자의 역사』, 『설탕의
세계사』, 『향수의 사회사』, 『교양의 탄생』 따위의 말랑말랑하고
손쉬운 교양물입니다. 적어도 대학 교육을 받은 독자라면 이런
'킬링 타임'용 책은 가려낼 줄 알아야 합니다.

4. 뭣 하나 아쉬울 것 없는 SBS 여자 아나운서가
미인대회에 출전하는 까닭이 뭐라고 생각하세요? 나는 지성적일
뿐 아니라, 이렇게 아름답기까지 하다는 자기 허영을 만족시키기
위해서요? 아니죠. 거기엔 허영이 아닌 굉장히 실용적인 계산이

들어 있습니다. 품위든 지위든 눈치 보지 말고, 상품 가치가 있는 것이면 뭐든 이용해서, 젊어서 벌 수 있을 때 한몫 챙겨놓아야 한다는, 그야말로 실용적인 계산이요. 실용서가 득세를 이루는 것은 우리 사회의 생존 경쟁이 그만큼 치열해졌다는 것과, 경제적 낙오자에 대한 우리 사회의 처벌(?)이 그만큼 냉혹하다는 것을 확인시켜줍니다.

5. 40세 때부터 『삼국지』를 쓰기 시작했는데, 중년이라는 나이와 『삼국지』라는 역사 장르가 저의 독서 습관을 많이 바꾸어놓았습니다. 또 저의 관심은 사회를 향해 있는데, 요즘 문학이 그걸 충족시키지 못하고 있다는 아쉬움도 있고요.

6. 현재 여섯 권이나 출간된 『독서일기』는 책이 먼저 있고 독후감이 뒤따른 경우이고, 이번 책은 테마가 먼저 정해지고 나서 읽어야 할 목록이 부가된 경우입니다. 또 『독서일기』가 주관적인 인상을 날것으로 살리려 했다면, 이번 책은 논리와 구성에 신경을 썼습니다.

7. (실은 '장정일의 인문학 부활 프로젝트'라는 이 책의 부제는 저도 책을 받아 보고서야 알게 되었습니다. 할 말이 없군요. 해봤자 너무 빤한 답일 것 같아서…. 그래도 하라니) 석가모니나 공자, 예수 같은 인류의 스승들이 살았던 시절은 굶주림이 일상화된 시절이었습니다. 그런 시절에도 성인들은 '밥만으로는 살 수 없다'고 말했고, '여하튼 밥이 먼저'라고 강조하지 않았습니다. 대중 최면일 수도 있지만, 당대의 사람들은 그 말의 진의를 이해했습니다. 그런데 굶주림이 해결된 이런 문명 시대에 '밥만으로는 살 수 없다'는 말이 왜 그때보다 더 공소(空疏)하게 들리는지….

8. 저는 2002년 대선을 한국 사회의 이념적 극단이 드러난 분수령이라고 생각합니다. 좌우익 논쟁이나 대미 관계, 친일 청산 같은 문제는 이전의 지역 갈등보다 더 첨예화될 거고요. 소설가의 입장에서 이건 절대 놓칠 수 없는 참 재미있는 풍경이거든요. 대미 관계나 친일 청산 등의 문제에 대해 우리 사회가 쉽게 합의하지 못하는 것은, 그 문제를 생산하는 언론이나 논전자들이 모든 문제들을 정략적으로 생각하고, 또 제 논에 물 대기 식으로 사료나 논리를 이용하기 때문이죠. 또 그 문제들이 종료가 아닌 여전히 진행형이자 막강한 규정력을 갖고 있기 때문에 더욱 풀기 어려운 점도 있고요. 그래서 역사에 조회도 해보고, 외국의 사례에도 관심을 가졌던 거죠.

9. 사회 현안이나 역사에 관심을 기울였던 『공부』를 외도라고 생각하지 않습니다. 책을 '쓰는' 사람과 책을 '읽는' 사람은 동의어이고, 예전부터 문학과 역사는 서로 대체 가능한 단어였습니다. 앞으로 선정만 해놓고 못 다 쓴 30여 가지의 주제로 『공부』를 한 권 더 쓰려고 합니다.

10. 글쎄요, 읽을수록 저의 무지만 더욱 깨닫게 하던데…. 책을 너무 많이 읽어서 불가지론자가 될 확률보다는, 책을 너무 읽지 않아서 정치권력이나 자본주의적 욕망에 쉽게 속거나 휘둘리기 쉬운 사람이 될 우려가 더 크죠.

11. 몇 년 전부터 시를 써보려고 하는데…. 쓰는 법을 잊어버려서인지 영 마음대로 되질 않습니다. 소설은 현재 쓰고 있는 게 있습니다. 2002년 대선 이후의 한국 '풍속'을 관찰한 소설입니다.

12. TV 출연 이전에는 내가 좋아하는 책만 읽었는데, MC를

하면서 다른 사람이 좋아하는 기호에 대해서도 호기심이 생겼고 이해의 폭이 넓어졌다는 것. 그런데 방송을 그만두자 도로 제 버릇으로 되돌아오더군요.

2006. 11. 20.

작년 노벨문학상 수상 작가는 해롤드 핀터. 스무 살 무렵의
일기에 "가을을 독서의 계절이라고 말하는 것만으로는 부족하다.
가을은 희곡을 읽는 계절"이라고 썼던 내게는 행복한 소식이었다.
　　핀터의 작품 가운데 단 한 편을 꼽으라면 단연
「생일파티」로, 이 작품은 『해롤드 핀터 전집』(평민사, 2002)
1권에 실려 있다. 워낙 유명해서 여러 종류의 '세계 현대
명작 희곡선'에 단골로 게재되곤 하는 이 작품은, 도대체
등장인물의 정체를 알 수 없으며 주제를 포착하기 힘든 핀터의
특징을 고스란히 보여준다. 평론가들은 핀터 작품의 이런
해독 불가지성에 핀터레스크(Pinteresque)라는 형용사로
경의를 나타내기도 하는데, 어떤 작가가 자신의 이름으로 된
'누구스럽다'라는 형용사를 가진다면 그는 이미 반은 신(神)이 된
거나 마찬가지이다.

2006. 11. 26.
장승욱 형의 『술통』(박영률출판사, 2006)을 읽었다.

수하 변영로와 찰스 뷔코스키를 제하고, 이토록 징하게 술을
마시고, 또 술 마신 이야기를 이토록 징하게 풀어 쓴 사람을
찾기는 힘들 것이다. 책 한 권 분량이 되도록 주사(酒邪)를
계속할 줄은 몰랐다.

이 책 94-96쪽에는 형 스스로 한때 절창이라고
생각했다던 안재찬의 「구월의 이틀」이란 시가 전재되어
있는데, 내가 보기엔 바로 이 시가 형이 '과거지향' 하는 비밀을
가르쳐준다. 사실 이 시는 내가 스물두어 살 때 알게 된 이후로,
매해 구월이 되면 한 번씩 읊조리곤 하다가, 어쩌다 선생이
되어서는 문학을 배우려는 학생들에게 삶과 문학에 관한 명료한
은유를 전달하는 작품으로 제시하곤 하는 작품이다.

이 시는, 국어사전에 등재된 동사들이 총출동된 형국이다.
하지만 숨 가쁜 운동 속에서 묘하게 정지된 것이 있다. 시의
화자는 오로지 구월의 '이틀'에 못 박혀 있는 것이다. 새로운
도시가 서고 나라가 만들어지는 동안, 아니 "빙하시대"가 새로
등장할 만큼 압도적인 시간의 변화에도 불구하고 시적 화자는
구월의 '이틀'에 고정되어 있다. 당랑거철(螳螂拒轍). 이 배짱
좋은 시적 화자는 대체 무얼 믿고 '이틀'이라는 짧은 시간으로
영겁에 맞설 수 있었던 걸까? 다른 무엇과도 바꿀 수 없는 그
'이틀'을 우리는 원체험이나 에피파니의 순간, 또는 시적 화자의
트라우마라고 부를 수도 있을 것이다.

구월은 30일이나 되지만 시인이 시를 쓰는 데는 단지 '이틀'만 필요했다. 나는 이 대목이 문학에 관한 어떤 비밀을 함축하고 있다고 믿는다. 흔히 많은 어른들은 "내가 살았던 것을 그대로 적으면 소설 몇 권 분량이 된다"고 말하는데, 60 평생의 행적이 몇 권 분량의 다큐멘터리는 될지언정 그것이 '소설'로 화하지는 않는다. 문학은 우리의 원체험, 에피파니의 순간, 혹은 트라우마와 같은 숨어 있는 '이틀'을 끄집어내는 것이다.

예거한 '이틀'이 문학적 은유라면, 삶의 은유도 그와 같을 것이다. 내 어머니는 기독교 근본주의자이면서도 하루하루를 신의 축복으로 여겨야 마땅한 신앙인의 태도와는 달리, 늘 이렇게 말씀하셨다. "삶의 어느 한때를 가리켜 인생이라고 할 뿐, 일평생은 아니다." 무슨 말인가 하면, 인생이란 20대의 어느 한때를 가리킬 뿐, 나머지는 인생이 아니라 어영부영, '찌게다시', 부록, 죽지 못해, 타성일 뿐이라는 거다.

2006. 12. 25.

다음은 한 TV 방송에서 『공부』를 소개하고자 질의서를
보내왔을 때, 내가 준비했던 답변이다. 어떤 질문이었는지는
독자의 상상에 맡기고 답변만 초록한다.

1. 이제껏 많은 책을 읽고 공부를 해왔지만 문학에
관한 것이었고, 이 책에서처럼 인문학적인 시각으로 정치나
사회 현실에 대해 알아보고자 하는 욕구는 크게 없었습니다.
돌이켜보면 저는 삶은 거칠었으나 이념적으로는 매우 곱게
자랐습니다. 대학엘 가지 않았기 때문에 1980년대 운동권
세례를 전혀 받지 않았고, 제가 시로 등단했던 1980년대는
민중문학의 시대였으나 저는 모더니즘 문학을 했습니다.
그런데다가 어린 시절에 받았던 근본주의적인 기독교 교육이
정치를 멀리하게 했습니다. 그런 제가 이런 책을 내게 된 것은,
2002년 대선 때 있었던 일 때문입니다. 그때 저는 집필실을 얻어
글을 쓰고 있었는데, 옆 사무실의 중년들이 "노무현 그거 빨갱이
아니가?"라며 성토하는 대목에서 깜짝 놀랐습니다.

2. 순응이라기보다는 정치적 사안이나 시빗거리를 판단할
때 항상 중립을 지켜야 한다는 이상한 강박이 있었습니다.
다행히도 제가 했던 문학이 미학적 전복을 추구하는 것이었기
때문에 사회 비판이나 체제 저항 의식을 배면에 가지고 있었다고
할 수 있습니다.

3. 이 책은 스물세 가지 주제를 다루고 있는데,
시간적으로는 중세에서 현대까지, 공간적으로는
일본·중국·미국·유럽 등 세계 각처를 다루고 있습니다. 그래서

산만하게 느껴지기도 하겠지만, 우리 근·현대사의 의문점들을
동서고금의 역사에 조회해보자는 통일된 관점을 지니고
있습니다.

4. 그 주제에 정통한 책과 최신의 성과를 취합하려고
했고, 극단적인 텍스트는 배제하려고 노력했습니다. 하지만
선택 자체가 편견이기도 하기 때문에 더 좋은 책을 놓쳤을 수도
있습니다.

5. 공부는 읽기·생각하기·쓰기라는 삼박자를 갖추어야
합니다. 그런데 이 삼박자를 완벽하게 충족시키는 게 바로
독후감이지요. 우리 옛말에 공부해서 남 주지 않는다는 말이
있는데, 처음에 독후감을 쓸 때는 뭘 쓸지 막막하지만, 계속해서
책을 읽다 보면 지금까지 읽고 생각했던 것들이 모두 자기 내부에
녹아 있다는 것을 알게 됩니다.

6. 저에게 '무슨 책이 좋아?'라고 묻는 사람들이 가끔
있습니다. 무슨 책을 읽을 것인가를 고민하지 말고, 나에게
절실한 것이 무엇인가를 먼저 물어보십시오. 그러면 좋은 책을
찾는 수고가 덜어지고, 효율 높은 독서를 할 수 있습니다. (내게
절실한 게 무엇인지 모르는 사람들? 교육의 탓이 크죠.)

7. 먼저 박노자라는 인물이 무척 흥미로웠습니다. 소련이
패망하고 현실 사회주의는 몰락했다고 다들 믿고 있는데, 이
러시아 지식인은 좌파의 이상을 고스란히 간직하고 있습니다.
막상 책을 펼쳐 보니, 한국인의 과도한 민족주의나 서구를
추종하면서 아시아 주변부 국가는 짓밟는 우리의 새끼 제국주의
근성 등 한국인의 모순을 족집게처럼 집어내고 있더군요. 또 제
인생 역정의 일부가 되기도 하는 신앙에 따른 병역 대체 문제에

대해 깊이 거론하고 있어, 첫 번째 논의로 삼았습니다.

8. 인조반정으로 조선 왕조를 접수한 서인 노론 세력이 일제 시대 때 어떻게 친일파로 둔갑했는지는 이 책(『송시열과 그들의 나라』)에 간략히 나와 있습니다만, 거기에 대해서는 좀 더 깊은 공부가 필요합니다. 제 생각에 서인 노론의 득세는 조선왕조의 체질을 문치주의로 고착시키고 군약신강, 즉 '임금은 약하고 신하는 강한' 왜곡된 왕조를 만들었는데, 바로 이런 특질이 한차례 식민 시대를 거쳐 한국인으로 하여금 강한 권력이나 영웅을 희구하게 만든 게 아닌가 합니다.

9. 조선 말기의 개화기는 현재 한국인들이 믿고 있는 여러 가지 고정관념과 심성을 만들어낸 시기입니다. 강한 것은 선이고 모두 정당화된다는 사회적 다위니즘이라든지, 국가를 시민들의 계약체가 아닌 국가 정신의 구현물로 보는, 그래서 국가를 종교로 떠받드는 사고가 이때 생겨났습니다. 그래서 고미숙 씨는 갑오경장(1894)에서 한일합방(1910)까지의 16년간을 '기원의 공간'이라고 부르고 있습니다.

10. 한때 민족이나 국가는 절대선이나 다름없었으나, 요즘엔 경제적 손익계산에 따라, 다시 말해 세계화에 편승하고 보호무역 장벽을 낮추기 위해 민족이나 국가를 철폐하거나 축소해야 한다는 주장을 하는 사람도 있습니다. 하지만 불경기가 지속되고 실업률이 높아지면 민족이나 국가에 대한 욕구가 강해집니다. 이것은 국가나 민족 공동체가 경제 분야에서 해야 할 일이 분명히 있다는 것을 말해줍니다. 저의 책에 민족을 '상상의 공동체'로 보자는 주장을 담은 필자들의 책이 많이 거론되어 있기는 하지만, 방금 말했던 이유에서 아직 저는

완전한 개종자는 아닙니다(민족이나 국가를 없애자는). 또 하나 고려해야 할 것은, 한 나라의 민족주의는 서로 국경을 맞대거나 이익을 목전에 둔 여러 나라가 '민족주의'라는 홍기를 함께 내려놓아야 한다는 겁니다. 예컨대 민족주의에 대한 한국인의 열망은 일본과 중국 같은 주변의 민족주의 열망과 무관하지 않으며 비례하기 때문에, 일방적인 무장 해제는 위험하다는 게 제 생각입니다.

11. 식민 잔재 청산을 아직까지 얘기합니다만, 진정한 식민 잔재 청산은 인적 청산이나 제도 청산만이 아니라, 우리 내면에 깃든 식민 유산을 제거하는 것이죠. 예를 들어 강한 자는 약한 자를 지배해도 좋다는 제국주의 의식이나, 국가나 공동체를 위해서는 개인이나 인권은 얼마든지 유보되거나 탄압되어도 된다는 식의 의식을 청산해야 합니다.

12. 국내의 일제 협력자는 단순한 친일파이지만 조선 반도 밖에서 일제의 외국 침략에 앞장섰던 한국인 장교나 군속은 전범으로 분류해야 한다는 윤해동 씨의 문제 제기는 귀담아들을 필요가 있습니다. 국내에서 일제에 협력했던 사람이나 국외에서 일제의 침략 전쟁에 참여했던 한국인 장교를 똑같이 친일파라고 한다면, 그것은 민족주의라는 방어막으로 전범을 보호해주는 꼴입니다. 우리 손으로 일제에 협력했던 한국인 장교를 전범이라고 단죄함으로써 얻을 수 있는 이익은, 일본군 통수권자였던 천황에게 전쟁의 책임을 다시 물을 수 있다는 거죠. 우리가 우리 손으로 한국인 장교를 전범 취급해버리면 천황은 변명거리가 궁색해질 테니까요. 결단한다면 이제라도 늦지 않고, 방법은 많습니다.

13. 이광수에 대한 변명이 자칫 문인끼리의 제 식구 감싸기로 비칠 수도 있습니다. 하지만 한 인간에 대한 평가는 공과가 함께 이루어져야 합니다. 이광수는 분명 민족개조론에서 내선일체로 나아간 친일파였지만, 그가 신문학 초기에 했던 역할은 새로 조명되어야 합니다. 만약 그가 한국 문학 태동기에 일본식 사소설을 썼다면 현재 한국 문학은 어떤 모습이 되어 있을까요? 생각해보면 끔찍한 일이고, 그를 위해 변명하는 까닭은 거기에 있습니다.

14. 예술가뿐 아니라 친일 부역자에 대한 기준은 섬세하고 다각적이어야 합니다. 완전하지는 않지만 다섯 가지 기준을 제시해보겠습니다. 먼저 부역자가 당시에 받았던 강압과 그리고 부역의 자발성, 적극성, 연속성이 고려되어야 합니다. 마지막으로 해방 이후의 반성도 문제 됩니다.

15. 우리나라에서는 근대화를 산업화와 동일시하는 천박한 시각이 오래 지속되어왔습니다. 하지만 시민 주권이나 민주주의와 같은 가치는 산업화와 함께 가는 가치이고, 그것의 총체가 근대화라는 인식의 전환을 할 필요가 있을 것 같습니다. 박정희에 대한 논란이 그치지 않는 것은 산업화 세력과 민주화 세력이 근대화를 자기 식으로 편향적으로만 해석하기 때문입니다.

16. 박정희는 원래 사회주의 이념과 친연성을 가지고 있었으나, 그가 택한 체제는 극우 반공이었습니다. 저는 이것을 고속도로 위에 올라선 자의 운명이라고 표현합니다. 고속도로 위에서는 누구나 80킬로로 달릴 수밖에 없지 않습니까? 박정희가 극우 반공 체제를 이용하고 극대화하긴

했지만, 그 체제를 만들어놓은 것은 이승만이었습니다. 바로 그 지점이 박정희를 옹호할 수 있는 지점이라고 생각하는데, 사람들은 박정희 독재만 기억하지 이승만의 독재는 그것을 훨씬 상회했다는 것을 모릅니다. 박정희는 늘 이승만을 미워했지만, 이승만이 닦아놓은 극우 반공 체제 위에서 쿠데타를 일으킨 그 역시 '반공을 국시로 하고'라는 혁명 공약을 발표할 수밖에 없었고, 그 길을 충실히 달릴 수밖에 없었던 거죠.

17. 조봉암이 좀 더 살아 있었으면 중도적 세력이 기반을 잡았을 확률이 높고, 그가 집권했다면 한국은 영구 중립국을 지향했을 가능성이 높습니다.

18. 역사나 정치를 개인심리학으로 치환하는 것은 무모한 일임이 분명합니다. 하지만 저는 그렇게 해서라도 박정희를 이해하고 싶었습니다. 박정희가 지닌 권위주의적이고 전체주의적인 태도는 그 혼자만의 것이 아니라, 사실은 대다수 한국 남성의 것이라고 할 수 있습니다.

19. 히틀러와 박정희를 비교하면서 박정희를 폄하하고자 하는 의도는 없었습니다. 다만 박정희를 산업화에 성공한 위인으로만 부각할 때, 히틀러도 똑같은 이유로 정당화될 수 있다는 위험성을 지적하고자 했습니다.

20. 박정희에 대한 논란을 불식하기 위해서는 일종의 빅딜이 필요하다고 생각합니다. 반박정희주의자들은 박정희가 이룬 산업화 공적을 인정하고, 박정희주의자들은 박정희의 독재를 사과하는 거죠. 이런 일은 정치권이 죽었다 깨어나도 할 수 없으니, 지식 사회에서 먼저 단추를 꿰는 일이 필요하지 않을까요?

21. 민주주의는 1인 1표제라는 국민투표에 의해 유지된다고 합니다. 하지만 1인 1표제에 의해 민주주의가 유지되고 있다는 믿음은 거의 환상입니다. 미국과 한국의 국회의원 선거는 선거 비용을 더 많이 쓴 후보가 적게 쓴 후보보다 당선될 확률이 월등히 높다는 공통점을 가지고 있습니다. 즉 돈이 많은 사람들은 자신의 의견을 반영할 의원을 얼마든지 국회로 보낼 수 있고 그 외에도 합법적인 로비나 인맥을 통해 자신들에게 유리한 법을 만들 수 있습니다. 다시 말해 가난한 사람들은 1인 1표이지만, 부자들은 1인 5표, 10표를 행사하는 거나 마찬가지이죠. 우리는 과두정에 살고 있으면서, 민주주의 사회에서 살고 있는 것이라고 착각하고 있는 거예요. 그래서 저는 요즘 유행하는 양극화라는 말은, 과두정의 완곡어법이라고 생각합니다

22. 그리스나 로마는 똑같이 민주정으로 시작해서 과두정으로 끝났다고 합니다. 이게 역사적 사실이라면, 현재 미국과 한국에서 일어나고 있는 일들이 이 체제들의 성격을 말해줍니다. 부시 정권 들어 부시의 측근들이 독직과 부정으로 재판을 받거나 사임을 했다는 것은 다들 알고 있습니다. 이것은 다른 어느 정권보다 부시 옆에 부정한 인물이 더 많아서가 아니라 그만큼 과두정이 깊이 진척되었다는 뜻입니다. 우리나라의 경우 고위 공직자들이 대기업의 사외이사나 고문을 겸하고 있습니다. 옛날에는 어림없었던 일이죠. 드러내놓고 정경유착을 하는 체제, 또는 정경유착을 감시하지 않고 개인 능력으로 치부하는 체제가 과두정이 아니면 대체 무엇이겠습니까?

23. '인문학 부활 프로젝트'라는 부제는 제가 단 것이 아닙니다. 저도 책을 받아 보고서 깜짝 놀랐습니다. 무한 경쟁이 권장되는 사회에서 인문학이 설 자리는 없습니다. 무슨 뾰족한 수가 있을까 하고 고민 중이지만 해법은 떠오르지 않습니다.

24. 촘스키는 '모든 권력과 지배 구조를 의심하라'고 말합니다. 책이나 상식 앞에서도 이런 비판 정신이 필요합니다.

25. 공부는 저의 평생 친구입니다. 이 말은 무지가 평생 저를 따라다닐 것이란 뜻입니다. 촘스키의 말을 하나 더 인용하면, 공부를 하지 않는 사람은 권력이나 기업이 만만하게 다룰 수 있는 손쉬운 사람이 된다고 합니다. 저는 이 책을 읽는 독자들이 장정일의 의견은 장정일의 의견으로 돌리기를 원하며 자신이 좋아하는 주제를 찾아 더 공부하길 권합니다. 공부는 제가 조금 하고, 제가 다 못한 것을 독자들이 이어서 계속하는 것입니다.

2007. 1. 21.

김용규·김성규 공저 『알도와 떠도는 사원』(웅진지식하우스, 2006)을 읽다.

이 소설에 대한 독후감을 제대로 쓰자면 좀 더 많은 숙고(熟考)가 필요할 것이나 서구와 비서구(인도)라는 이원 대립에 대해서만 쓰기로 한다.

이 소설 속의 인도는 우리의 선입견 속에 부정적으로 자리 잡은 '혼돈의 덩어리'를 다시금 구체화한 듯하고, 서구는 그 혼돈을 밝힐 '이성의 빛'인 듯이 보인다.

이 소설의 갈등은 카스트제도를 영구화하려는 인도 기득 계급의 착오적 시도(산자이가 교주로 있는 태양의 사원)와 그것을 저지하려는 서구인들의 노력(전임 소장, 김재일, 알브레즈)을 주축으로 한다. 이 작품을 유지하고 있는 그 갈등은, 자유와 평등이라는 천부의 가치를 지키려는 서구인들을 근대의 표상으로 보게 하고 카스트제도가 온존하고 있는 인도인은 전근대의 표상으로 만든다. 하지만 미리 말했듯이 이런 이원 대립항은 피상적인 독서의 산물일 뿐이며, 깊이 들여다보면 오히려 이 작품의 복잡성이 드러난다.

사회적 문제를 자연과학이 해결할 수 있다는 사회공학적 시도가 서구에서 먼저 실행된 것이라는 결론이, 우리의 선입견 속에서 인도를 부정적으로 채색하곤 하는 '혼돈의 덩어리'로부터 인도를 구해냈을지는 모르지만, 기분은 오히려 우울하다. 게놈 프로젝트나 유전자 재조합 연구와 같은 생명공학이 21세기의 화두이자 전 세계 고부가가치 산업으로 떠오르고 있는 지금,

우리는 서구의 '도구적 이성(=합목적적 이성)'으로부터 얼마만큼 벗어났는가? 서구가 퍼뜨린 절대적인 '도구적 이성'의 전횡 아래, 인도나 비서구가 서구와는 다른 방법으로 이성적이라는 제3세계의 저항 담론은 흐늘흐늘 녹아 사라진다.

2007. 3. 6.

『한겨레21』의 청탁으로 '양심적 병역 대체'에 관한 글을 쓰다.

우리 사회에서는 종교나 군대 문제에 대해 좋은 말만 하려 들지,
두 집단과 연관해서는 될수록 공론화를 기피하는 경향이 있다.
두 집단을 건드려서는 득 되는 게 없고 '피박'만 쓰기 십상이라
종교와 군대 문제가 한 몸체로 엉클어진 '양심적 병역 대체'에
대해서는 아예 침묵하는 게 최상이다. 하지만 이 문제는 한동안
내 고민이기도 했기에 글을 쓴다.

　　"너희들은 대한민국 국민이 아니냐?" 증인들이 '양심적
병역 대체'를 탄원할 때 곧바로 돌아오는 질타 가운데 하나이다.
하지만 대한민국의 모든 국법을 충실히 지키기로 한 여러 기독교
교파의 구성원들과 동일하게, 여호와의 증인들 역시 세속의 법을
온전히 준수하길 원한다. 기독교인이 자신이 살고 있는 나라의
국법을 잘 따라야 한다는 권고는 다름 아닌 예수의 말씀으로,
'로마 황제에게 세금을 바치는 것이 옳습니까?'라는 질문에
'가이사(황제)의 것은 가이사에게 바치라'고 대답하신 바 있다.

　　위에 예거된 예수의 말씀을 잘 따른다는 의미에서
여호와의 증인들은 성실한 납세자이며 좋은 시민일 것이다.
그런데 어쩌자고 우리나라 국민의 4대 의무 가운데 하나라는
병역은 한사코 거부하는 것일까? 이런 사태는 예수의 권고와
모순된 행태로 보이기도 하지만, '이웃을 사랑하라'는 예수님의 또
다른 가르침과 정면으로 상치되기 때문에 일어나는 것이다. 즉
세속의 법을 따르되, 세속의 법과 하느님의 법이 정면으로 상충할

때에는 하느님의 법을 따르는 게 신앙인의 양심이다.

'신앙인의 양심이 먼저인가, 공동체의 법규가 먼저인가?'
하는 곤혹한 딜레마는 확실히 신정(神政)이 분리된 현대사회의
문제로, 신앙의 원리가 곧 사회 법류였던 신정일치 사회에서는
드문 문제였다. 그렇다 하더라도 이런 딜레마가 귀찮다고
신정일치 사회로 되돌아가고자 할 사람은 없을 것이다. 중세판
전체주의라고 해야 할 그런 사회에서는 종교가 개인의 양심과
인권을 억압했고 거기서는 진정한 신앙마저 불가능했다. 그런데
조금 역설적으로 말하자면, '양심적 병역 대체'를 추호도 인정할
수 없다는 사람들의 논리는 신앙인의 양심도 국법에 복속되어야
한다고 주장한다는 점에서 또 다른 신정일치라고 해야 한다.

통계에 의하면, 해방 이후 지금까지 약 1만 명의 여호와의
증인 신도가 병역 거부로 징역형을 받았으며, 매년 500명
정도가 병역 거부로 인한 전과자가 된다고 한다. 또 병역법이
복잡한 건지 아니면 괘씸죄인지, 병역 거부로 옥살이를 한
여호와의 증인들이 출소를 해서는 예비군 훈련 소집 통지서에
시달린다고 한다. 이런 슬픈 사태를 끝내기 위해서는 신앙인의
양심과 공동체 법규 간의 갈등을 어느 일방에 의해 폭력적으로
해소하려는 악법을 고쳐야 하고, 딜레마를 합리적으로 조정할
방안을 찾아야 한다.

'양심적 병역 대체'를 간구하는 여호와의 증인들에게
가장 먼저 쏟아지는 질문이 '너희들은 대한민국 국민이
아니냐?'는 거라고 말했지만, 실은 이 질문만큼 왜곡된 것도
없다. 올림픽이나 월드컵에서 우수한 성적을 올린 선수들이
병역으로부터 면제되는 경우에서 보듯이, 대한민국 국민임은

여러 가지 가치와 방법을 통해 완수될 수 있고, 병역필만이 완전한 국민임을 인증해주는 것도 아니기 때문이다. 마치 없는 것처럼 말하지만, 실제로는 공익 요원이나 공중보건 같은 숱한 병역 대체 임무가 존재한다.

증인들에게 대체 복무를 허용하면, 입대자 가운데 신앙과 상관없이 '편한' 대체 복무를 바라고 여호와의 증인이 되리라는 우려도 있다. 하지만 중학교 졸업 직후까지 여호와의 증인에 몸담아본 내 경험으로는, '나이롱' 증인이 되기란 거의 불가능하다. 일주일에 세 번 나가는 집회와 매달 정해진 전도 시간 완수도 버거울 테지만, 당신이 증인이 되기로 했다면 삶 전반의 기호와 양식을 바꾸어야 한다. 거기에 적응하지 못하면 가차 없는 제명이 기다리고 있다.

민주 사회의 장점은 특권을 줄이는 대신, 국민 대다수의 평등을 확보하기 위해 똑같은 값을 가진 여러 종류의 대체 입법과 대안을 마련할 줄 안다는 것이다. 진정한 선진사회란 될수록 성역(聖域)을 줄이고, 공동체 구성원이 서로 이익을 얻을 수 있는 여러 종류의 대안을 내놓는 사회이다. 여호와의 증인들은 '병역 거부'라는 특권을 주장하는 게 아니라, '대체 복무'를 원한다. 그런 뜻에서 이 문제의 해결은 우리 사회의 민주주의 능력을 가늠하는 시금석이 된다.

우리 사회가 '양심적 병역 대체'를 폭넓게 용인하기 위해서는 물론 대다수 시민들의 인식이 바뀌어야겠지만, 그보다 시급한 것은 군대이다. 이 글을 청탁받기 이틀 전에도, 전경이 자살했다는 안타까운 뉴스를 들었다. 이처럼 군대가 의혹투성이인데다 가혹하기 때문에 '양심적 병역 대체'가

용인되지 않는 분위기가 분명 있다. 누구나 가고 싶을 만큼은
아니더라도 적어도 '군대는 가는 사람이 무조건 손해'라는 군대에
대한 부정적 인식을 군대 스스로 씻어낼 수 있을 때, '양심적 병역
대체'에 대한 남성 대다수의 적대감도 줄어들 것이다.

　　또 이 문제의 해결을 위해서는 뭐니 뭐니 해도 우리나라
종교계와 성직자들이 전향적인 사고를 해야 한다. 모든 종교는
'살인하지 말라'는 정언명령을 교리로 하지만, 세속화된 우리나라
종교계는 이 정언명령을 내팽개치고 '살인의 정당성'을 세속의
법칙에 귀속시키고 있다('국가를 위해서는 살인도 정당화된다').
게다가 성직자들은 군승이나 군목으로 근무하며 살인을 피할 수
있는 행운을 누리면서도, 행여 살인에 가담하고 싶어 하지 않는
평신도의 양심을 지켜주지 않는 것은 위선이다. 불교도 오태양
씨의 경우처럼 '양심적 병역 대체'는 이제 여호와의 증인만의
전유물이 아니다.

　　'양심적 병역 대체'에 대한 사회적 동의를 얻는 필요조건은,
총대를 멘 군대와 종교계가 바뀌는 것이다. 군대 사정이 열악하면
할수록 남성들의 복수심은 '양심적 병역 대체'를 만부당하게
여기게 된다. 또 종교적 정언명령을 철저히 고심한 바 없던
성직자들은 벌거숭이 살갗을 드러내는 자신의 남루(襤褸)를
가리기 위해 침묵하거나, 사회가 위임한 유권해석의 지위를
빌어 종교적 정언명령에 고심하는 신앙인들을 사이비로 낙인
찍어왔다.

　　향후에 어떤 병역 대체 입법이 만들어질지 알 수 없지만,
이들이 거부하는 것은 국가가 국민에게 부여하고자 하는
병역이라는 이름의 공역(公役)이 아니라, 살인과 전쟁에 필요한

집총(執銃)과 전투 훈련이다. 내가 알기로는 공중보건의나
공익요원 등 여러 형태의 대체 복무자들은 근무처를 배당받기
전에 몇 주간의 집총 훈련을 한다. 하지만 마지막으로 바라건대,
'양심적 병역 대체' 희망자들이 바라는 것은, 공역의 거부나 '편한'
대체 복무 혜택이 아니라 어떠한 살인에도 가담하지 않겠다는
양심을 고수하는 것이다. 대체 입법에는 이 점이 반드시
고려되어야 한다.

　　우리나라는 어느 나라보다 폭력 지수가 높다고 한다.
때문에 평화와 이웃 사랑이란 가치를 몸소 실천하는 사람들은
소중하기 짝이 없고, 그들이 사회에 봉사할 수 있는 길을
열어주는 것이야말로 서로가 윈윈하는 방법이다.

본문 출처

14-57쪽: 『장정일의 독서일기 1』(범우사, 1994)

58-93쪽: 『장정일의 독서일기 2』(범우사, 1996)

94-174쪽: 『장정일의 독서일기 3』(범우사, 2003)

175-208쪽: 『장정일의 독서일기 4』(범우사, 2003)

209-257쪽: 『장정일의 독서일기 5』(범우사, 2002)

258-295쪽: 『장정일의 독서일기 6』(범우사, 2004)

296-377쪽: 『장정일의 독서일기 7』(랜덤하우스코리아, 2007)

언급된 책들

외서의 경우 옮긴이가 같은 개정판에
한해 해당 서지사항을 따로 적었다.

*
외서의 지은이 이름 표기가 최신 외래어
표기법과 다른 경우 괄호로 부기했다.

ㄱ

— 강석경, 『세상의 별은 다 라사에 뜬다』(살림, 1996)

— 강준식, 『우리는 코레아의 광대였다』(웅진출판, 1995)

　▶ 개정판: 『다시 읽는 하멜표류기』(웅진지식하우스, 2002)

— 고미숙, 『열하일기, 웃음과 역설의 유쾌한 시공간』

　(그린비, 2003)

　▶ 개정신판: 『열하일기, 웃음과 역설의 유쾌한 시공간』

　(북드라망, 2013)

— 고종석, 『고종석의 유럽통신』(문학동네, 1995)

— 곤도 히데오, 『문명의 기둥』, 양억관 옮김(푸른숲, 1997)

— 곽말약, 『역사소품』(범우사, 1997, 범우문고 114)

— 구승회, 『논쟁: 나치즘의 역사화』(온누리, 1993)

— 김광림, 『사랑을 찾아서』(평민사, 1995)

　▶ 『여성반란/사랑을 찾아서』

　(평민사, 2004, 김광림 희곡 시리즈 4)

— 김명인, 『근대를 향한 모험』(소명출판, 2002)

— 김문학, 『반문화 지향의 중국인』(이채, 1999)

— 김소진, 『열린 사회와 그 적들』(솔, 1993)

  ▸『열린 사회와 그 적들』(문학동네, 2002)
— 김승옥,『무진기행』(범우사, 1994, 2판 5쇄, 범우문고 013)
  김승옥,『서울, 1964년 겨울』(서음출판사, 1976)
— 김신용,『고백』(미학사, 1994)
— 김용규·김성규,『알도와 떠도는 사원』(웅진지식하우스, 2006)
— 김원일,『노을』(문학과지성사, 1991, 재판)
— 김인숙,『칼날과 사랑』(창작과비평사, 1993)
— 김정렴,『아, 박정희』(중앙M&B, 1997)
— 김정환,『내 영혼의 음악』(청년사, 2001)
— 김창남,『삶의 문화, 희망의 노래』(한울, 1991)
— 김충식,『남산의 부장들』(동아일보사, 1992)
  ▸ 개정증보판:『남산의 부장들』(폴리티쿠스, 2012)
— 김탁환,『열두 마리 고래의 사랑이야기』(살림, 1996)
— 김형수,『문익환 평전』(실천문학사, 2004)
— 김훈,『빗살무늬토기의 추억』(문학동네, 1995)
  김훈,『칼의 노래』(생각의나무, 2001)
  ▸『칼의 노래』(문학동네, 2012)
— 카뮈, 알베르,『칼리굴라/오해』, 김화영 옮김(책세상, 1999)

ㄴ

— 나보코프, 블라디미르,『투명한 물체들』(중앙일보사,
  『월간중앙』1973년 5월 호 부록)
  나보코프, 블라디미르,『로리타』, 권택영 옮김
  (민음사, 1999, 세계문학전집 30)
— 노이만-호디츠, 라인홀트,『칭기스칸』, 배인섭 옮김

(한길사, 1999)

— 노재명, 『신중현과 아름다운 강산』(새길, 1994)

— 닌, 아나이, 『모델』, 권태욱 옮김

  (도서출판 펀앤런, 1999, 펀앤런북스 002)

ㄷ

— 다치바나 다카시, 『우주로부터의 귀환』, 전현희 옮김

  (청어람미디어, 2002)

— 데이비스, 마일스·퀸시 트루프, 『마일스』, 성기완 옮김

  (집사재, 1999)

  ▶ 개정판: 『마일스 데이비스』, 성기완 옮김(집사재, 2013)

— 드니, 디드로, 『라모의 조카』, 황현산 옮김(세계사, 1998)

  ▶ 『라모의 조카』, 황현산 옮김(고려대학교출판부, 2006)

— 드브레, 레지, 『지식인의 종말』, 강주헌 옮김(예문, 2001)

— 드워킨, 안드레아, 『포르노그래피』, 유혜연 옮김

  (동문선, 1996)

— 디포, 다니엘, 『로빈슨 크루소 상, 하』,

  김병익·최인자 옮김(문학세계사, 1993)

  ▶ 『로빈슨 크루소 제1부』, 김병익 옮김(문학세계사, 2009)

  ▶ 『로빈슨 크루소 제2부』, 최인자 옮김(문학세계사, 2004)

ㄹ

— 라우드, 리처드, 『장 뤽 고다르』, 한상준 옮김(예니, 1991)

— 라이트, 아서, 『중국사와 불교』, 양필승 옮김(신서원, 1994)

— 라츠네프스키, 폴, 『칭기스한: 그 생애와 업적』,

김호동 옮김(지식산업사, 1992)

— 레버르트, 노르베르트·슈테판 레버르트, 『나치의 자식들』,
　이영희 옮김(사람과사람, 2001)

— 레비, 쥐스틴, 『만남』, 최윤정 옮김(민음사, 1995)

— 뢰테르, 이브, 『추리소설』, 김경현 옮김(문학과지성사, 2000,
　문지스펙트럼 6-004)

— 리, 에드워드, 『재즈입문』
　(삼호출판사, 1994, 초판 표시 없는 6쇄)

— 리반엘리, 쥴퓨, 『살모사의 눈부심』, 이난아 옮김
　(문학세상, 2002)

— 리어단, 제임스, 『올리버 스톤』, 이순호 옮김(21세기북스, 2000)

— 리영희·임헌영, 『대화: 한 지식인의 삶과 사상』(한길사, 2005)

— 리유 칭펑, 『공개된 연애편지』, 이가춘 옮김(다섯수레, 1992)

— 린저, 루이제, 『생의 한가운데』, 전혜린 옮김(문예출판사, 1967)
　▸『생의 한가운데』, 전혜린 옮김(문예출판사, 1998)

ㅁ

— 마광수, 『광마일기』(행림출판, 1990)
　▸『광마일기』(북리뷰, 2009): 19세 미만 구독 불가
　마광수, 『사라를 위한 변명』(열음사, 1994)
　마광수, 『즐거운 사라』(청하, 1992): 1992년 10월 판매 금지

— 마라이, 산도르, 『결혼의 변화』, 김인순 옮김(솔, 2005)
　마라이, 산도르, 『열정』, 김인순 옮김(솔, 2001)
　마라이, 산도르, 『유언』, 김은순 옮김(솔, 2001)
　마라이, 산도르, 『이혼전야』, 강혜경 옮김(솔, 2004)

— 마루야마 겐지, 『물의 가족』, 김춘미 옮김(현대문학, 1994)

▸ 『물의 가족』, 김춘미 옮김(사과나무, 2012)

마루야마 겐지, 『밤의 기별』, 김춘미 옮김(하늘연못, 1997)

마루야마 겐지, 『봐라 달이 뒤를 쫓는다』, 김춘미 옮김

(하늘연못, 1996)

— 마살리스, 윈턴, 『재즈와 클래식의 행복한 만남』,

최수민 옮김(삶과꿈, 1996)

— 마썬, 『중국 현대연극: 100년의 역사』,

강계철 옮김(한국외국어대학교출판부, 2006)

— 마키아벨리, 니콜로, 『군주론/전술론(외)』, 이상두 옮김

(범우사, 1993, 증보판)

— 막언(모옌), 『붉은 수수밭』, 홍희 옮김(동문선, 1989)

모옌, 『탄샹싱』, 박명애 옮김(중앙M&B, 2003)

— 말송, 루시엥, 『재즈의 역사』, 이재룡 옮김(중앙M&B, 1997)

— 멜빌, 『백경』, 이가형 옮김

(동서문화사, 1976, 그레이트북스 47)

▸ 멜빌, H., 『모비딕』, 이가형 옮김

(동서문화사, 2008, 월드북 076)

— 모디아노, 파트릭, 『신혼여행』(동아출판사, 1992)

모디아노, 파트릭, 『팔월의 일요일들』, 김화영 옮김

(세계사, 1991)

▸ 『팔월의 일요일들』, 김화영 옮김(문학동네, 2015)

— 무라카미 하루키, 『국경의 남쪽, 태양의 서쪽』,

김난주 옮김(모음사, 1993)

무라카미 하루키, 『노르웨이의 숲』, 김난주 옮김(모음사, 1993)

무라카미 하루키,『무라카미 라디오』, 권남희 옮김(까치, 2001)

　▶『저녁 무렵에 면도하기』, 권남희 옮김(비채, 2013)

무라카미 하루키,『태엽 감는 새』, 윤성원 옮김

(문학사상사, 1994)

— 문형렬,『바다로 가는 자전거』(문학과지성사, 1994)

— 미시마 유키오,『금각사』

— 미치너, 제임스,『작가는 왜 쓰는가』, 이종인 옮김(미세기, 1995)

　▶『작가는 왜 쓰는가』, 이종인 옮김(예담, 2016)

— 미타무라 타이스케,『환관』, 하혜자 옮김

(나루, 1992, 재판 1995)

— 밀러, 헨리,『속 북회귀선』, 유재철 옮김(정민, 1993)

ㅂ

— 바르트, 롤랑,『현대의 신화』,

이화여자대학교 기호학연구소 옮김(동문선, 1997)

— 바타이유, 크리스토프,『다다를 수 없는 나라』,

김화영 옮김(문학동네, 1997)

　▶『다다를 수 없는 나라』, 김화영 옮김(문학동네, 2006)

— 박경리,『김약국의 딸들』(나남출판, 1993)

　▶『김약국의 딸들』(마로니에북스, 2013)

— 박상우,『나는 인간의 빙하기로 간다』(세계사, 1993)

박상우,『독산동 천사의 시』(세계사, 1995)

— 박성래,『레오 스트라우스: 부활하는 네오콘의 대부』

(김영사, 2005)

— 박규태,『일본의 신사』(살림, 2005, 살림지식총서 193)

— 박영규,『한 권으로 읽는 조선왕조실록』(들녘, 1996)

　▶ 개정증보판:『한 권으로 읽는 조선왕조실록』

　(웅진지식하우스, 2004)

— 반 훌릭, R. H.,『중국성풍속사』, 장원철 옮김(까치, 1993)

— 배수아,『푸른 사과가 있는 국도』(고려원, 1995)

　▶ 김경욱·배수아·조경란·하성란,『푸른 사과가 있는 국도/

　블랙 러시안/리기다소나무

　숲에 갔다가/곰팡이꽃/망원경』

　(창비, 2006, 창비 20세기 한국소설 50)

— 버거, 존,『아코디언 주자』(민음사, 1991)

　버거, 존 ,『제7의 인간: 유럽 이민 노동자들의 경험에 대한 글,

　사진집』, 차미례 옮김(눈빛, 1992)

　▶『제7의 인간: 유럽 이민노동자들의 경험에 대한 기록』,

　차미례 옮김(눈빛, 2004)

— 버틀러, 로버트 올렌,『속삭임』(강천, 1994)

— 벌로, 번·보니 벌로,『매춘의 역사』(까치, 1992)

— 베른하르트, 토마스,『비트겐슈타인의 조카』, 윤선아 옮김

　(현암사, 1997)

　베른하르트, 토마스,『혼란/한 아이』, 김연순 옮김

　(범우사, 1991)

— 베빌라콰, 알베르토,『에로스』, 현준만 옮김(미래M&B, 1999)

— 베케트, 사무엘,『몰로이』, 김현 옮김(문학동네, 1995)

— 복거일,『국제어 시대의 민족어』(문학과지성사, 1998)

　복거일,『캠프 세네카의 기지촌』(문학과지성사, 1994)

　복거일,『파란 달 아래』(문학과지성사, 1992)

— 뷔코스키, C.(찰스 부코스키),『미친 시인의 사랑』,

　김영주 옮김(자유사상사, 1993)

— 비숍, 이사벨라 버드,『한국과 그 이웃나라들』,

　이인화 옮김(살림, 1994)

ㅅ

— 사강, 프랑수아즈,『어떤 미소』, 정봉구 옮김

　(범우사, 1986, 2판)

　▶『어떤 미소』, 정봉구 옮김

　(범우사, 2004, 범우 사르비아 총서 633)

　사강, 프랑수아즈,『자나가는 슬픔』, 강금희 옮김(김영사, 1996)

— 사이드, 에드워드 W.,『에드워드 사이드 자서전』,

　김석희 옮김(살림, 2001)

　사이드, 에드워드 W.,『도전받는 오리엔탈리즘』,

　성일권 옮김(김영사, 2001)

— 샐린저, J. D.(제롬 데이비드 샐린저),『호밀밭의 파수꾼』,

　공경희 옮김(민음사, 2001)

— 샤오메이 천,『옥시덴탈리즘』, 정진배 옮김(강, 2001)

— 박성조·김규완 지음, 서울대학교 행정대학원 통일정책연구팀

　엮음,『남과 북 뭉치면 죽는다』(랜덤하우스코리아, 2005)

— 서정인,『말뚝』(작가정신, 2000)

　▶『말뚝』(작가정신, 2004)

— 서현섭,『일본인과 에로스』(고려원, 1995)

　▶『일본인과 에로스』(고려원북스, 2004)

— 성석제,『그곳에는 어처구니들이 산다』(민음사, 1994)

   ▶『그곳에는 어처구니들이 산다』(강, 2007)

— 세르반떼스, 미겔 데(미겔 데 세르반테스 사아베드라),

   『돈 끼호떼』, 김현창 옮김

   (범우사, 1991, 범우비평판세계문학선 73)

   ▶『돈 끼호떼』, 김현창 옮김

   (범우사, 1998, 범우비평판세계문학선 36)

— 세스, 비크람,『언 이콜 뮤직』(문이당, 2000)

— 셍크먼, 리처드,『미국사의 전설, 거짓말, 날조된 신화들』,

   이종인 옮김(미래M&B, 2003)

— 소동파,『마음속의 대나무』, 김병애 옮김(태학사, 2001,

   태학산문선 202)

— 소로우, 헨리 데이빗(헨리 데이비드 소로우),

   『월든』, 강승영 옮김(이레, 1993)

   ▶『월든-완결판』, 강승영 옮김(은행나무, 2011)

— 손창섭,『잉여인간』(양우당, 1986, 에버그린한국문학전집 28)

— 쉬바이게르트, 알폰스,『책』, 이민용 옮김(책, 1991)

— 스타이론, 윌리엄(윌리엄 스타이런),『소피의 선택』,

   박봉희 옮김(성훈출판사, 1992)

— 스티븐슨, R. L.(로버트 루이스 스티븐슨),『보물섬』,

   김남경 옮김(장락, 1994)

— 시오노 나나미,『나의 인생은 영화관에서 시작되었다』,

   양억관 옮김(한길사, 2002)

— 신경숙,『외딴 방』(문학동네, 1995)

— 심재관,『탈식민시대 우리의 불교학』

   (책세상, 2001, 책세상문고 우리시대 031)

ㅇ

— 아탈리, 자크,『21세기의 승자』, 유재천 옮김(다섯수레, 1995)

— 안정효,『헐리우드 키드의 생애』(민족과문학사, 1992)

— 안치운,『추송웅 연구』(예니, 1995)

— 알렉산더, 베빈,『위대한 장군들은 어떻게 승리하였는가』,
   김형배 옮김(홍익출판사, 2000)
   ▶ 개정판:『위대한 장군들은 어떻게 승리했는가?』,
   김형배 옮김(홍익출판사, 2012)

— 에스카르피, 로베르,『문학의 사회학』,
   민희식·민병덕 옮김(을유문화사, 1983)

— 에코, 움베르트,『나는『장미의 이름』을 이렇게 썼다』,
   이윤기 옮김(열린책들, 1992)
   ▶『장미의 이름 작가 노트』, 이윤기 옮김(열린책들, 2009,
   움베르트 에코 마니아 컬렉션 11)

— 에코, 움베르트·카를로 마리아 마르티니,
  『무엇을 믿을 것인가』, 이세욱 옮김(열린책들, 1998)

— 엘리어트, 죠지(조지 엘리엇),『싸일러스 마아너』,
   김승순 옮김(창작과비평사, 1992)

— 여연구,『나의 아버지 여운형』, 신준영 엮음(김영사, 2001)

— 오스터, 폴,『뉴욕 삼부작』, 한기찬 옮김(웅진출판, 1996)
   오스터, 폴,『빵굽는 타자기』, 김석희 옮김(열린책들, 2000)
   오스터, 폴,『스퀴즈 플레이』, 김석희 옮김(열린책들, 2000)
   오스터, 폴,『우연의 음악』, 황보석 옮김(열린책들, 2000)

— 와일드, 오스카,『도리언 그레이의 초상』,
   이선주 옮김(황금가지, 2003)

— 왕경우,『화교』, 윤필준 옮김(다락원, 2003)

— 왕영관(왕용쿠안),『흑형: 피와 전율의 중국사』,

　김장호 옮김(마니아북스, 1999)

— 우광훈,『플리머스에서의 즐거운 건맨 생활』(민음사, 1999)

— 우노 고오이치로 외,『여문신사』, 조민식 옮김(동하, 1994)

— 울프, 버지니아,『자기만의 방』, 이미애 옮김(예문, 1990)

　▶『자기만의 방』, 이미애 옮김(민음사, 2006)

— 웨더포드, 잭,『칭기스칸, 잠든 유럽을 깨우다』,

　정영목 옮김(사계절, 2005)

— 위화,『허삼관 매혈기』, 최용만 옮김(푸른숲, 1999)

　▶『허삼관 매혈기』, 최용만 옮김(푸른숲, 2007)

— 유미리,『남자』(문학사상사, 2000)

　유미리,『풀 하우스』(고려원, 1997)

— 유이 쇼이치,『재즈의 역사』(삼호출판사, 1993, 1판 5쇄)

— 유하,『이소룡 세대에 바친다』(문학동네, 1995)

　▶ 개정증보판:『추억은 미래보다 새롭다』(문학동네, 2012)

— 윤광준,『소리의 황홀』(효형출판, 2001)

— 윤대녕,『은어낚시통신』(문학동네, 1994)

　▶『은어낚시통신』(문학동네, 2010)

— 이덕일,『조선 왕 독살사건』(다산초당, 2005)

　▶『조선 왕 독살사건 1, 2』(다산초당, 2009)

— 이문열(평역),『삼국지』(민음사, 1988)

　▶ 개정판:『삼국지』(민음사, 2002)

— 이범선,『표구된 휴지』(책세상, 1989)

— 이병주,『대통령들의 초상』(서당, 1991)

— 이섭, 『에로스 훔쳐보기』(심지, 1996)

— 이승하, 『그렇게 그들은 만났다』(엔터, 1998)

— 이시카와 히로요시, 『마스터베이션의 역사』(해냄, 2002)

— 이어령, 『축소지향의 일본인』

  (갑인출판사, 초판 표시 없는, 1983)

  ▶ 개정판: 『축소지향의 일본인』

  (문학과지성사, 2008, 이어령 라이브러리 26)

  이어령, 『축소지향의 일본인 그 이후』(기린원, 1994)

— 이우환, 『시간의 여울』, 남지현 옮김(디자인하우스, 2002)

  ▶ 『시간의 여울』, 남지현 옮김(현대문학, 2009)

— 이인화, 『영원한 제국』(세계사, 1993)

  ▶ 개정판: 『영원한 제국』(세계사, 2006)

— 임어당(린위탕), 『생활의 발견』, 안동민 옮김

  (문예출판사, 1992, 개판 6쇄)

  ▶ 『생활의 발견』, 안동민 옮김(문예출판사, 1999)

— 임진모, 『우리 대중음악의 큰 별들』

  (민미디어, 2004, 대중예술산책 4)

ㅈ

— 장병욱, 『재즈 재즈』(황금가지, 1996)

— 장석만·고미숙·윤해동·김동춘, 『인텔리겐차』(푸른역사, 2002)

— 장승욱, 『술통』(박영률출판사, 2006)

— 장영희, 『내 생애 단 한 번』(샘터사, 2000)

  ▶ 『내 생애 단 한 번』(샘터사, 2010)

  장영희, 『문학의 숲을 거닐다』(샘터사, 2005)

— 장준하, 『돌베개』(청한문화사, 1997)

　▶ 『돌베개』(세계사, 2007)

　▶ 『돌베개』(돌베개, 2015)

— 장하준, 『사다리 걷어차기』, 형성백 옮김(부키, 2004)

— 전경린, 『염소를 모는 여자』(문학동네, 1996)

　▶ 개정판: 『염소를 모는 여자』(문학동네, 2014)

— 전봉관, 『황금광시대』(살림, 2005)

— 전재호, 『반동적 근대주의자 박정희』(책세상, 2000)

— 정두희, 『조광조: 실천적 지식인의 삶, 이상과 현실 사이에서』
(아카넷, 2001, 증보신장판)

— 정비석, 『자유부인』(고려원, 1996, 2판)

　▶ 『자유부인』, 추선진 엮음(지만지, 2013)

— 정윤수, 『축구장을 보호하라』(사회평론, 2002)

— 정인갑, 『중국문화.COM』(다락원, 2002)

— 정재서, 『동양적인 것의 슬픔』(살림, 1996)

　▶ 개정판: 『동양적인 것의 슬픔』(민음사, 2010)

— 조영남, 『친일 선언: 맞아 죽을 각오로 쓴』
(랜덤하우스코리아, 2005)

— 조영래, 『전태일 평전』(돌베개, 2001, 2차 개정판)

　▶ 신판: 『전태일 평전』(아름다운전태일, 2009)

— 쥐스킨트, 파트리크, 『좀머 씨 이야기』,
유혜자 옮김(열린책들, 1992)

　▶ 개정판: 『좀머 씨 이야기』, 유혜자 옮김(열린책들, 1999)

— 쥐스킨트, 파트리크·헬무트 디틀, 『로시니 혹은 누가 누구와
잤는가 하는 잔인한 문제』, 강명순 옮김(열린책들, 1997)

— 쥬네, 쟝(장 주네),『도둑일기』, 방곤 옮김(행림출판, 1986)

— 지그문트, 안나 마리아,『영혼을 저당 잡힌 히틀러의 여인들』,
홍은진 옮김(청년정신, 2001)

— 짐멜, 요한네스 M.(요하네스 마리오 짐멜),『나는 모든 것을
고백한다』, 박찬기 옮김(문예출판사, 1992)

ㅊ

— 최상천,『알몸 박정희』(사람나라, 2001)
  ▶ 개정판:『알몸 박정희』(인물과사상사, 2007)
— 최인훈,『광장/구운몽』(문학과지성사, 1994, 3판)
  ▶ 개정판:『광장/구운몽』(문학과지성서, 2014,
  문학과지성 소설 명작선 1)
— 최정간,『해월 최시형가의 사람들』(웅진출판, 1994)
— 최하림,『김수영 평전』(실천문학사, 2001)

ㅋ

— 카버, 레이몬드,『사랑에 대해서 말할 때 우리들이 하는
이야기』, 안종설 옮김(집사재, 1996)
  ▶ 개정판:『사랑에 대해서 말할 때 우리들이 하는 이야기』,
  안종설 옮김(집사재, 2009)
— 카플란, 데이비드 E·알렉 두브로,『야쿠자: 태평양 제국의
보이지 않는 지배자』, 김성민 옮김(소, 1990)
— 콘래드, 조셉,『암흑의 핵심』, 이상옥 옮김(민음사, 1998)
— 콜리어, 제임스 링컨,『재즈 음악의 역사』,
편집국 옮김(세광음악출판사, 1991)

— 쿤데라, 밀란,『불멸』, 김병욱 옮김(청년사, 1992)

   ▸『불멸』, 김병욱 옮김(민음사, 2011, 밀란 쿤데라 전집 7)

   쿤데라, 밀란,『사랑』, 김재혁 옮김(예문, 1995)

   쿤데라, 밀란,『사유하는 존재의 아름다움』,

   김병욱 옮김(청년사, 1994)

   ▸『배신당한 유언들』, 김병욱 옮김(민음사, 2013)

   쿤데라, 밀란,『이별의 왈츠』, 김규진 옮김(중앙일보사, 1989)

   쿤데라, 밀란,『정체성』, 이재룡 옮김(민음사, 1998)

   ▸『정체성』, 이재룡 옮김(민음사, 2012, 밀란 쿤데라 전집 9)

   쿤데라 밀란,『참을 수 없는 존재의 가벼움』

   쿤데라 밀란,『향수』, 박성창 옮김(민음사, 2000)

   ▸『향수』, 박성창 옮김(민음사, 2012, 밀란 쿤데라 전집 10)

— 키건, 존,『전쟁과 우리가 사는 세상』, 정병선 옮김

   (지호, 2004)

— 키숀, 에프라임,『피카소의 달콤한 복수』,

   반성완 옮김(디자인하우스, 1996)

   ▸『피카소의 달콤한 복수』, 반성완 옮김(마음산책, 2007)

— 킹, 스티븐,『스탠바이 미』, 임영선 옮김(영언문화사, 1993)

ㅌ

— 타일러, 앤,『종이시계』, 장영희 옮김(동문사, 1991)

   ▸ 개정판:『종이시계』, 장영희 옮김(문예출판사, 2013)

— 테이머, 줄리,『THE LION KING: 브로드웨이 신화 탄생』,

   송경옥 옮김(지안출판사, 2006)

ㅍ

— 파렌티, 마이클,『비주류 역사』, 김혜선 옮김(녹두, 2003)

— 파인만, 리처드,『파인만 씨, 농담도 잘하시네!』,
  김희봉 옮김(사이언스북스, 2000)

— 포우, 에드거 앨런,『검은 고양이』, 김기철 옮김
  (문예출판사, 1986, 중판)
  ▶『검은 고양이』, 김기철 옮김(문예출판사, 2004)

— 피츠제럴드, F. S.(프랜시스 스콧 피츠제럴드),
  『밤은 부드러워』, 김정숙 옮김(삼신각, 1987)
  피츠제럴드, F. S.,『위대한 개츠비』, 정현종 옮김
  (문예출판사, 1994, 2판 2쇄)

ㅎ

— 하근찬,『화가 남궁 씨의 수염』(책세상, 1988)

— 하일지,『경마장을 위하여』(민음사, 1993)

— 하창수,『젊은 날은 없다』(세계사, 1992)

— 하트, 조세핀,『데미지』, 주영 옮김(잎새, 1993)
  하트, 조세핀,『질투』, 주영 옮김(잎새, 1996)

— 한일공통역사교재 제작팀,『조선통신사』(한길사, 2005)

— 한중일3국공동역사편찬위원회,『미래를 여는 역사』
  (한겨레신문사, 2005)
  ▶ 개정판:『미래를 여는 역사』(한겨레출판, 2012)

— 해미트, 대쉴(대실 해밋),『몰타(말타)의 매』,
  김희균 옮김(시공사, 1996)

— 헉슬리, 올더스,『멋진 신세계』, 이덕형 옮김

(문예출판사, 1994, 11쇄)

  ▶『멋진 신세계』, 이덕형 옮김(문예출판사, 1998)

— 헤세, 헤르만,『유리알 유희』, 한기찬 옮김(청하, 1989)

— 헤이먼, 로날드,『불안은 영혼을 잠식한다:

  라이너 베르너 파스빈더 평전』(한나래, 1994)

— 호세 셀라, 카릴로,『벌집』, 조용국 옮김(푸른숲, 1989)

— 혼비, 닉,『피버 피치: 나는 왜 축구와 사랑에 빠졌는가』,

  이나영 옮김(문학사상사, 2005)

  ▶ 개정판:『피버 피치』, 이나영 옮김(문학사상사, 2014)

— 황간,『주자행장』, 강호석 옮김(을유문화사, 1975,

  을유문고 189)

— 황의백,『삼국지의 지혜』(1995, 범우문고 140)

— 황지우,『오월의 신부』(문학과지성사, 2000)

— 회, 페터,『여자와 원숭이』(까치, 1999)

— 후이징, 클라우스,『책벌레』, 박민수 옮김(문학동네, 2002)

—『현대 일본 소설 8선』, 김석희 엮음(우석,1993)

장정일 작품 출간 목록

1987 『햄버거에 대한 명상』(민음사)

『상복을 입은 시집』(그루)

1988 『서울에서 보낸 3주일』(청하)

『길안에서의 택시잡기』(민음사)

▶『길안에서의 택시잡기』(민음사, 2005)

1989 『통일주의』(열음사)

1990 『아담이 눈뜰 때』(미학사)

▶『아담이 눈뜰 때』(김영사, 2005)

1991 『천국에 못 가는 이유』(문학세계사)

『지하인간』(미래사)

1992 『너에게 나를 보낸다』(미학사)

▶『너에게 나를 보낸다』(김영사, 2005)

1993 『(장정일의 신세대 이야기) 웬 오렌지?』(돈편)

1994 『장정일의 독서일기: 1993.1.-1994.10.』(범우사)

1995 『너희가 재즈를 믿느냐』(미학사)

▶『너희가 재즈를 믿느냐』(김영사, 2005)

『(장정일의) 독서일기 2』(미학사)

▶『장정일의 독서일기 2: 1994.11.-1995.11.』

(김영사)

 ▸『장정일의 독서일기 2』(범우사, 1996)

『장정일 문학선』(예문)

1996 『내게 거짓말을 해봐』(김영사): 1997년 판매 금지 처분

1997 『장정일의 독서일기 3: 1995.11.-1997.1.』(하늘연못)

 ▸『장정일의 독서일기 3』(범우사, 2003)

『펄프 에세이: 작가 장정일의 문학 탐색』(하늘연못)

1998 『장정일의 독서일기 4: 1997.1.-1998.5.』(하늘연못)

 ▸『장정일의 독서일기 4』(범우사, 2003)

1999 『보트 하우스』(산정미디어)

 ▸『보트 하우스』(프레스21, 2000)

 ▸『보트 하우스』(김영사, 2005)

2002 『장정일의 독서일기 5』(범우사)

2004 『장정일의 독서일기 6』(범우사)

『삼국지』(김영사)

『(인물로 읽는) 장정일 삼국지: 장정일 삼국지 부록』

(김영사)

2005 『생각: 장정일 단상』(행복한책읽기)

『주목을 받다』(김영사)

『긴 여행』(김영사)

2006 『(장정일의) 공부: 장정일의 인문학 부활 프로젝트』

(랜덤하우스코리아)

 ▸『장정일의 공부: 무엇에도 휘둘리지 않는

삶을 위한 가장 평범하지만 가장 적극적인

투쟁』(알에이치코리아, 2015)

2007   『장정일의 독서일기 7』(랜덤하우스코리아)

        『고르비 전당포』(랜덤하우스코리아)

2009   『구월의 이틀』(랜덤하우스코리아)

2010   『빌린 책, 산 책, 버린 책 1』(마티)

2011   『빌린 책, 산 책, 버린 책 2』(마티)

2014   『빌린 책, 산 책, 버린 책 3』(마티)

2015   『장정일의 악서총람』(책세상)

2016   『장정일, 작가: 43인의 나를 만나다』(한빛비즈)

장정일 저

1962년 경북 달성에서 태어났다. 1984년 무크지 『언어의 세계』에 처음 시를 발표한 이래 여러 장르의 글을 써왔다. 대표작으로 시집 『햄버거에 대한 명상』『길안에서의 택시잡기』, 희곡집 『고르비 전당포』『긴 여행』, 장편소설 『구월의 이틀』『중국에서 온 편지』『아담이 눈뜰 때』 등이 있다. 그 외에 『장정일 삼국지』(전10권), 『장정일의 공부』, 『장정일의 독서일기』(전7권)와 『빌린 책, 산 책, 버린 책』(전3권)이 있다.

김영훈 편

다양한 직종을 오가다, 생각의나무, 오픈하우스 등의 출판사를 거쳐 지금은 안나푸르나 출판사 대표이다. 문학, 예술 관련 책을 다수 기획했다. 책과 음반이라면 못 말리는 애호가로, 관련한 잡문을 종종 쓴다.

이스트를 넣은 빵
『장정일의 독서일기 1-7』에서 가려 뽑다

장정일 저
김영훈 편

초판 1쇄 인쇄 2016년 5월 6일
초판 1쇄 발행 2016년 5월 13일

발행처	도서출판 마티
출판등록	2005년 4월 13일
등록번호	제2005-22호
발행인	정희경
편집장	박정현
편집	서성진
마케팅	최정이
디자인	오세날

주소	서울시 마포구 동교로12안길 31 2층 (04029)
전화	02. 333. 3110
팩스	02. 333. 3169
이메일	matibook@naver.com
블로그	blog.naver.com/matibook
트위터	twitter.com/matibook

ISBN 979-11-86000-33-5 (03800)
값 12,000원